일러두기

1. 번역에 쓰인 원전은 2013년 중국 장강문예출판사에서 출간한 '이월하 문집' 제1판을 사용했다.
2. 맞춤법과 띄어쓰기는 한글맞춤법과 외래어표기법에 따랐다.
3. 한자는 우리말로 표기하고, 꼭 필요한 경우에만 괄호 속에 원음을 병기해 이해하기 쉽도록 했다.
   예 : 다이곤多爾滾(도르곤)
4. 인명과 지명은 우리말로 표기했다. 단, 이미 굳어진 표현은 원지음을 존중했다.
   예 : 나찰국羅刹國(러시아). 이후에는 '러시아'로 표기
5. 본문 중의 괄호 안에 뜻을 풀이한 것은 모두 옮긴이의 설명이다.

【제왕삼부곡 제2작】

시진핑 주석이 반부패개혁의 모델로 삼은 황제

옹정황제 2

雍正皇帝

얼웨허 역사소설

홍순도 옮김

더봄

옹정황제 2권

개정판 1판 1쇄 인쇄　　2015년 9월 7일
개정판 1판 1쇄 발행　　2015년 9월10일

지은이　　얼웨허(二月河)
옮긴이　　홍순도
펴낸이　　김덕문

펴낸곳　　더봄
등록번호　　제2015-000072호
주소　　서울특별시 중구 을지로 12길 28, 207호(저동2가, 저동빌딩)
대표전화　　02-2264-0148　　**팩스** 02-2264-0149
전자우편　　thebom21@naver.com
블로그　　blog.naver.com/thebom21

ISBN 979-11-86589-28-1 04820
ISBN 979-11-86589-26-7 04820(전12권)

책값은 뒤표지에 있습니다.

60세 때의 강희제康熙帝

강희제는 중국 역사상 가장 오랜 기간인 61년 간의 통치를 통해 반청세력을 진압하고 티베트와 외몽고 정벌, 네르친스크 조약 체결, 대만 복속으로 오늘날의 중국 강토를 확정했다. 그의 재위 당시 청나라는 근대 초기의 국가들 가운데 가장 크고 강력한 제국이었다. 그러나 중국 역사상 가장 위대한 황제도 죽음과 후계자 선정 문제 앞에서는 어찌지 못했다. 다행인 것은 그를 이은 옹정제가 철저한 개혁을 이루어 통치 기반을 확고히 함으로써 건륭제까지 이어지는 중국 역사상 최전성기인 '강건성세'康建盛世의 서막을 열었다는 점이다. '천고일제'千古一帝라는 명성은 그래서 조금도 부족함이 없다.

효공인황후孝恭仁皇后

호군참령護軍参領 위무威武의 딸로, 성姓은 오아烏雅씨다.

넷째 황자 윤진과 열넷째 황자 윤제의 생모로, 1681년에 덕비德妃에 봉해졌다.

동복형제이면서도 정적이 되어 황권을 놓고 다툰 형제 때문에 노심초사했다.

옹정제 즉위 후 황태후로 추존되었다.

장황자 직친왕直親王 윤제胤禔
1672~1734. 강희제의 권신 명주明珠와 혈족인 혜비惠妃 납란納蘭씨 소생.
윤잉이 황태자에서 폐위된 직후 태자의 자리를 노리다 패자貝子로 작위가
격하됨. 옹정 12년에 죽었으며, 패자의 예로 장사지내졌다.

2황자 황태자皇太子 윤잉胤礽

1674~1725. 효성인황후孝誠仁皇后 혁사리赫舍里씨 소생. 강희제의 적자로,
태어나자마자 황태자가 되었으나 도덕적 타락과 모반 혐의로 폐위된 후 함안궁에
유폐되었다. 그러나 옹정제는 여전히 안심하지 못하고 그를 이군왕으로 봉하고 산서성에
유폐하였다. 옹정 2년에 사망하였으며, 사후에 이밀친왕理密親王에 봉해졌다.

3황자 성친왕誠親王 윤지胤祉
1677~1732. 영비榮妃 마가馬佳씨 소생. 원래 황권에는 별다른 관심이 없고,
단지 《고금도서집성》古今圖書集成을 편찬하는 데 열심이었다. 옹정제 즉위 후
'원래부터 황태자와 친했다'는 이유로 강희의 능인 경릉景陵을 지키라는 명을
받았다. 윤지는 당연히 불만을 토로하였는데, 이것이 옹정의 귀에 들어가서
군왕으로 작위가 격하되고 말았다. 옹정 10년(1732년)에 사망한 후 복권되었다.

4황자 옹친왕雍親王 윤진胤禛

1678~1735. 생모는 덕비德妃 오아烏雅씨(옹정제 즉위 후 효공인황후로 추존)다.
황자 시절 호부를 담당하면서 국채 환수에 나서 '냉면왕'冷面王이라고 불릴 정도로
비정한 모습을 보여 인기가 없었지만 강희제는 그런 그를 후계자로 선택했다.
청나라 제5대 황제로, 묘호는 세종世宗 옹정헌황제雍正憲皇帝. 집권 내내 개혁을 추진하고,
부지런하기로는 타의 추종을 불허할 만큼 정무에 성실하여 세계 최강대국의 기반을 닦았다.

8황자 염친왕廉親王 윤사胤禩

1681~1726. 양비良妃 위衛씨 소생. 강희의 아들 중 가장 능력이 뛰어났지만
황태자 윤잉이 폐위된 이후 노골적으로 황권을 노리다 오히려 강희의
노여움을 사게 된다. 옹정제 즉위 후 왕위를 박탈당하고 유폐되었다가
나중에는 만주어로 돼지라는 의미인 '아기나'阿其那로 이름까지 바뀌게 된다.

9황자 혁군왕奕郡王 윤당胤禟

1683~1726. 의비宜妃 곽락라郭絡羅씨 소생. 후계자 경쟁에서 윤사를
지지하는 팔황자당의 핵심이었으므로 옹정제의 박해를 피할 수
없었다. 윤당도 이를 알고 공공연히 "난 출가하여 중이 될 것이다"
라고 선언하였지만 옹정제는 꼬투리를 잡아 그를 황실 대동보에서
제명하고, 체포하여 구금하였다. 그리고 이름마저 만주어로 '개'라는
의미인 '새사흑'塞思黑으로 바꾸도록 명령했다. 직예총독부에 유폐 중
죽었으나 독살됐다고도 전해진다.

10황자 돈군왕敦郡王 윤아胤䄉

1683~1731. 온희귀비溫喜貴妃 유호록紐祜錄씨(효소인황후로 추존됨) 소생으로,
팔황자당의 일원이었다. 옹정 원년(1723년), 몽고에 사신으로 가라는 명을
받았으나 병을 핑계로 가지 않았다. 이에 옹정은 작위를 박탈하고 북경 교외인
장가구에 거주하도록 하였다가 다시 북경으로 불러 유폐하였다.

13황자 이친왕怡親王 윤상胤祥

1686~1730. 경민황귀비敬敏皇貴妃 장가章佳씨 소생.
어렸을 때부터 형제들로부터 따돌림과 괴롭힘을 당했지만
후일 옹정제가 되는 넷째 황자 윤진과는 돈독한 관계였다.
강희제 말년에 불분명한 이유로 유폐되었다가 옹정제 즉위 후
이친왕으로 봉해지는 등 최고로 존중받았다.

形色天性流行
古今身體髮膚
网散弗欽德合
矩度律中元音
渾然道貌不愧
影余然無顯非
隱無戔非諜人
弟見氣宇清和
曰式如王式如
金而不知熙與
天通者尙腔子
惻隱之心

14황자 순군왕恂郡王 윤제胤禵

1688~1756. 본명은 윤정胤禎. 효공인황후 오아씨 소생으로, 넷째 황자 윤진과는
동복형제지만 정치적으로는 반대편인 팔황자당에 속했다. 서정대장군으로
출정하였다가 강희제 사망 후 북경으로 돌아오려 했지만 옹정제는 그를 북경성
안으로 들어오지 못하도록 하였다. 이후 준화에 머물며 강희제의 무덤을 지키도록
명하였고, 나중에는 패륵으로 작위를 격하시키고 연금하였다. 건륭제 즉위
후에야 비로소 석방되어 중용된다. 야사野史에는 원래 윤제에게 돌아갈 황제의
자리였지만 윤진이 강희제의 유조遺詔를 고쳐서 빼앗았다고 전해진다.

1부 구왕탈적九王奪嫡

15장 | 천하의 기인奇人   017

16장 | 열째황자의 결사적인 저항   033

17장 | 난장판이 된 잔치   052

18장 | 충언을 외면하는 태자   068

19장 | 태자 폐위설   088

20장 | 열셋째 황자 윤상의 좌절   107

21장 | 여덟째 황자 윤사의 대변신   122

22장 | 대망을 꿈꾸는 넷째 황자 윤진   143

23장 | 심기일전을 위한 강희의 순행   164

24장 | 욕정에 흔들리는 태자   185

25장 | 태자의 몸부림   207

26장 | 장황자 윤제의 야심   228

27장 | 사면초가에 빠진 장황자   251

28장 | 태자의 스승 왕섬의 분투   275

15장
천하의 기인奇人

　윤상이 호부로 돌아오면서 사실상 유명무실했던 국채 환수 작업
은 다시 본격화되기 시작했다. 윤진과 윤상이 이처럼 예전의 자리로
돌아오자 북경의 관가는 그동안 느끼지 못한 살벌한 긴장감에 휩싸
였다.

　윤상은 과연 그들의 예감이 틀리지 않았다는 사실을 분명하게 보
여줬다. 우선 일손이 부족하다는 핑계를 대고 그동안 자신이 키워온
병사들 중 무려 40명을 엄선해 요소요소에 배치했다. 그전에 혹독한
훈련을 거친 것은 물론이었다. 또 추위秋闈 출신의 공생貢生들 중에서
는 이불과 전문경 등을 선발해 시세륜을 돕게 했다.

　그러나 그는 정작 자신의 주변은 아주 단출하게 만들었다. 오로
지 강아지와 송아지만을 데리고 작전을 진두지휘하기로 한 것이다.

　윤상이 업무에 몰두하는 모습은 놀라울 정도였다. 무엇보다 매일

인시寅時, 진시辰時, 사시巳時에 한 번씩 업무 현황을 보고받았고, 환수한 금액을 수시로 집계했다. 빚진 관리들을 불러서 설득하고 협조 공문을 띄우는 것 역시 잊지 않았다.

이렇게 해서 육부 중에서 다른 부서보다 훨씬 그 덩치가 커져버린 호부는 아침부터 저녁까지 내내 북경 관가를 두려움에 떨게 만들었다. 관리들에게는 광풍을 동반한 채 몰아치는 호우가 따로 없었다.

그랬던 만큼 노력에 따른 결과는 좋았다. 추석이 다가올 즈음이 되자 관리들이 빌려갔던 국고의 자금이 대부분 환수된 것이다. 가장 큰 빚쟁이라고 할 수 있었던 광동 총독 무단도 약속대로 북경으로 달려왔다. 그는 누가 뭐래도 위동정, 조인, 목자후 등과 마찬가지로 엄연한 개국 원로였다. 강희가 정권을 이어받은 초기에 목숨을 걸고 보필해온 주역이 바로 그였다. 때문에 그와 강희의 끈끈한 정은 결코 재물로 재단할 성질의 것이 아니었다. 신분을 굳이 따지자면 일품 대신에 불과했지만.

강희는 기본적으로 사람을 대할 때 자신과 혈통 관계가 있을수록 더 매정하고 엄격했다. 반면 위동정을 비롯한 무단과 목자후 등과 같은 일등 공신들에게는 전혀 달랐다. 그들은 그의 또 다른 혈육이고 재산이었다. 비록 멀리 떨어져 있기는 했으나 그것은 서로가 끈끈한 정을 영원히 유지하기 위해 강희가 의도적으로 만들어낸 '적당한 공간적 거리감'일 뿐이었다.

실제로 강희는 노년의 그들을 극진하게 대우했다. 첫 번째 떠들썩하던 국채 환수 작업이 흐지부지된 것도 사실은 빚의 상당 부분을 차지하고 있던 그들을 마땅히 어떻게 할 수 없었기 때문이라고 할 수 있었다. 그들은 봐주고 다른 관리들에게는 냉혹하게 한다는 것이 형평성에 어긋났기 때문이다. 물론 몇몇 관리들의 잇따른 죽음과 그에 따른 거센 항거도 이유이기는 했다.

따라서 다시 칼을 뽑아든 윤상으로서는 어떻게 해서든 이 마지막 난관을 돌파해야 했다. 더구나 너무나도 버거운 상대인 위동정과 목자후가 건강상의 이유로 오지 못하고 무단과 조인만이 북경에 도착한 것도 그에게는 좀체 찾아오지 않을 행운이라고 할 수 있었다.

윤상은 전의를 다지기에 앞서 시세륜을 불러 뭔가를 지시했다. 그리고는 곧바로 윤진을 만나기 위해 창춘원으로 향했다.

그가 창춘원 입구에 다다랐을 때였다. 아홉 마리의 맹수가 새겨져 있는 관복에 금계錦鷄 보자補子를 달고 머리에는 산호珊瑚 모양의 화령花翎으로 바꿔 쓴 연갱요가 오랜만에 모습을 나타냈다. 확 바뀐 외관으로 보아 완전히 신분 상승을 했다는 사실을 알 수 있었다.

윤상이 그 모습을 보고는 웃으면서 말했다.

"어허! 크게 공을 세운 모양이군? 북경에는 언제 도착했지?"

"예, 열셋째마마! 오늘이 사흘째입니다. 방금 폐하를 뵙고 나오는 길입니다. 폐하께서는 이번에 동성에서 임무를 잘 완수하고 돌아왔다면서 흐뭇해하셨습니다. 마침 사천四川성의 제독提督 자리가 비어 있다고 하시면서 소인을 그쪽으로 보내주신다는 성은聖恩도 내리셨습니다. 이제 떠나면 자주 뵙지 못할 것 같아서 아쉽습니다."

연갱요가 한쪽 무릎을 꿇은 채 인사를 올렸다. 윤상이 어느새 앞으로 나와 눈을 찡긋거리고 있는 강아지와 송아지를 발견하고는 웃음기 다분한 어조로 말했다.

"얘들아 봤지? 너희들의 훌륭한 본보기가 될 분이시다. 또 너희들이 따라잡기 위해 노력해야 할 목표이기도 하고! 넷째마마를 잘 섬기면 나중에 붉은 정자頂子 정도는 돌아갈 거야. 얼마 전에는 대탁이 이곳을 떠나 복건福建성 장주漳州의 도대道臺로 승진해 갔잖아. 지난번

에 고복에게도 말했듯 차 나르고 마당 쓸고 하는 일에만 만족해서
는 안 돼. 주인이 구름이면 너희들은 비가 되어 내려야 해. 또 주인이
용이면 너희들은 바다가 될 각오를 하고 있어야 한다고. 그것이 진정
한 문하의 자세야!"

두 아이는 윤상이 입에 올리는 말의 의미를 진짜 알아듣는지 어떤
지 몰라도 고개는 열심히 끄덕였다. 그때 연갱요가 다시 입을 열었다.

"열셋째마마, 태자마마와 왕섬 대인은 막 상경한 무단 어른과 함께
담녕거에서 폐하와 말씀을 나누고 계십니다. 또 넷째마마께서는 진
시辰時 무렵에 귀가하셨습니다. 태자마마를 뵙기 위해 오셨다면 여기
에서 대기하시면 됩니다. 혹시 넷째마마를 만나려고 오신 것이면 지
금 저하고 같이 가시는 것이 어떻겠습니까?"

윤상은 연갱요의 말을 듣자 즉각 언제 보나 물에 물탄 듯 술에 술
탄 듯 흐리멍덩한 태자를 떠올렸다. 그리고는 고개를 요란하게 저었
다.

"넷째마마께 가는 게 좋겠어."

두 사람이 막 발걸음을 옮기려 할 때였다. 연갱요가 갑자기 주위를
두리번거리더니 뭔가 비밀을 말하려는 듯 목소리를 낮췄다.

"아직 모르시는 모양이죠? 방금 하주아가 그러더군요. 태자께서는
직친왕直親王, 셋째마마께서는 성군왕誠郡王, 넷째마마께서는 옹군왕雍
郡王, 다섯째마마는 항군왕恒郡王, 일곱째마마는 순군왕淳郡王, 여덟째
마마는 염군왕廉郡王으로 각각 봉해지셨다고 합니다. 열셋째마마께서
도 패륵으로 승진하셨다고 합니다. 진심으로 축하드립니다!"

"그래? 그럼 여섯째 형님 소식은 없나? 여섯째 형님도 이번에 작
위를 받으셨더라면 좋았을 텐데. 그리고 참, 아홉째와 열째 형님은?"

윤상이 놀라는 기색을 보이더니 곧 다시 침착한 어조로 말했다.

"저도 궁금해서 물어봤습니다. 그러나 하주아도 모른다고 했습니다. 내무부에서 이에 관한 발표문을 작성 중에 있는 것 같습니다. 며칠 후에는 대외에 공식적으로 발표한다고도 하네요. 열한째, 열둘째 마마를 건너뛰고 열셋째마마께서 패륵으로 봉해지셨으니 정말 축하드립니다!"

연갱요가 아부기가 다분한 어조로 말했다. 윤상이 연갱요의 말에는 별로 관심을 기울이지 않은 채 다른 생각을 열심히 하다 다시 입을 열었다.

"알고 보면 그런 직함은 다 사람을 옭아매는 족쇄라고 족쇄! 축하하고 자시고 할 것도 없어."

윤진은 자신의 집 만복당에서 윤상으로부터 업무 보고를 들었다. 또 연갱요로부터는 왕으로 봉해진 데 대한 축하인사를 받았다. 하지만 윤진은 전혀 감동이 없는 얼굴을 보였다.

물론 그로서도 왕으로 봉해진 것은 기쁜 일이었다. 그럼에도 기쁜 내색을 하지 않은 것은 여덟째까지만 봉해지고 끊겼다는 사실이 석연치 않아서였다. 오사도의 머리를 빌려 분석하면 황자들을 줄줄이 왕으로 봉한 것은 태자에 대한 강희의 불신이 어느 정도인지를 단적으로 말해주는 것이라고 할 수 있었다.

만약 강희가 태자를 전적으로 믿었다면 황자들을 왕으로 봉하는 문제를 서둘러 결정할 필요는 전혀 없었다. 그보다는 대권을 승계 받을 태자가 황자들을 직접 왕으로 봉하는 것이 단연 최선이라고 할 수 있었다. 그럴 경우 무엇보다 황자들 사이의 우애가 돈독하게 될 수 있었다. 또 주종 간의 의리를 강화할 수 있었다. 더 직설적으로 보면 그것이 인지상정이라고 해야 했다.

그러나 강희는 그렇게 하지 않았다. 황자들 전부가 아닌 여덟째까지 일부만 미리 왕으로 봉했다. 그것은 다름 아닌 강희가 황자들을 자기편으로 끌어들여 태자의 권력이 강화되는 것을 미연에 방지하고자 하는 의도가 있는 것으로 볼 수 있었다. 오사도는 그렇게 자신의 생각을 분명하게 피력했다. 그러면서 한마디 덧붙이는 것도 잊지 않았다.

"그에 따른 이점과 폐해를 따져볼 수 있을 겁니다. 둘 다 있습니다. 그러나 일부만 왕으로 봉한 것은 다 같이 평등했던 시절과 비교했을 때 그다지 좋다고 하기 어려운 결정이라고 생각합니다."

윤진이 오사도의 분석을 한참 음미하다 조용히 화제를 바꿨다.

"그건 그렇고, 연갱요 자네는 사천성 제독으로 발령이 났다며? 진심으로 축하하네."

이어 윤진은 두 아이를 불렀다.

"강아지와 송아지, 너희들도 잘 들어라."

두 아이가 윤진의 말이 떨어지자마자 신이 난 표정으로 들어왔다. 윤진이 크게 숨을 들이마신 채 말했다.

"이제는 하루가 몰라보게 나이도 들고 키도 커가고 있어. 어른이 돼가는데 너희들도 마냥 노는 것에만 정신이 팔려서는 안 돼. 내가 너희들을 얼마나 예뻐하는지 알아? 연갱요처럼 되지는 못할망정 사고나 치고 다녀서야 되겠어?"

송아지가 윤진의 관심 어린 훈계에 씩 웃으면서 말했다.

"그 뒤로는 별로 사고 친 일이 없는데……."

"없기는 왜 없어? 오냐오냐 해줬더니 이놈들이 간덩이가 부었군. 며칠 전에는 여덟째마마네 담벼락을 헐어 팔아먹으려고 했었다면서?"

윤진이 야단치듯 말했다. 윤상은 그 말을 듣고 깜짝 놀랐다. 자신은 그런 사실을 전혀 모르고 있었기 때문이었다. 자신이 호부에 데리

고 있기는 하나 워낙 풀어주는 편이다 보니 모르는 일이 많기도 하
겠다는 생각이 들었다. 그래도 아이들의 소행이 너무 황당하다고 생
각했는지 곧 다그쳐 물었다.

"너희들은 언제 또 거기까지 가서 사고를 쳤어?"

강아지가 더 이상 숨길 수가 없다고 생각한 듯 바로 실토를 하기
시작했다.

"정확히 닷새 전 일이에요. 송아지하고 선무문宣武門에 놀러 갔었죠.
그런데 어느 곳에서 인부들이 집을 짓고 있더라고요. 가만히 들어보
니 원자재가 너무 비싸 단가가 높아졌다고 주인이라는 자가 인부들
의 인건비를 제대로 지불하지 않는다는 거예요. 인부들이 그렇게 툴
툴대는 것을 분명히 들었어요. 그 모습들이 하도 안 돼 보여 그 주인
을 골려줘야겠다고 마음을 먹었습니다. 그런데 여덟째마마께서 담벼
락을 새로 교체하려고 한다는 얘기를 누가 하는 것을 그전에 들었어
요. 그래서 낡은 벽돌이 필요하면 헐값에 사도록 해준다고 그 주인
을 살살 꼬드겼어요. 당연히 그자는 믿지를 않았죠. 그래서 우리를
여덟째마마 댁에서 일하는 하인들이라고 속이고 보란 듯이 조양문으
로 데리고 갔습니다. 또 제법 그럴듯하게 속이기 위해 이만큼 헐 예
정인데 벽돌이 얼마나 나오겠느냐면서 줄자로 재도록 했습니다……"

윤상이 아이들의 말에 한참 귀를 기울여 듣더니 끝내 웃으면서 핀
잔을 줬다.

"여덟째 형님 댁의 경계가 얼마나 삼엄한데! 하인들이 뭐하느라
네까짓 녀석들이 가서 줄자를 들이대도록 보고만 있었단 말이야?"

송아지가 그러자 무슨 소리냐는 식으로 말을 받았다.

"미리 사전답사를 해서 문지기를 구워삶았죠. 우선 우리는 셋째마
마 댁에서 왔다고 했습니다. 그런 다음 여덟째마마의 담벼락 문양이

멋있다면서 똑같이 하고 싶다고 말했죠. 폭이나 길이를 좀 재 갈 수 없겠냐고도 했고요. 그랬더니 흔쾌히 승낙을 하는 거예요……. 그날로 그 비인간적인 주인에게 선금으로 가볍게 스무 냥을 받아 챙겼습니다. 물론 그 돈은 인부들에게 몰래 나눠줬습니다. 그리고 이튿날 만나기로 한 장소에는 나가지 않았죠. 그것으로 끝입니다.”

윤상이 아이들의 말에 연신 고개를 끄덕이다 급기야 뒤로 벌렁 넘어졌다. 그리고는 한참이나 웃은 다음 말했다.

“그 담벼락이 헐렸을 리는 없을 테고. 어쨌거나 너희들, 잘 했으면서도 잘못했어…….”

윤진도 안색을 흐린 채 말을 받았다.

“그런 일은 한 번으로 족하다는 것을 내가 분명히 못 박아 두겠어! 내가 떠났다가 돌아온 너희들을 다시 받아주면서 뭐라고 그랬어? 물론 열셋째마마를 따라 호부에 나가 있을 때는 그저 시키는 대로만 하면 돼. 그러나 나머지 시간에는 내 방식에 따라야 한다고 말했지? 아무튼 이번만은 용서해주겠지만 앞으로는 각별히 조심해! 알았어?”

두 아이는 알겠다면서 연신 다짐을 했다. 그리고는 활짝 펴진 얼굴을 하고 밖으로 나갔다. 윤진이 그제야 다시 입을 열었다.

“내가 어제 무단을 만나 확인했어. 그들 원로들이 진 빚 사백만 냥의 대부분은 폐하께서 몇 차례 남순南巡하실 때 사용된 것이 분명했어. 그런 공적인 일에 사용되는 돈 같은 경우에는 솔직히 말하면 그때그때 관가에 보고를 올리고 결제를 받을 수도 있었어. 그러나 결국 일이 이 지경에 이르렀어. 당연히 개인적으로는 노장군에게 참 모질게 한다는 생각이 들 수밖에 없었지. 마음이 편치 않다는 말도 했어. 그랬더니 아 글쎄 무단이 오히려 나를 위로하더라니까. 그리고 언제가 될지는 모르나 꼭 갚겠다고 했어. 그런 모습을 보니까 내가 실로 모처럼만에 가슴이 찡하지 뭐겠어. 그 사람들은 오늘이 있기까지 온몸으로 충성을 다해온 우리 대청大淸의 소중한 재산이야. 그런데 살림살이라고 해봤자 너무나도 빤하잖아. 그 엄청난 빚을 갚는다는 것은 현실적으로 불가능해. 나는 솔직히 그런 생각이 들어. 그래서 마지막에는 폐하께서 아무래도 쌈짓돈을 좀 푸시지 않을까 싶어. 이건 순전히 내 생각이야."

연갱요가 웃으면서 화답했다.

"일이 그렇게만 추진된다면 열셋째마마와 시세륜 대인이 이렇게 고생을 하지 않아도 될 텐데 말입니다."

윤상이 그러자 큰 소리로 자신의 생각을 연갱요에게 피력했다.

"폐하께서도 고민이 이만저만 아니실 거야. 창춘원을 보수하고 승덕承德에 피서산장避暑山莊을 만드느라 돈을 많이 쓰셨거든. 또 폐하께서는 체면상 더 이상 나랏돈으로 어떻게든 도와주라는 말씀도 못하실 거야. 그렇게 하면 말 그대로 그게 폐하의 쌈짓돈인데 누구는 주고 누구는 주지 않느냐는 소리를 들을 각오까지 하셔야 한다고. 그러고 보면 나는 지금 아바마마께 닦달을 해대는 것과 다름이 없어!"

윤진이 한참 동안 윤상에게 시선을 두더니 동감한다는 듯 고개를 끄덕였다.

"맞는 말이야. 우리는 지금 아바마마께서 대내大內에 있는 폐하의 개인 금고에서 돈다발을 꺼내주시기만을 기다리는 거지!"

윤진이 말을 마치더니 얼어붙은 듯한 눈길을 창밖으로 보냈다. 이어 한참 침묵이 흐른 다음 다시 한 글자씩 힘주어 말했다.

"폐하께서는 분명히 사적인 자리에서 무단 등에게 무슨 약속인가를 하셨을 거야. 그러니 우리는 조금만 더 버티고 있으면 돼. 모든 것이 잘 해결될 거야. 다시 말하지만 우리는 신하로서의 직책에 충실하면 되고 나라를 위해 국채를 환수하는 일에 힘쓸 뿐이야. 물론 아들 된 도리로서 천자인 아버지 생각도 하기는 해야 하겠지. 군신群臣들에게 상으로 줄 돈까지 싹쓸이해 갈 수는 없으니……."

"그러면 이제 어떻게 하죠?"

윤상이 갑자기 침울한 표정으로 물었다. 윤진이 미리 생각한 바가 있다는 듯 바로 대답했다.

"태자 형님에게 자문을 구하는 것은 말도 안 되는 얘기가 될 거야. 아바마마의 '자금 사정'을 염탐해보려고 담녕거로 몇 번이고 찾아갔었다고 하잖아. 말이 되는 소리를 해야지, 원. 그래서 내가 오 선생과 상의를 해봤어. 그 결과 무단과 위동정을 제외한 나머지는 그다지 어려운 형편도 아니라는 결론을 내렸어. 그러니 어떻게든 받아내는 쪽으로 해봐야겠어."

"그러죠!"

윤상이 해법을 얻었다는 만족감이 드는 듯 우렁차게 대답하고는 자리에서 일어났다. 그리고는 밖으로 나가려고 했다. 그러자 윤진이 그의 팔을 붙잡았다. 할 이야기가 조금 더 남은 것 같았다.

윤상이 다시 자리에 앉자 윤진이 연갱요에게 물었다.

"그래, 폐하께서는 무슨 말씀을 하셨는가?"

"이번에 동성에 가서 일을 잘했다고 칭찬을 하셨어요. 앞으로도 주인의 정성에 잘 보답하라는 훈화와 덕담도 하셨습니다. 바로 그때 태자마마께서 들어오셨어요. 때문에 저는 곧바로 물러나는 수밖에 없었죠."

"그 다음에는 누구 만난 사람이 없었는가?"

윤진이 심문에 가까운 어조로 물었다.

"사실은 나오다 지방으로 발령받아 떠나기에 앞서 여덟째마마 댁에 인사를 올리러 간다는 범시첩을 만났습니다. 여덟째마마 댁에 점을 기막히게 잘 보는 장덕명張德明이라는 도사道士가 오기로 했다면서 같이 가자고 하더군요. 그걸 뿌리치고 오다 바로 열셋째마마를 만나 같이 왔습니다."

윤진이 범시첩이라는 말에 잠깐 웃음기를 보였다. 그러나 그것은 순간에 불과했다. 그가 다시 입을 열었다.

"자네도 내일이면 떠나야 하지 않는가. 가기 전에 내가 한마디 해주고 싶은 말이 있네. 부디 명심하게."

연갱요가 윤진의 진지한 자세에 압도된 듯 시립한 채 상체를 굽히면서 대답했다.

"명심하겠습니다."

"앉아. 자네는 비록 내 문하라고는 하나 가족이기도 하지."

윤진의 표정이 갑자기 한없이 부드러워졌다. 역시 가족이라는 단어는 위력이 대단한 듯했다. 윤진이 다시 얼굴 가득 웃음을 보인 채 말을 이어갔다.

"이번의 제독 자리는 조정에서 자네를 믿고 내린 자리야. 그러니 병사들을 잘 이끌어 조정의 기대에 부응하도록 힘써야 해. 그것은 곧 내 체면을 살려주는 것이기도 해. 이게 첫째로 해주고 싶은 말이야. 두 번째 해주고 싶은 말은 절대 다른 황자들과 이유 없이 어울려 다니지 말라는 거야. 또 누가 찾아오거든 그때그때 나에게 알려줘야겠어. 도대체 무슨 일로 언제 찾아 왔는지를 말이야. 세 번째는 어지御旨나 내 명령 없이는 북경에 자주 드나들지 않도록 하라는 거야. 북경의 조정은 워낙 말이 많은 곳이야. 게다가 계절적으로 사건, 사고가 많을 가을이야. 자네 정도의 위치에서 볼 때 자주 모습을 보이는 것은 결코 득이 될 것이 없네. 자네 여동생은 나를 비롯한 여러 사람이 아끼고 있으니까 걱정하지 말고. 내 입에 고기가 들어가면 자네 입에도 고기가 들어갈 거야. 또 내가 무사해야 자네도 무사할 것이고. 무슨 말인지 알겠나?"

"예! 넷째마마의 말씀, 명심해서 가슴에 아로새기겠습니다!"

연갱요가 튕기듯 일어나면서 우렁차게 대답했다.

"됐어, 가보게. 떠나기 전에 복진과 자네 여동생을 보고 가는 것도 잊지 말게. 도착지에서는 무사히 도착했다는 소식을 전해야 하는 것도 명심하고!"

윤진이 만족스런 표정으로 말했다. 이어 밖으로 나가는 연갱요를 한참이나 쳐다보다 윤상에게 시선을 돌리고는 의미심장하게 말했다.

"내가 방금 따지듯 연갱요에게 물었던 것은 그의 신분 상승에 따른 주변의 반응이 궁금해서였어. 아니나 다를까, 나는 보물을 캐냈어. 영웅은 호기豪氣에 죽고 살지만 때로는 치밀한 계산이 필요하다는 것을 명심해! 아직 무슨 말인지 잘 모르는 것 같은데, 밤에 잘 때 가슴에 손을 얹고 한번 잘 생각해봐. 내 말이 분명하게 이해될 수도 있을 거야……."

과연 연갱요의 말대로였다. 조양문에 있는 염친왕부에서는 한 무리의 사람들이 장덕명이라는 도사를 기다리고 있었다. 아홉째 윤당과 열째 윤아는 이미 도착해 있었다. 또 왕홍서, 아령아, 규서 등도 이제나저제나 하며 장덕명을 데려온다는 임백안이 나타나기를 애타게 기다리고 있었다. 그들은 명목상으로는 하나같이 여덟째가 염군왕에 봉해진 것을 축하하기 위해 불원천리 달려온 터였다. 그러나 축하를 받아야 할 당사자인 여덟째는 모습을 보이지 않고 있었다.

"아홉째마마! 왜 아직 오지 않죠? 그자가 큰소리 뻥뻥 쳐놓고 정작

이 많은 사람들이 보자고 하니까 겁에 질린 것 아닐까요? 저는 그래서 못 오는 게 아닌가 하는 생각이 자꾸 드는군요."

왕홍서가 조급한 듯 윤당 옆에 다가앉으면서 말했다. 윤당이 왕홍서와는 달리 느긋하게 차를 마시면서 대답했다.

"그건 아닐 거야. 큰형님이 그러시는데, 이런 것을 믿지 않기로 소문난 셋째 형님조차 그 사람을 불렀다고 해. 그랬더니 기가 막히게 맞추더라는 거야."

윤당의 말이 끝나자 건청궁建淸宮의 시위로 있는 악륜대가 기름기 번지르르한 얼굴을 든 채 말했다.

"제대로 맞추지 못하기만 해봐라. 흠씬 두들겨 패줄 테니!"

좌중의 사람들이 기다리다 못해 짜증 섞인 목소리를 여기저기에서 내고 있을 때였다. 갑자기 임백안이 황급히 달려 들어와서 말했다.

"사람을 데리고 왔습니다. 그런데 여덟째마마는 어디 계시죠?"

사람들은 모두들 잔뜩 기대에 찬 표정으로 여덟째는 조금 있으면 올 것이라고 대답했다.

그 대답이 채 끝나기도 전이었다. 사람들의 눈에 멀리서 백발에 동안을 한 60세 정도 돼 보이는 노인 한 명이 몸짓도 날렵하게 날아갈 듯 걸어오는 모습이 보였다. 노인은 빨간색 두루마기를 입고 머리에 두건을 질끈 동여매고 한 손으로는 부채를 부치면서 나타났다. 한마디로 도골선풍道骨仙風의 노인이었다. 그는 곧 보일 듯 말 듯 미소를 띠면서 문어귀에서 좌중을 둘러봤다.

그 모습을 보고는 왕홍서가 이죽거리는 어조로 차갑게 물었다.

"도사께서 산중에서 수도는 하지 않으시고 이렇게 복잡한 인간 세상에는 웬일이시오?"

장덕명이 왕홍서의 이죽거리는 말에는 전혀 개의치 않는다는 듯 담담하게 입을 열었다.

"도교道教를 널리 포교하기 위해 나왔습니다."

왕홍서는 그 말에 가당치도 않다는 표정을 지었다. 이어 푸우! 하고 웃음을 터트리며 말했다.

"갈 곳 잃은 구름 속의 학 한 마리가 지쳐 날아든 곳이 하필이면 재상宰相의 아문이었구먼! 도인께서는 술수術數에 능하다고 하던데, 무슨 대단한 신통력이라도 있는 거요?"

장덕명은 자신에게 전혀 호의적이지 않은 듯한 왕홍서를 오래도록 쳐다보더니 다시 천천히 입을 열었다.

"글쎄요? 육부의 대신들마저 누군지도 모르면서 목 빠지게 기다릴 정도면 대단한 술수가 아닌가 싶습니다."

장덕명이 말을 마치고는 고개를 뒤로 젖히며 크게 웃었다. 몸 전체에서 여유가 묻어나고 있었다.

"목이 두 개는 아닌 것을 보니 감히 사이비 같은 짓은 하지 않겠군!"

윤아가 거들먹거리는 자세로 장덕명에게 다가갔다. 그리고는 그의 어깨를 툭 건드리면서 덧붙였다.

"그러면 어디 나부터 봐주겠소?"

장덕명이 잠깐 윤아를 쳐다보더니 이내 고개를 끄덕이면서 자신 있게 입을 열었다.

"열째마마시죠? 제비턱에 원숭이 눈, 빗자루 눈썹에 네모난 입이라……. 원래는 대단한 장군감으로 태어나셨습니다. 그러나 아쉽게도 머리에 너무 찰싹 달라붙은 귀가 다른 주인을 섬기고 있습니다. 때문에 두 가지 기운이 서로 부딪쳐서 살기殺氣를 소진해 버리고 말았습니다. 그래서 병사들을 이끄는 장군은 못 될 것입니다. 또 열째마마께서는 공명의 운이 그다지 밝지 않습니다. 그러나 장수를 하실 관상입니다. 아흔네 살까지는 무난하게 살겠습니다."

윤아가 장덕명의 그럴싸한 말에 박장대소를 했다. 그러면서 좋아서 어쩔 줄 몰라 했다.

"돈과 권력은 지금 가지고 있는 것만으로도 나는 충분해. 부족할 것이 없지. 그러나 솔직히 단명할까봐 전전긍긍했었어. 그러니 이보다 더 좋은 점괘는 없겠지!"

장덕명이 그렇게 말할 줄 알았다는 표정을 짓더니 아홉째에게 다가갔다. 이어 얼굴을 유심히 뜯어보고는 말했다.

"두툼한 입술에 반달 모양의 입, 봉황의 눈에 누에의 눈썹을 하고 계시군요. 또 수레바퀴 같은 커다란 귀는 권력의 상징임이 틀림없습니다. 한 가지 안타까운 것은 독수리 코가 조금 관상의 조화를 깨뜨리는 것 같군요. 때문에 쉰네 살 때 한 차례 작은 액운이 따르겠습니다. 그것을 무사히 물리치면 여든까지는 장수하겠습니다. 그러나 그렇지 못할 경우에는 큰 재앙을 당하겠습니다."

장덕명이 말을 마치고는 잠시 침묵을 지켰다. 그리고는 뭔가를 생각하는 듯하더니 다시 천천히 말을 이었다.

"아홉째마마, 어디 손을 한번 펴 봐주십시오. 제가 한 번 더 살펴보겠습니다."

윤당은 장덕명이 보통 사람이 아니라고 서서히 느끼기 시작하는 것 같았다. 그의 말이 끝나자마자 말 잘 듣는 아이처럼 고분고분 왼손을 내밀었다. 장덕명이 그 손을 가만히 들여다보더니 입을 열었다.

"쯧쯧, 집안의 비빈妃嬪을 죽인 적이 있군요? 어떻게 하다 그런 사고가……. 왜 아홉째마마께서 백척간두에서 한 발을 더 내딛지 못하시는지 빈도貧道는 알 것 같네요."

장덕명의 말에 윤당의 얼굴 근육이 경련을 일으키듯 푸들거렸다. 비빈을 죽였다는 장덕명의 말에 솔직하게 시인을 하지는 않았으나 사실인 탓이었다. 치정에 얽힌 죽음은 아니었으나 말썽을 일으켜 땡볕에 벌을 세웠는데 당사자가 그만 더위를 먹어 죽어버렸던 것이다.

바로 그때 바깥에서 한바탕 왁자지껄하는 소리가 들렸다. 이어 파란 옷 일색인 남자들이 똑같은 차림새로 밀물처럼 밀려들어왔다. 악륜대가 그 속에 여덟째가 끼어 있는 것을 발견하고는 흠칫 놀라는 기색을 보였다.

그와 동시에 규서가 일어서면서 비아냥거리는 어조로 말했다.

"관상觀相에 무척이나 능한 선장仙長께서 이 가운데에서 우리 여덟째마마를 한번 찾아보시죠?"

좌중 사람들의 시선은 약속이나 한 듯 일제히 장덕명에게로 쏠렸다.

16장
열째황자의 결사적인 저항

　장덕명은 전혀 당황한 기색을 보이지 않았다. 그저 편안한 표정으로 좌중을 둘러보더니 갑자기 실내가 떠나갈 듯 웃음을 터트렸다.

　"귀인에게는 수증기 같은 구름이 노을처럼 머리 위에 늘 감돌고 있습니다. 오색五色에 미혹당하는 평범한 사내의 눈도 아닌 내 눈에 어찌 그것이 보이지 않을 수 있을까요!"

　장덕명은 말을 마치자마자 부채 끝으로 나중에 등장한 사내들을 한 명씩 가리키면서 말했다.

　"맨 앞에 있는 이는 뼛속 깊은 곳까지 인색함이 그득하네요. 그 옆에 뱀의 눈을 한 이는 의義와는 인연이 없는 것 같고요. 또 그 옆은 간사한 기운이 너무 드러나고 있군요……."

　장덕명은 계속 사내들의 관상에 대한 의견을 피력했다. 그러다 드디어 열한 번째까지 갔다. 그는 그제야 고개를 끄덕였다.

"이 분이 바로 여덟째마마시네요! 백기白氣가 방 안 가득 넘쳐흐르니, 저 쓰레기 같은 무리에 섞여 있지 않고 자금성의 금지옥엽들 사이에 섞여 있다고 해도 나는 한눈에 그 범상치 않음을 찾아낼 수 있을 것입니다."

여덟째는 순식간에 장덕명에게 자신의 정체를 간파 당하자 실소하듯 웃음을 흘렸다. 그리고는 손사래를 쳐서 사내들을 내보냈다. 이어 모자와 청의를 벗어던지고는 시원스런 몸짓으로 자리를 안내했다.

"진짜 도사를 몰라봐서 미안하오. 어서 앉게!"

"너무 신기합니다."

규서가 못내 궁금하다는 얼굴로 덧붙여 물었다.

"기氣라는 것이 내 눈에는 왜 안 보이죠?"

"유가儒家의 말을 빌리자면 그것은 곧 기우器宇(풍채를 뜻함)이죠. 하지만 도가道家에서는 기는 정신이 머무는 그릇이라 하고 소리도 없고 모양도 없다고 했어요. 반면 맑고 탁함은 있다고 하죠."

장덕명이 느릿느릿 부채를 부치면서 말했다. 그러자 아홉째 윤당이 호기심에 가득차 물었다.

"그러면 나에게는 어떤 기가 있는 것 같은가?"

"아홉째와 열째 마마는 자기紫氣, 왕홍서 대인과 규서 대인은 청기靑氣, 여덟째마마와 악륜대 군문에게서는 백기白氣가 보입니다."

장덕명이 말을 마치고는 밖에서 하인들과 함께 서 있는 임백안에게 슬쩍 시선을 던졌다. 그리고는 혼잣말처럼 중얼거렸다.

"저런 사람들은 먼지 같기도 하고 연기 같기도 하지. 어수선하고 난잡한 것이 기를 운운할 위인들도 못 돼."

장덕명의 혼잣말이 채 끝나기도 전에 악륜대가 깜짝 놀라는 표정을 지었다. 여덟째와 자신을 한데 엮어 말하는 그의 말에 놀란 것이 분명했다. 곧 그가 고개를 갸웃거리며 말했다.

"에이, 내가 어떻게 여덟째마마와 같은 기를 가지고 있을 수 있겠소?"

악륜대의 말에 장덕명이 냉소를 흘렸다.

"그럼요, 당연히 같을 리가 없죠. 군문에게는 서방西方의 사기邪氣가 그득한 백기白氣가 있습니다. 반면 여덟째마마에게는 때로는 무지개, 때로는 노을과 같은 기운을 잉태하고 있는 그런 왕기王氣가 서려 있습니다. 같은 백기일지라도 둘은 천양지차라고 할 수 있죠!"

장덕명의 말에 자신이 왕으로 봉해졌다는 소식을 방금 접한 여덟째는 수긍이 갔다.

그러나 윤아는 생각이 다른 모양이었다. 이내 비아냥거리는 어조로 이죽거렸다.

"그러면 태자마마와 넷째마마, 열셋째는 도대체 무슨 기를 덮어썼기에 저렇게 재수가 없지?"

윤아의 말에 좌중의 사람들이 킥킥 웃었다. 반면 예전에 오행五行에 관한 공부를 좀 했던 왕홍서는 진지했다. 장덕명의 말에 크게 탄복한 얼굴을 한 채 말했다.

"실로 가인佳人이 건네주는 술잔을 받은 것처럼 기분이 미묘美妙하오!"

"그 말만 보더라도 나를 칭찬하는 것이 아님을 알 수 있겠습니다. 미묘할 때의 '미'美자와 가인의 '가'佳자는 결코 그냥 나온 글자가 아닙니다."

장덕명이 흥이 도도해지며 한바탕 논리를 펼 태세를 보였다. 곧바로 입을 열어 자신이 언급한 논리를 조목조목 풀어갔다.

"'미'美자는 팔 획입니다. 파자破字를 하면 '양대'羊大가 됩니다. '양'羊

은 곧 상서로움을 뜻하는 '상'祥으로도 볼 수 있습니다. '미'자는 또 '팔대왕'八大王이라고도 파자가 가능합니다. 여덟째마마는 대단한 길상함을 간직하고 있다고 보여지는군요. 또 '가'佳자는 사람 '인'人변에 '천자'天子를 뜻하는 옥 '규'圭자가 있습니다. 한 사람이 규옥圭玉(천자나 제후가 의식을 거행할 때 손에 쥐었던 옥)을 움켜쥐고 있다는 뜻으로 풀이할 수 있습니다. 이 역시 팔 획이니, 어느 모로 보나 여덟째마마의 일취월장을 예언하고 있는 것이 틀림없습니다."

장덕명은 어떻게 해서든 교묘하게 짜맞춰 여덟째의 환심을 사려는 것 같았다. 여덟째는 그 모습이 애처롭기까지 했는지 입술 끝을 치켜올린 채 실소를 머금었다. 이어 조용히 입을 열었다.

"말이 너무 지나친 거 아닌가?"

그러자 장덕명이 결코 그런 것이 아니라는 듯 고개를 저으면서 덧붙여 설명했다.

"사실 여덟째마마는 지금 왕으로 봉해진 상태이기는 하나 그게 전부가 아닙니다. 섭정攝政의 대운이 기다리고 있습니다. 그것은 사실입니다."

"입 닥치지 못해!"

여덟째가 갑자기 벼락 같이 소리를 질렀다. 이어 책상을 사정없이 내려쳤다. 곧 터져 나온 그의 말도 추상같았다.

"뒷골이 조금 당겨 깊은 산속의 시원한 바람이라도 한 줄기 가져올까 싶어 가볍게 불렀더니, 아주 별소리 다하고 자빠졌네. 자네는 지금 나를 불충불의不忠不義의 위험한 지경으로 내몰고 있는 것이나 다름없어! 알아? 여봐라, 이 요상하고 사악한 자를 순천부에 넘겨라!"

윤상은 '팔현왕'八賢王이라고 불리는 황자답지 않게 고래고래 고함을 질렀다. 그를 오랫동안 모신 측근들도 한 번도 보지 못한 모습이었다. 언제나 누구에게나 자상한 웃음을 잃지 않아 부처님이 따로 없다는 태황태후의 별명까지 감히 범할 정도의 호칭을 달고 다녔던 그가 아니던가.

사람들은 저마다 사색이 되어 그 자리에 그대로 굳어버렸다. 실내에는 바늘 떨어지는 소리까지 들릴 만큼 조용했다. 장덕명 역시 여덟째의 고함소리에 놀라 잠시 어안이 벙벙해지는 듯했다. 그러나 이내 고개를 뒤로 젖힌 채 크게 웃었다.

그때 패륵부의 하인 두 명이 잽싸게 달려들어 다짜고짜 그에게 손을 대려고 했다. 그러자 장덕명이 웃음을 뚝 멈추고 부채를 확 접더니 그들을 가리키면서 말했다.

"그 자리에 멈춰 서게!"

장덕명의 말이 떨어지자마자 신기하게도 성큼성큼 다가가던 두 사내는 마법에 걸려든 것처럼 그 자리에 멈춰 섰다. 이어 씩씩하게 활개 치면서 걸어오던 동작 그대로 그 자리에서 굳어지고 말았다.

"사악한 인간 같으니라고! 여봐라. 개의 피를 준비하고 폐하께서 하사하신 왜도倭刀를 가져와라!"

화가 난 여덟째가 이를 악물고는 징그러운 표정을 지으면서 하인들에게 지시했다.

"잠깐만요!"

장덕명이 갑자기 자지러지게 웃었다. 이어 자리에서 일어나 실내를 거닐면서 입을 열었다.

"뜻이 맞으면 남고, 뜻이 맞지 않으면 헤어지는 것이 사나이의 세계 아닙니까? 하온데 귀하디귀하신 여덟째마마께서는 어찌해서 무지한 시정잡배들처럼 칼을 마구 휘두르려고 하십니까? 제가 저 두 사람을 묶어둔 것은 술수가 아닙니다. 스승님한테서 전수받은 삼매신기공三

昧神氣功의 위력 때문이라고 할 수 있습니다. 결코 개의 피로는 저 사람들의 굳은 몸을 펼 수 없습니다. 빈도가 떠나가는 마당에 한 가지만 여쭤보고 싶습니다. 어찌해서 제가 여덟째마마를 불충불의不忠不義에 떨어뜨리려 했다는 겁니까?"

여덟째는 전혀 기가 죽지 않고 오히려 기세등등하게 대드는 장덕명의 태도에 더욱 화가 치미는 모양이었다. 바로 왜도를 낚아채듯 받아 들고는 서슬 푸른 칼날을 획 잡아 뽑았다. 그리고는 살의가 번뜩이는 눈으로 장덕명을 노려보면서 이를 부드득 갈았다.

"그럼 먼저 내 칼부터 받고 가! 자네의 기공氣功이 이기나 내 보도가 이기나 한번 붙어보자고!"

장덕명은 끝내 한 발자국도 물러설 조짐을 보이지 않았다. 크게 웃으면서 기가 살아 있다는 것을 증명하기도 했다.

"그거야 당연히 쇠붙이가 이기지 않겠습니까. 그러나 빈도와 여덟째마마는 끊기 어려운 인연으로 서로를 뿌리치지 못하게 돼 있습니다. 단칼에 제 목을 치는 것은 쉽습니다. 그러나 그때는 둘 다 같이 잘못될 겁니다. 제가 이 말을 증명해 보이겠습니다."

장덕명이 말을 마치고는 안주머니에서 자그마한 손칼 하나를 꺼냈다. 이어 단단한 부채 손잡이에 줄을 긋듯 살짝 그어 보였다. 그러자 부채 손잡이가 힘없이 툭 떨어져 나갔다. 장덕명이 바로 칼과 부채를 던져버리면서 웃음 띤 얼굴로 말했다.

"자, 여덟째마마의 소매 속에 있는 단향檀香나무 부채를 한번 꺼내 보시죠."

여덟째가 그런 장덕명을 비웃는 듯 웃음을 지어보이고는 부채를 꺼냈다. 순간 그는 경악을 금치 못했다. 조금 전까지만 해도 멀쩡하던 자신의 단향나무 부채가 소매 속에서 두 토막이 나 있었던 것이다.

칼로 벤 흔적 역시 역력했다.

금세 안색이 하얗게 질려버린 여덟째의 손에서 왜도가 스르르 미끄러져 떨어졌다. 좌중의 사람들 역시 마찬가지였다. 모두 그 자리에서 꽁꽁 얼어붙고 말았다.

"개수작 부리지 마! 그런다고 내가 무서워할 줄 알아? 지금 이 나라에는 성명하신 폐하께서 굳건히 계시고 현덕하신 태자께서 국정을 훌륭히 운영하고 계셔. 그런데도 너는 섭정이니 어쩌니 하는 말을 했어. 나를 충동질해 모반을 선동하려고 하는 음모를 꾸미려는 것이 아니고 뭐야? 자백해. 아니면…… 통째로 기름 가마에 던져 넣어 버릴 거야!"

여덟째는 전혀 기가 죽지 않고 호통을 쳤다. 그러나 장덕명도 만만하지 않았다. 여전히 안색 하나 흐트러지지 않았다. 오히려 더욱 당당하게 여덟째를 비꼬듯 몰아붙였다.

"그렇게 충성심으로 가득하신 분이 산에 사는 사람은 왜 오라 가라 하시는 거죠? 모름지기 천명天命은 무상無常하고, 제도帝道는 무친無親합니다. 그래서 오로지 덕德을 쌓는 것만이 중요하다고 했습니다. 저를 불러들인 초심이 정녕 심심풀이였다면 뭐라고 지껄이고 돌아가든 심심풀이로 가볍게만 받아들여야 하지 않겠습니까?"

"후유……!"

여덟째가 말문이 막혀버린 듯 길게 한숨을 내쉬었다. 이어 다시 차분해진 어조로 말했다.

"솔직히 자네의 말에 수긍이 가는 점도 많기는 해. 그러나 나는 민감한 사안에 대해서 함부로 논하는 것은 질색이야. 보아 하니 아직 보여주지 않은 숨은 재주도 샘물처럼 많은 사람인 것 같군. 하지만 그럴수록 황자들 사이에서 놀아서는 안 돼. 장작더미를 지고 불 속에 뛰어드는 격이 될 테니까. 내일 내가 예부에 얘기해놓을 테니까 백운관白雲觀에 주지로 들어가게. 그게 좋겠어!"

장덕명이 땅에 떨어진 부채와 손잡이를 주웠다. 이어 눈 깜짝 할 사이에 원상태로 만들어놓고는 합장을 했다.

"여덟째마마와 빈도는 불가분의 인연이라 빈도로서는 황자마마의 뜻에 흔쾌히 응하겠습니다. 하오나 오늘 빈도가 한 말들은 역리易理에 근거해 추리한 것이기 때문에 영험 여부는 시간이 증명할 겁니다. 나무아미타불!"

칠월칠석이 지났다. 자연스럽게 찬 기운을 동반한 비바람이 연일 몰아쳤다. 그러는가 싶더니 이내 서늘한 가을바람이 불기 시작했다. 조정의 국고國庫는 윤상과 시세륜이 불철주야 뛰어다닌 덕분에 음력 7월말 경에는 4000여 만 냥으로 불어났다. 그러자 심드렁하던 윤잉도 다 된 밥상에 숟가락을 얹느라 호부를 부리나케 들락거리기 시작했다.

매년 중추절을 앞둔 이 시기에 조정은 두 가지 일로 바쁘기 이를 데 없었다. 우선 본격적인 수확철을 앞두고 양부糧賦(곡물로 납부하는 지세地稅) 수납 업무를 준비해야 했다. 또 일명 '추결'秋決이라고 부르는 사형수들에 대한 처형도 시행해야 했다. 국법을 크게 어겨 사형당하는 것도 '하늘의 지엄한 뜻'에 따른 것인 만큼 조정에서는 장소 선정에도 신중해야 했다.

강희는 중추절을 앞두고는 늘 그랬듯이 황궁 안의 양심전으로 돌아와 명전明殿을 참배하고 천단天壇에서 제祭를 지냈다. 이어 예부의 사관들과 상서방 대신들을 불러 승덕으로 순유를 떠나는 구체적인 계획을 세우느라 정신없이 바빴다.

얼마 후에는 새로 봉해진 왕들에 대한 조서도 내려졌다. 특히 염군왕인 여덟째는 이때 가장 열심히 후속 조치들을 취했다. 자신의 관할 하에 있는 기주旗主들을 불러 수고비 명목으로 돈을 쥐어 보냈을 뿐만 아니라 각 지역의 농장에서 보내온 공품貢品들도 열심히 챙겼다. 그는 또 중추절 때 있을 행사를 준비하느라고 한가할 새가 없었다. 중추절이 해마다 떠들썩한 분위기를 내는 명절이기는 하나 강희의 탄생 55주년과 겹치는 이 해는 더욱 각별했던 것이다.

그가 이번이 황제의 환심을 살 수 있는 절호의 기회라고 생각한 것은 이런 분위기로 보면 어쩌면 당연한 것이었다. 그는 여느 때와는 색다른 무언가가 없을까 하고 고민했다. 그러다 전국 각지의 55세 노인들에게 월병月餠 보내기 행사를 하는 것이 좋겠다는 절묘한 생각을 하기에 이르렀다. 이처럼 기무旗務와 궁무宮務를 똑같이 잘해내려는 욕심에 불탔으니 그로서는 늘 일손이 부족할 수밖에 없었다. 불철주야 뛰어다니느라 몸이 열 개라도 부족할 지경이었다.

그는 고민 끝에 아홉째와 열째의 집에 사람을 보내 도움을 요청했다. 아홉째가 사람을 보내자마자 기다렸다는 듯 달려오더니 다소 우울한 기색을 보이면서 말했다.

"방금 열째한테 갔었어요. 집안이 아수라장이 돼 있더군요. 도대체 무슨 일인지 하인에게 물어볼 수밖에 없었죠. 그랬더니 하인들이 살림살이를 내다 팔러 저잣거리와 골동품 시장으로 총출동했다는 것 아니겠어요? 그걸 팔아 빚을 갚는다나요?"

여덟째가 안색을 찡그린 채 깜짝 놀라는 표정을 지었다. 그리고는 고함치듯 외마디 말을 토해냈다.

"말도 안 돼!"

"제 생각에는 한번 떠들썩하게 해놓는 것도 괜찮을 듯해요. 인정머리 없는 것들 같으니라고! 형제를 거리로 내몰아가면서까지 빚 독촉을 해야 하나! 이번 일을 계기로 여론의 심판대에 올려놓은 다음 고개도 쳐들지 못하게 해야 한다니까요. 그런데 태자마마의 그 어마어마한 빚은 어떻게 쑤셔 박았는지 다 처리했더라고요. 다른 곳에서 수작을 부렸나 살펴봐도 그건 아닌 것 같고!"

아홉째가 씩씩대면서 말했다. 여덟째 역시 윤잉이 빚을 청산한 방법이 궁금하기는 마찬가지였다. 때문에 자신의 처남을 동북 지방으로 보내 태자가 몰래 인삼을 캐간 것은 아닌지 뒷조사를 하기도 했다. 그러나 그것도 아니었다. 아무리 생각해봐도 의혹만 증폭될 뿐이었다. 더 이상 심증이 가는 데가 없어 무작정 속을 태울 수밖에 없었다.

그러던 중 열째 윤아가 가산을 팔아 빚을 갚으려고 저잣거리로 나갔다는 말을 들었으니 가만히 있을 수가 없었다. 급기야 일손을 놓고는 무작정 아홉째와 함께 윤아를 찾아 나섰다.

윤아는 좀처럼 틈을 주지 않는 넷째 윤진에게 그 어떤 황자보다도 지독한 앙심을 품고 있는 터였다. 그래서 황자로서의 체통과 지위 따위를 내던지고서라도 윤진에 대한 흠집 내기에 대대적으로 나섰다.

그는 노골적으로 북경에서 유동 인구가 가장 많은 전문前門 일대에 길게 천막을 쳐놓고 강희에게 하사받은 금은보화와 총기류, 도자기를 비롯해 병풍, 서화, 경대 및 난로, 책장 등을 헐값에 팔기 위해 내놓았다. 심지어 다른 사람들에게는 별 필요 없을 것 같은 요강까지 들고 나왔다. 물건마다 가격이 적힌 빨간 종이가 붙어 있었고, 황제가 하사한 물건에는 특별히 노란 띠가 둘러쳐져 있었다.

여덟째와 아홉째가 도착했을 때 주변은 사람들로 온통 북새통을 이루고 있었다. 교통은 마비된 지 오래였다. 황자가 빚을 갚기 위해 가산家産을 내다 판다는 말에 호기심을 느낀 사람들이 계속해서 꾸역꾸역 몰려들었으니 그럴 만도 했다. 사람들은 또 어디 값싸고 쓸 만한 물건이 없는지 여기저기를 들쑤시고 다녔다.

여덟째와 아홉째는 인파에 묻혀 있을 열째를 찾느라 진땀을 뺐다. 그러나 윤아를 찾는 것은 쉽지 않았다. 둘은 너무 힘이 들어 할 수 없이 다리를 쉬며 잠시 숨을 골랐다. 그제야 도처에서 귀 따갑게 비아냥거리는 소리가 귀에 들려오기 시작했다. 둘은 쥐구멍이라도 있으면 들어가고 싶었다.

바로 그때 사람들 사이에서 누군가의 고함소리가 울려 퍼졌다.

"지금 열째마마가 시세륜의 수레를 막고 서서 한바탕 붙었다고 하는데? 어서 구경하러 가보자고!"

고함소리를 듣자마자 사람들은 물결이 밀려가듯 우르르 저쪽으로 몰려갔다. 여덟째와 아홉째는 황급히 사람들을 뒤쫓아 갔다. 그리고는 목을 한껏 빼들고 앞쪽을 바라봤다.

아니나 다를까, 앞쪽에는 수레 하나가 멈춰 서 있었다. 시세륜은 안색이 파리하게 질린 채 땅에 엎드려 있었다. 윤아는 그 앞에 두 다리를 쩍 벌리고 마치 시세륜을 집어삼킬 듯한 표정으로 고함을 지르고 있었다.

"당신이 그러고도 책을 몇 수레씩이나 읽은 사람이라고 할 수 있어? 어떤 빌어먹을 놈이 이런 괴물을 뽑아서 여러 사람 피곤하게 만드는 거야? 눈깔이 뒤집혀지기라도 했나? 내가 아무리 꼴이 우습게 됐다고 해도 엄연히 누런 띠를 두른 황실의 자손이라고! 네놈이 뭔데 감히 내 눈앞에서 우리 애들한테 손을 대는 거야!"

"열째마마께 아룁니다. 하관下官은 그자가 열째마마의 문하인 줄은 정말 몰랐습니다. 하지만 입은 비뚤어져도 말은 바로 하라는 말이 있지 않습니까. 정녕 그자가 열째마마께서 아끼시는 부하라면 이 자리에서 분명히 해둬야 할 것이 있습니다. 열째마마께서는 그자가 공공연히 조정의 대신을 모욕하고 길을 막았다는 사실을 알고 계십니까? 게다가 수레를 세우고는 입에 담지 못할 욕설도 퍼부었습니다. 설마 모르고 계셨다고 하시지는 않겠지요? 열째마마의 문하가 그토록 막무가내이고 교양이 없다는 사실에 저는 그저 놀랍고 안타까울 따름입니다."

시세륜이 다소 쉰 목소리로 열심히 해명을 했다. 그러나 소용이 없었다. 윤아는 당장이라도 꼬투리만 잡히면 시세륜을 마구 짓밟아 버릴 것처럼 계속해서 씩씩댔다.

"그래서? 지금 나를 훈계하는 거야? 내가 무릎 꿇고 잘못을 싹싹 빌어야 하나? 고작 이품二品에 지나지 않는 경관京官인 주제에 안하무인으로 황자 앞을 그냥 지나쳐? 자네 애비 시랑施琅이 그렇게 가르쳤나?"

시세륜이 그 말에 침을 꿀꺽 삼키면서 대답했다.

"하관은 맹세코 의도적으로 황자마마를 무시한 것이 아닙니다. 근시近視가 심해 미처 알아보지 못했을 뿐입니다……."

"근시? 그게 아닌 것 같은데? 근묵자흑近墨者黑이라는 말이 있어. 똥을 가까이 하면 악취도 난다는 말도 있고. 높은 가지에 올라가니까 세상이 녹두알만 하게 보인 거겠지!"

윤아가 냉랭한 음성으로 비아냥거렸다. 옆에서는 요전, 유섭, 당봉은, 김옥택 등이 기세등등한 표정을 한 채 시립을 하고 있었다. 그동안 병부兵部의 원외랑員外郎으로 승진한 김옥택이 시세륜을 마치 벌레 보듯 하면서 말했다.

"열째마마, 구더기가 더러워서 피하지 무서워서 피하겠습니까? 저런 소인배 때문에 괜히 목 아프게 말씀하실 것 없습니다."

"나는 이 나라를 위해 국채를 환수하는 임무를 받들고 심혈을 기울이고 있소. 때문에 스스로 당당하고 한 치도 거리낄 것 없는 사람이오. 그런데 내가 왜 소인배라는 말이오, 김옥택? 그리고 열째마마께서도 무슨 말씀을 그렇게 하십니까? 근묵자흑이라뇨? 또 똥을 가까이 하면 냄새가 난다고 하셨는데 도대체 묵墨은 누구고 똥은 또 누구입니까? 속 시원하게 말씀해보십시오!"

시세륜이 화를 주체하지 못한 채 온몸을 부들부들 떨면서 강경한 태도로 말했다.

윤아는 잠시 할 말이 궁해진 듯했다. 그래서인지 말없이 눈을 부릅뜬 채 발을 크게 굴렀다. 그것은 각본에 의해 미리 짜놓은 신호였다. 윤아의 부하들은 그 신호가 떨어지자마자 바로 집어삼킬 듯한 기세로 시세륜에게 다가갔다. 자칫 조정이 발칵 뒤집힐 사건이 터질 순간이었다.

"잠깐만!"

다급해진 윤사가 윤당을 이끌고 사람들 사이를 비집고 나왔다. 윤아를 둘러싸고 있던 태감과 부하들은 여덟째를 보자 일제히 무릎을 꿇었다.

여덟째는 뭔가 고자질을 하려고 턱을 쳐들고 입을 실룩거리는 윤아를 무섭게 째려보았다. 그리고는 "흥!" 하는 소리와 함께 시세륜에게 발걸음을 옮겼다. 이어 땅에 엎드린 채 분노와 일말의 두려움으로 떨고 있는 그에게 가까이 다가가 허리를 굽혀 그를 일으켜 세우고는 부드러운 목소리로 말했다.

"방죽方竹(시세륜의 호) 형! 이럴 수가……! 참으로 억울할 것이야……."

시세륜은 갑자기 나타난 여덟째가 예상외로 다정하게 나오자 깜짝 놀라지 않을 수 없었다. 곧 설움에 겨운 듯 그동안 참아왔던 뜨거운 눈물을 쏟아냈다.

그러자 여덟째가 시세륜의 마음을 어떻게 해서든 풀어주려는 듯 다시 인자한 어조로 말을 이었다.

"열째가 말은 저렇게 마구 해도 마음은 어질고 따뜻한 사람이네. 성격이 약간 불끈하는 면이 있어서 그렇지. 오늘 일은 형인 내 체면을 봐서라도 없던 일로 해줬으면 하네. 방죽 형은 조정의 기둥 역할을 하는 중신으로 드넓은 아량이 있을 줄 믿네! 사람이 많아 길게 말할 여건이 되지 않으니 간단하게 말하겠네. 내 돌아가면 태자마마께 이 사실을 아뢰겠네. 그리고 열째로 하여금 사과하러 가도록 할 것을 약속하겠네!"

윤사의 말에 시세륜의 얼굴은 한결 부드러워졌다. 또 감격을 해서인지 눈가에 다시 새롭게 눈물이 맺히려고 했다. 그러자 윤당이 그 모습을 보고는 발을 구르면서 윤아를 나무라는 척을 했다.

"그러게 내가 어제 술 좀 작작 마시라고 했잖아! 사람이 나빠서가 아니라 술이 나빠서 일을 저지른다고 말이야. 아무리 그래도 어떻게 시세륜 대인한테까지 그럴 수 있는가?"

윤아는 무작정 자신의 손을 들어줄 줄 알았던 두 형이 오히려 시세륜 편을 들며 자신을 나무라자 황당한 표정을 지었다. 할 말을 잃고 두 사람을 멍하니 쳐다보고 있었다. 그러자 여덟째는 윤아가 다 된 밥에 코라도 빠뜨리지 않을까 걱정이 됐는지 황급히 좌중을 향해 명령을 내렸다.

"뭣들 하는가! 어서 시 어른을 수레에 모시지 않고. 아홉째, 자네가 방죽 어른을 댁까지 모셔다 드리게."

윤당이 고개를 끄덕였다. 그리고는 시세륜을 부축해 함께 수레에 올랐다. 저만치 수레가 떠나가자 여덟째가 계속 어안이 벙벙해 있는 윤아를 무섭게 노려봤다. 이어 엄하게 꾸짖었다.

"명색이 황자라는 사람이 누구 얼굴에 똥칠을 하려고 그러는 거야? 어서 천막을 거둬들이고 물건을 차에 실어!"

그러나 윤아는 여덟째 형의 명령에도 순순히 따르지 않았다. 오히려 땅이 꺼지게 발을 구르더니 간다온다 소리도 없이 횡하니 돌아서서 가버렸다. 화가 나면 앞뒤 가리지 않는 그다운 행동이었다.

이튿날은 중추절이었다. 강희는 새벽같이 일어났다. 잠자리가 편했는지 안색이 무척이나 좋았다.

그는 먼저 천궁전天穹殿을 비롯해 종수궁鍾粹宮, 흠안전欽安殿을 두루 찾아 참배를 올렸다. 그리고는 두단斗壇에도 들러 향을 피워 올렸다. 이어 아침을 먹은 다음에는 백관들의 조하朝賀를 받았다. 눈을 지그시 감은 채 신하들의 '만수무강부'萬壽無疆賦도 들었다. 강희로서는 해마다 들어온 말이었기 때문에 어떤 대목은 외울 수도 있을 정도였다. 이렇게 중추절 행사는 차질 없이 진행되었다. 그러다 보니 어느새 하루가 저물어 갔다.

강희가 저녁을 가볍게 먹고 잠시 휴식을 취하려 할 때였다. 여덟째가 들어오더니 아뢰었다.

"아바마마, 어화원御花園으로 언제 출발하실지 말씀을 해주시옵소서. 그러면 아신兒臣이 어화원 쪽에 알려 다들 대기하도록 하겠사옵니다."

강희가 뭐라고 입을 열려 할 때였다. 마침 양심전 총관태감이 된 이덕전이 형년을 비롯한 태감, 궁녀들 70여 명을 거느리고 문안 인사차 들어섰다. 그들을 대표해 이덕전이 웃으면서 아뢰었다.

"폐하! 소인이 방금 어화원에 다녀왔사옵니다. 올 중추절 행사는 여덟째마마의 주도면밀한 준비에 힘입어 순조롭게 진행될 것 같사옵니다. 예전과는 전혀 색다른 멋도 느낄 수 있사옵니다. 더구나 구름 한 점 없는 맑은 하늘에 은쟁반 같은 달이 폐하의 품을 찾아 이리저리 기웃거리고 있는 것 같았사옵니다!"

이덕전의 아부는 정말 눈물겨웠다. 좌중의 사람들이 감탄한 나머지 속으로 혀를 내두를 정도였다. 그러나 강희는 이덕전의 말에는 아랑곳하지 않은 채 여덟째에게 물었다.

"황자들은 다 모였는가?"

여덟째가 연신 허리를 굽실거리면서 대답했다.

"집에서 곧장 오다 보니 잘은 모르겠사옵니다. 그러나 하주아의 말대로라면 거의 다 도착해 폐하께서 오시기만을 학수고대하고 있다 하옵니다. 어제 큰형님과 셋째 형님을 만났는데, 자기 앞가림 정도는 할 수 있을 황손들은 데리고 가서 아바마마의 은총을 입도록 하고 싶다고 하더군요. 그렇게 하면 행사의 의미가 더욱 풍부해질 것이라고 하면서 말이옵니다. 형님들이 아신에게 아바마마께 말씀드려달라고 부탁했사옵니다."

강희가 잠시 생각에 잠겨 있더니 천천히 입을 열었다.

"누구는 오게 하고 누구는 못 오게 할 수는 없지. 백여 명의 황손들 중 큰 아이들은 열일곱 살 정도 됐다고는 하나 작은 아이들 중에는 갓난아이도 있을 것 아닌가. 그 아이들이 오면 유모, 어멈, 시녀 등 완전히 대부대가 움직일 텐데……. 안 돼, 짐은 그렇게 와자지껄 떠드는 것은 귀찮아."

여덟째는 "떠든다"는 강희의 말에 순간적으로 윤아를 떠올렸다. 동시에 오늘 저녁에는 윤아의 돌발 행동이 문제가 되지 않기를 바라면서 황급히 입을 열었다.

"아바마마께서 별다른 지시가 없으시면 아신은 그만 나가보겠사옵니다. 태자마마께서 지금쯤 어화원에 도착하셨을 텐데 따라 움직이는 것이 좋을 듯하옵니다."

강희가 여덟째의 말에 고개를 끄덕였다. 이어 얼굴 가득 흐뭇한 표정을 지어 보였다.

"그래, 형제간에 서로 돕는 모습이 보기 좋군. 시위들 중에 무단이 있나 없나 한 번 봐. 만약 오지 않았다면 짐이 같이 달구경이나 하자고 한다고 전해."

어화원 입구에는 온갖 화려한 등이 나무에 잔뜩 걸려 있었다. 그것들은 나무를 마치 은화銀花처럼 수놓고 있었다. 원래 어화원 내에서는 달구경에 좋지 않은 영향을 미칠 것을 우려해 큰 등불은 켜지 않도록 하고 있었다. 그럼에도 그렇게 등을 달 수 있었던 것은 여덟째가 궁여지책으로 내놓은 계책 때문이었다. 등 위에다 덮개를 씌워 아래쪽은 대낮같이 환하지만 밤하늘을 보기에는 전혀 문제가 없었다. 또한 겉모양도 썩 괜찮아 보였다.

어화원 앞의 한백옥漢白玉 계단 밑에는 만여 개의 유리등이 켜져 있었다. 또 두 마리의 용이 여의주 하나를 같이 물고 마주 보면서 꿈틀대는 그림도 걸려 있었다. 그것들은 등불이 명멸할 때마다 따라서 흩날림으로써 마치 살아있는 듯 장관을 연출하고 있었다. 여덟째는 그 장관들을 뒤로 한 채 천천히 앞으로 걸어갔다.

얼마 후 그의 눈에 화원으로부터 약간 떨어진 쪽에서 장황자, 그리고 셋째 황자와 담소를 주고받고 있는 무단이 눈에 들어왔다. 그가 활짝 웃으며 반색을 했다.

"무단 아저씨, 혹시 오지 못하실까봐 아바마마께서 걱정을 하시고 계시더군요!"

여덟째는 말을 마치자마자 바로 무단에게 다가갔다. 그리고는 무단의 손을 덥석 잡으면서 평소와는 달리 공손한 말투로 덧붙였다.

"환갑을 넘기신 분이 어쩌면 아직도 이렇게 패기가 넘치십니까? 부러워서 질투가 다 나려고 하네요!"

무단이 곰살궂은 여덟째의 말이 싫지 않은지 허허 웃음을 흘렸다.

"사지가 발달하고 골이 좀 비어있다 싶은 필부니까요. 그런 것도 나름 좋은 점이 있나 봅니다."

두 사람은 한참 동안 담소를 즐겼다. 그러다 여덟째가 큰황자에게 얼굴을 돌린 채 물었다.

"황자들은 다 도착했나요?"

"아마도 거의 다 왔을 걸? 세어 보지는 않았으나 시끌벅적한 것이 올 사람은 다 온 것 같아."

장황자가 시무룩하게 대답했다. 여덟째는 그 말에 다 모였다는 것인지 그렇지 않다는 것인지 도대체 모르겠다는 표정을 지으면서 셋째에게로 말머리를 돌렸다.

"먼저 들어가 계셔도 돼요. 저는 워낙 잘 생기다 보니 사람들의 시선이 부담스러워요. 여기 숨어서 무단 숙부님과 얘기나 나누다 들어갈게요."

여덟째가 익살스럽게 셋째에게 눈웃음을 지어 보이는가 싶더니 갑자기 정색을 하면서 덧붙였다.

"그리고 각별히 신경을 써야 할 것이 있어요. 윤아 그 자식이 오늘 저녁 이 자리를 아수라장으로 만들어버릴 가능성이 없지 않아요. 아까도 청승을 떨면서 입을 옷이 없다며 우리 집에 빌리러 온 걸 제가 매정하게 대해 버렸거든요."

얼마 후 어화원 내부는 차근차근 정돈이 되고 있었다. 저마다 자기 자리를 찾아 질서정연하게 앉아 있었던 것이다. 대부분 강희의 비빈들이었다. 귀비貴妃 유호록鈕祜祿씨를 필두로 혜비惠妃 납란納蘭씨, 영비榮妃 마가馬佳씨, 덕비德妃 오아烏雅씨, 의비宜妃 곽락라郭絡羅씨, 성비成妃 대가戴佳씨, 정비定妃 만류합萬琉哈씨, 밀비密妃 왕王씨, 근비勤妃 진陳씨, 양비襄妃 고高씨 등이 차례로 서 있었다. 또 아직 황자를 낳지 않은 진陳씨, 색혁도索赫圖씨, 석石씨 등 수십 명의 빈빈嬪들도 시립해 있었다. 태자 윤잉과의 관계가 예사롭지 않은 귀인貴人 정춘화鄭春花도 그 가운데 있었다. 답응答應과 상재常在라고 불리는 지위가 낮은 빈녀들의 경우는 주눅이 들었는지 구석에 줄을 지어 고개를 숙이고 서 있었다.

동쪽에는 태자 윤잉을 비롯해 장황자 윤제胤禔와 윤진胤禛, 윤기胤祺, 윤조胤祚, 윤사胤禩, 윤당胤禟, 윤자胤䄉, 윤도胤祹, 윤상胤祥, 열넷째 윤제胤禵, 윤우胤禑, 윤록胤祿, 윤례胤禮, 윤개胤祄, 윤직胤禝, 윤위胤禕 등 황자들이 나이순으로 나란히 자리를 잡고 있었다. 장황자가 서른여섯, 막내는 아직 젖비린내조차 가시지 않은 어린아이였다. 한껏 멋을 낸 여인들과 유난히 근엄해 보이는 그들 남자들 사이로는 스물한 명이나 되는 시집을 가지 않은 화석공주和碩公主들이 자리하고 있었다. 그들은 즐거운 듯 하나같이 자유롭게 웃으면서 재잘거리고 있었다.

그러나 여덟째가 걱정하는 열째 윤아의 모습은 보이지 않았다. 그에게는 어쩌면 다행인지도 모를 일이었다. 강희가 탄 수레는 유시酉時 말 무렵에 어화원으로 들어섰다. 그에 앞서 이덕전의 찢어지는 듯한 목소리가 크게 들려왔다.

"황제 폐하께서 납시옵니다!"

17장
난장판이 된 잔치

　열넷째 황자 윤제는 열셋째 윤상과 여러 가지 면에서 비슷했다. 나이도 비슷하고 협객의 기질이 있어 군대를 이끄는 분야에 능력이 뛰어났을 뿐만 아니라 생김새 역시 닮은 점이 많았다. 오히려 같은 어머니를 둔 친형인 넷째 윤진과는 달라도 너무 달랐다.

　그는 다른 황자들과는 달리 목란木蘭에 있는 황실 전용 사냥터에 가 있다가 중추절을 맞아 북경에 돌아왔다. 그리고 오자마자 바로 아홉째를 찾아갔다. 그리고는 저녁에 달구경보다 더 재미 좋은 그 무엇이 기다리고 있을 것이라는 말을 들었다. 때문에 잔치에 참석한 황자들 중에서 그만은 열째 윤아가 한바탕 소란을 피울 것이라는 사실을 확실히 점치고 있었다.

　청나라 황실의 규정에 따르면 황자들은 적자嫡子나 서자庶子를 떠나 태어나면 바로 어멈에게 맡겨지는 것이 관례였다. 또 여덟 명의 보모와 같은 수의 유모도 배치됐다. 바느질하고 빨래하고 불 지피고 하는 몸종들 역시 수십 명이었다. 젖을 뗄 무렵이 되면 조기교육도 실시했다. 예컨대 태감들 중에서 먹물깨나 먹은 태감들 여덟 명을 선정해 각자 '품위 있게 걸음마 옮기기', '교양 있게 옹알대기' 등의 과목에 대한 교육을 실시했다. 이처럼 황자들은 탯줄을 끊자마자 바로 어머니 아닌 다른 여인들 품을 '전전'하면서 자랐기 때문에 부자, 모자, 형제의 정이라는 것은 아예 강보에서부터 싹둑 잘려질 수밖에 없었다.

그러나 효성孝誠황후가 사산死産의 아픔을 겪던 해에 태어난 윤진은 달랐다. 황후마마의 정서를 고려해야 했던 것이다. 황후는 윤진이 일반 가정의 아이처럼 자라기를 간절하게 원했다. 결국 파격적으로 종수궁鍾粹宮에 들어가게 됐다. 이 때문에 윤진은 본의와는 무관하게 다른 황자들의 질시를 받으며 자랄 수밖에 없었다. 동복同腹형제인 열넷째 윤제와도 자연스럽게 멀어져 갔다. 그러다 보니 윤제는 어려서부터 여덟째 등과 어울려 다닐 뿐 정작 같은 '어머니'에게서 태어난 윤진과는 그다지 친하지 않았다.

"황제 폐하 납시옵니다!" 하는 이덕전의 고함소리가 들리자 사람들은 일제히 머리를 조아렸다. 이어 "만만세!" 하고 산이 떠나갈 듯 외쳤다.

"됐네!"

강희가 희색이 만면한 얼굴을 한 채 일어나라는 손짓을 했다. 이어 조용히 입을 열었다.

"오늘은 집안 잔치야. 그러니 자네들도 모처럼 편하게 즐겼으면 해. 예전 같으면 군신群臣들도 함께 있어 발 디딜 틈이 없었겠지. 그러나 올해는 여덟째의 건의를 받아들여 특별히 그들 군신들에게도 나름 배려를 해서 낮 행사를 치르고는 저녁에는 식구들하고 같이 지내도록 집에 보내준 것이네."

강희는 행사 준비에 무척 만족하는 듯했다. 얼굴에 흡족함이 잔뜩 묻어나고 있었다. 곧 그가 어정御亭 앞에 있는 배월대拜月臺로 발걸음을 옮겼다.

산들바람이 상쾌할 뿐만 아니라 월색도 고요한 부드러운 밤이었다. 배월대에는 향연香煙이 은은하게 피어오르고 있었다. 책상 위에는 은으로 만든 말, 코끼리 등 각종 동물을 비롯해 갖가지 거울, 솥, 주발 등 각종 법물法物들이 가지런히 놓여 있었다.

강희는 은대야에 손을 씻고는 근엄한 자세로 상체가 땅에 닿도록 몸을 깊이 숙여 길게 읍을 했다. 이어 진지하게 둥근 달을 바라보면서 간절히 기도를 올렸다.

"이 산하의 주인인 애신각라愛新覺羅 현엽玄燁이 상천上天의 은혜를 듬뿍 입어 번창일로를 달리는 행운을 만끽하고 있습니다. 이 모든 광영을 지엄하고 자애로우신 상천께 바치겠나이다. 시작이 좋으면 끝을 조심하라고 한 바 부디 상천께서는 굽어 살펴주시옵소서. 만약 신이 잘못할 때는 목숨을 줄여서라도 후세에 널리 알려지는 훌륭한 군주가 되게 해주시옵소서."

윤진은 강희와 가장 가까운 곳에 자리를 잡고 있었다. 때문에 강희의 일거수일투족을 하나도 빠짐없이 볼 수 있었다. 그는 강희의 말에 깊은 감명을 받고 가슴속에 새겼다. 강희는 젊음을 불태워 기업基業을 닦았을 뿐 아니라 달리는 말에 채찍질을 한 끝에 오늘을 이룩한 일대의 영명한 군주였다. 누구도 따라올 수 없을 위대한 업적을 이루었음에도 불구하고 실수했을 경우에는 목숨까지 줄여달라는 간절한 기원을 올리고 있으니 윤진은 그 끝 모를 군주다움에 감명받지 않을 수 없었다.

곧 배월 의식이 끝났다. 뒤이어 모두가 기다리고 기다리던 연회가 시작됐다. 연회석은 가산假山과 정자亭子 사이에 총 30개가 마련돼 있었다. 연회석에는 저마다 상다리가 부러질 정도로 푸짐한 각종 요리며 과일이 가득 차려져 있었다.

강희의 자리는 월단月壇 바로 밑에 있었다. 그가 사람들을 편하게 해주려고 먼저 자리에 앉더니 웃음 띤 얼굴로 윤잉에게 말했다.

"지나치게 소심하고 무기력한 과거의 약점을 잘 보완하고 있는 것 같구나. 이번에는 일을 아주 잘 하더군. 짐은 요즘 같아서는 콧노래가 절로 나와. 태자 자네는 내 옆으로 오게."

강희가 윤잉을 자신과 동석하게 한 다음 악륜대에게 명령을 내렸다.

"자네는 짐의 명령을 어선방에 전달하게. 이곳 음식을 똑같이 새로 만들어 자네들도 먹도록 해. 그리고 육경궁에 있는 태자비 석씨와 태자의 세자들에게도 보내주도록 하고 말이야!"

강희가 말을 마치고 바로 젓가락을 들었다. 그런데 의외로 사람들의 반응이 너무나도 어색했다. 유난히 밝고 고요한 달빛이 어화원을 대낮처럼 환하게 비추는 가운데 모여 앉은 사람들은 마치 억지로 끌려나온 듯 불편한 기색이 역력했다. 공기 중에는 무거운 압박감이 깔려 있는 것 같았다.

강희는 사람들이 자신을 의식해서 그러는 것이라고 생각하고 일부러 웃음을 지으면서 말했다.

"다들 밥 먹고 나면 어디 전쟁터에라도 나갈 예정인가? 무서워서 음식이 넘어가기를 않는군! 오늘 밤은 짐을 의식하지 마. 마음껏 웃고 떠들고 해도 괜찮아! 누가 우스갯소리라도 하나 하지 그래? 이 사람들을 좀 웃겨주게. 어디 한번 나와 보라고. 잘 웃기면 짐이 상을 푸짐하게 내릴 테니!"

　장내는 강희가 분위기를 바꾸려는 노력을 적극적으로 보이자 비로소 조금씩 술렁이기 시작했다. 이어 윤잉이 칭찬을 받아 기분이 좋아졌는지 태자답게 먼저 자리에서 일어섰다. 그러나 좌중의 사람들은 큰 기대를 거는 것 같지 않았다. 그가 평소 달변이 아니었던 탓에 우스갯소리 역시 별로 잘 하지 못할 것이라고 생각하는 듯했다.

　사실 그 역시 태자라는 부담감 탓에 가장 먼저 일어나기는 했으나 막막하기는 마찬가지였다. 애써 기억을 더듬어 겨우 입을 열었다.

　"제가 먼저 하겠습니다. 이것은 실제로 있었던 얘기인데요. 산동 지방의 관리로 있다가 지난해에 파직당한 서구임徐球壬이 살인사건을 담당했을 때의 일화입니다. 어느 마을의 왕아무개가 윤아무개를 죽였다고 하네요. 서구임은 그때 왕아무개를 심문하다 크게 화를 내면서 다음과 같이 말했다고 합니다. '너는 왜 남의 남편을 죽여서 죄 없는 여자를 청상과부로 만들고 그러는 거야? 너를 사형시키는 대신 윤아무개의 마누라를 데리고 살도록 하는 벌을 내리겠어. 너도 네 마누라가 청상과부가 되는 느낌이 어떨지 한번 느껴봐야 하지 않겠어?'라고 말입니다."

　좌중에 앉은 사람들의 반응은 무덤덤했다. 윤잉도 머쓱해지지 않을 수 없었다. 결국 정춘화에게 시선을 보내고 말았다. 달리 수습이 안 되는 상황을 어떻게 좀 해달라는 부탁의 눈길이었다.

　하지만 정춘화는 애써 그의 시선을 외면했다. 아니 일부러 못 본 척하면서 고개를 외로 돌리더니 옆에 앉아 있는 비빈 진씨에게 계속 무언가 말을 걸고 있었다.

　강희는 그러나 분위기를 고조시키겠다는 듯 일부러 크게 웃었다. 그러자 썰렁하던 실내 여기저기에서 어색한 웃음이 터져 나왔다. 네 번째 좌석에 앉아 있던 아홉째 윤당이 그 분위기에 편승해야겠다고 생각했는지 윤잉에게 눈길을 주고는 바로 입을 열었다.

"제가 하나 들려 드리겠습니다. 천하의 대시인인 소동파蘇東坡에게 팔자 사납게도 아둔하기 이를 데 없는 아들이 하나 있었다고 합니다. 눈이 많이 내린 어느 날이었습니다. 소동파는 자신의 아들이 낳은 자식이라고 하기에는 너무나도 영악스러운 손자 녀석이 책읽기를 게을리 하자 벌을 내렸습니다. 눈밭에 무릎을 꿇게 하고 〈권학편〉을 외우도록 하는 벌이었습니다. 그러자 소동파의 아둔한 아들이 나란히 눈밭에 무릎을 꿇었다고 합니다. 당연히 소동파가 물었겠죠. '내가 너에게 무릎을 꿇으라고 했더냐?'라고 말입니다. 아들은 그 말에 '아버지가 제 아들을 동태로 만들면 저도 얼마든지 아버지 아들을 동태로 만들 수 있어요!'라고 했다고 합니다."

윤당의 우스갯소리가 끝나기 무섭게 장내는 여인들이 배꼽을 잡고 깔깔 웃으며 숨넘어가는 소리로 시끌벅적했다. 강희 역시 수염을 떨면서 크게 웃었다. 이어 칭찬의 말을 아끼지 않았다.

"아홉째, 보기보다 재미있구나! 자, 약속한 대로 선물로 송지宋紙(고급 한지)를 하사할 테니 받도록 해라!"

여덟째 윤사도 윤당이 강희로부터 꽤나 쏠쏠한 칭찬을 듣자 슬며시 구미가 당겼다. 자신 역시 아홉째처럼 우스갯소리를 해서 아바마마의 칭찬을 듣고 싶다는 생각이 들었다.

그가 아홉째의 것보다 더 재미있는 이야기를 생각해내기 위해 그처럼 머리를 짜내고 있을 때였다. 느닷없이 열째 윤아가 씩씩대면서 들어서는 모습이 보였다. 몹시 악의에 찬 표정이었다. 여덟째는 그 모습을 보는 순간 가슴이 철렁 내려앉는 것 같았다. 자신이 힘겹게 준비한 중추절 행사를 망칠 것 같은 불길한 예감이 밀려왔다. 그는 윤아가 사고를 치기 전에 어떻게든 자신의 옆으로 데려다 잘 다독거려야겠다고 생각하고는 마음이 급해졌다.

그가 그렇게 머리를 굴리고 있을 때 강희가 웃음을 머금은 표정으로 윤아에게 물었다.

"자네는 무슨 일이 그렇게 바쁜가? 그렇게 씩씩대면서 고삐 풀린 망아지처럼 굴 것이 아니라 황자의 체통도 좀 생각해야지! 늦게 온 벌을 받아야겠어. 어디 여러 사람들 한번 웃겨봐!"

"예, 아바마마!"

윤아가 시원스럽게 대답했다. 강희는 언제 보아도 변함없는 바로 그 씩씩함과 때로는 방정맞다 싶을 정도의 솔직함 때문에 윤아를 좋아했다. 윤아 역시 그 사실을 모르지 않았다. 그래서였을까. 그는 자신의 이름이 적혀 있는 세 번째 자리로 가더니 술잔을 들어 단숨에 냉수 마시듯 마시고는 소매로 입을 쓱 닦은 다음 말했다.

"한 무리의 해적들이 상선 한 척을 추격해 약탈을 했습니다. 그런데 실망스럽게도 배 안에는 별로 돈이 안 되는 향초들 외에는 아무것도 없었습니다. 해적들은 화가 났지만 그렇다고 버리기도 아까웠습니다. 그래서 앞으로 자신들의 해적질이 지속될 수 있도록 하늘에 공덕을 드리기 위해 향초를 모조리 태워버렸다고 합니다. 그러자 하늘의 옥황상제께서는 지상에서 갑자기 좋은 향냄새가 올라오는 것을 보고 이상하게 여기셨습니다. 당연히 무슨 일인지 천병天兵에게 알아보라고 했습니다. 그랬더니 천병이 지상에 내려갔다 돌아와서는 '수탈을 당한 가난뱅이들이 울고 있고, 그 옆에서 강도들이 향을 사르고 있었나이다!'라고 대답했습니다."

누가 들어도 하나도 우습지 않은 얘기였다. 또 그 의미를 알아차리기에도 그리 어렵지 않았다. 강희는 삽시간에 안색이 흐려졌다. 천천히 술잔을 들었으나 손이 유난히도 떨리고 있었다.

순간 황자들의 시선이 일제히 윤상에게 날아가 꽂혔다. 곧이어 윤아와 윤상의 눈싸움도 시작됐다. 좌중에 함께 자리한 500~600여 명의 사람들은 그런 모습을 아슬아슬한 심정으로 지켜보았다. 어화원은 이내 쥐 죽은 듯 침묵에 빠졌다.

윤잉은 사태가 크게 악화되는 것을 우려했는지 윤진에게 부지런히 눈짓을 보냈다. 어떻게든 윤상을 눌러 앉히라는 당부였다. 그러나 윤진은 잔뜩 긴장하고 안절부절못하는 윤잉과는 달리 별로 대수롭지 않다는 듯 조용히 사태를 주시하고 있었다.

다른 사람들이 보기에 윤아와 윤상 사이에 이렇다 할 문제는 없었다. 그럼에도 불구하고 눈에 보이지 않는 둘 사이의 기싸움은 갈수록 불꽃이 튀었다.

윤상은 집어삼킬 듯한 윤아의 눈빛을 피하지 않았다. 오히려 천천히 한 걸음씩 앞으로 다가갔다. 급기야 그 살벌한 광경을 지켜보던 여자들이 먼저 몸을 움츠렸다. 일부는 무슨 영문인지 몰랐으나 두려운 듯 고개도 숙였다. 드디어 윤상이 느릿느릿 입을 열었다.

"오……, 이제 보니 형님은 강도떼를 만나 가진 것을 다 빼앗기고 입을 옷마저 변변찮아 온 천지에 바지를 빌리러 다닌 모양이군요!"

윤아가 점점 심하게 미간을 찌푸리고 있는 강희를 힐끗 쳐다봤다. 이어 더욱 기가 살아난 듯 펄펄 뛰면서 윤상에게 말했다.

"말을 꺼내자마자 본질을 꿰뚫을 줄 아는 것을 보니 소문대로 똑똑하군. 다들 알고 있겠지만 내 입으로 다시 한 번 분명히 말하지. 내가 얘기한 그 강도는 바로 너와 그 지지리도 못 생긴 시세륜이라는 작자야! 오늘 마침 외나무다리에서 잘 만났어. 한번 제대로 붙어 보자고!"

강희는 어느 황자가 빚 독촉에 못 이겨 가산을 팔러 다닌다는 말을 얼핏 듣기는 했다. 그러나 한낱 뜬소문이겠거니 하고는 무심히 들어 넘겼다. 그런데 그게 바로 열째 윤아였다니…….

그는 놀라지 않을 수 없었다. 뒤이어 윤아가 여덟째 등의 꼬드김에 놀아난 나머지 이 자리를 이용해 일부러 윤잉과 윤진에게 독화살을 쏘아댈 가능성도 배제할 수 없다는 생각도 했다.

그가 그런 생각을 한 다음 다시 여덟째를 봤다. 여덟째는 오만상을 찌푸린 채 연신 한숨을 토해내고 있었다. 그때 두 번째 자리에 앉았던 윤진이 큰 소리로 고함을 질렀다.

"윤상, 이리로 와서 앉아! 그런 몰상식하고 파렴치한 인간과 상대하고 있을 것이 뭐가 있나!"

윤아는 윤진의 말에 완전히 이성을 잃었다. 그예 펄쩍펄쩍 뛰더니 한참 위의 형인 그에게 손가락질까지 하면서 씩씩거렸다.

"개미에서 기름을 짜내고, 빈대에서 껍질을 벗겨내는 추잡스런 사람들 같으니라고! 믿어지지 않는다면 우리 집에 한번 가보라고요. 식구들이 빈집에서 울고불고 하느라 초상집이 따로 없다고요!"

윤진은 매정했다. 바로 윤아의 말을 냉정하게 받아쳤다.

"우는지 울부짖는지 확인하기 위해 내가 왜 거길 가봐야 하는데? 한 집이 우는 것이 낫지, 그러면 나라 전체가 울어야겠어?"

"그럼요!"

윤상이 윤진의 말에 맞장구를 쳤다. 순간 솥뚜껑 같은 윤아의 손바닥이 갑자기 윤상의 얼굴로 날아가 찰싹 달라붙었다.

"몸이나 파는 천한 것의 잡종새끼 같으니라고! 종일 태자와 넷째 형님의 엉덩이나 핥고 다니는 주제에 누구를 업신여기는 거야!"

윤아는 거친 말들만 골라서 내뱉고 있었다. 윤상으로서는 이성을 잃을 수밖에 없었다. 당연히 윤아를 가만 두려 하지 않았다. 인정사정 보지 않고 윤아에게 와락 덤벼들었다.

어화원은 순식간에 아수라장이 됐다. 윤아와 윤상은 엎치락뒤치락하면서 갈수록 살벌하게 엉겨 붙었다. 무단과 악륜대가 밖에 있다가 소란스러운 소리가 나자 깜짝 놀라 뛰어 들어왔다. 그리고는 강희에게 황급히 달려가더니 물 샐 틈 없는 호위망을 펼쳤다.

아홉째 윤당이 안 되겠다고 판단한 듯 달려들어 둘의 싸움을 뜯어말리려고 했다. 그러나 그마저도 허사였다.

좌중의 사람들은 순식간에 발생한 사태에 큰 충격을 받은 듯했다. 하나같이 어떻게 할 줄을 모르고 우왕좌왕했다. 그나마 윤당과 윤제는 윤아를 뜯어말리려는 노력만큼은 잊지 않았다.

얼마 후 드디어 강희의 불같은 호령이 떨어졌다.

"말리지 말고 그대로 내버려 둬! 서로 죽이든 살리든 마음대로 하게 내버려 두라는 말이야!"

강희는 저마다 성격이 다른 아들들의 개성을 존중하고 키워주는 황제였다. 어떻게 형제간에 저렇게 앙숙이 됐을까 싶을 정도로 서로 미워하고 으르렁대는 아들들이 있다는 사실을 모르지는 않았으나 그것은 어디까지나 자신의 총애를 더 많이 받고 싶어 하는 욕심과 그렇지 못할 경우의 불만에서 비롯된 것일 뿐이라고 자위해 오기도 했다. 그러나 지금 눈앞에 보이는 사태의 본질은 그의 생각과는 달랐다. 나라의 정책 집행과 관련한 의견 차이가 얼마나 큰지 황제 앞에서 주먹을 휘두르는 지경에까지 이르고 있었던 것이다. 강희로서는 분노와 실망이 클 수밖에 없었다.

윤아와 윤상은 강희의 불호령에 정신이 들었는지 땅바닥에서 뒹굴다 말고 손을 털고 일어섰다. 그러나 이미 두 사람의 얼굴은 눈 뜨고 못 봐줄 정도로 온통 상처투성이였다. 또 여차 하면 다시 손을 봐주 겠다는 전의도 잃지 않은 것 같았다.

실제로 윤아는 여전히 분이 풀리지 않은 듯 윤상을 향해 퉤퉤! 하 고 연신 침을 뱉었다. 반면 윤상은 갑자기 조금 전과는 달리 극도로 약한 모습을 보였다. 유일한 자기편이라고 생각하는 윤진에게 시선을 주는가 싶더니 느닷없이 울음을 터트리고 만 것이다.

"아바마마, 죄송합니다! 이런 꼴을 보여드려 정말 죄송합니다. 벌은 달게 받도록 하겠습니다. 그러나 아바마마께서 이번 기회에 잡종새끼 라는 굴욕적인 별명을 달고 다니는 이 못난 아들을 위해 진실을 밝 혀주십시오……."

강희는 윤상의 생모에 대해서는 사실 몇 날 며칠을 지새워도 이루 다 말하지 못할 절절한 사연을 가지고 있었다. 솔직하게 털어놓지 못 할 것도 없었다. 그러나 그는 곧 길게 말할 입장은 못 된다고 생각했 는지 차분한 어조로 입을 열었다.

"너의 어머니 아수阿秀는 토사도土謝圖 칸汗이 금지옥엽으로 키워온 공주였어. 신분이 그 누구에게도 뒤지지 않아. 짐도 많이 아꼈었고. 그러나 건강이 워낙 좋지 않았어. 그래서 본인의 의사를 존중해 출 가出家를 허락했던 것뿐이야. 결코 출신이 비천해 쫓겨난 것이 아니 야. 그러니 인간이 되다 만 것들이 하는 헛소리 따위는 귀에 담아 두 지도 말거라. 짐은 지금 이 시각 너의 어머니에게 장가章佳의 성姓을 하사하고 경민황귀비敬敏皇貴妃로 봉하겠어! 그리고 윤아, 너의 죄명을 열거하려면 끝이 없을 줄 안다. 모든 것을 떠나서 오늘 이 자리에서 저지른 무례함 하나만으로도 충분하다. 죽음을 바라는 자가 아니고 서는 도저히 할 수 없는 짓이었어."

"저는 죽고 싶지 않습니다."

윤아는 강희 앞에서도 물러서지 않고 계속 강경하게 대들었다. 윤당, 윤제와 치밀한 논의를 하면서 끝까지 당당하게 나갈수록 점수를 많이 주는 강희의 성격을 재차 확인했으니 그럴 수 있었던 것이다. 그가 곧 다시 거리낌 없이 자신의 주장을 강하게 피력했다.

"윤상을 비롯한 저자들이 저를 사지에 몰아넣고 있을 뿐입니다! 아시다시피 저자들이 국채를 환수한다는 명분으로 관리들을 핍박해 비명에 가도록 한 이들만 해도 스물세 명에 이릅니다. 저는 결코 스물네 번째 희생자가 될 수는 없습니다. 국채 환수는 넷째 형님께서 주관하는 것으로 저는 알고 있습니다. 그런데 열셋째 제까짓 것이 뭔데 겁 없이 까불고 다니는 겁니까? 아바마마, 저를 째려보지 마십시오. 오늘 이 자리에서 죽는 한이 있더라도 할 말은 다 해야겠습니다. 제가 갚지 않겠다는 것도 아닙니다. 그런데도 형제들을 꼭 죽음으로까지 내몰아서야 되겠습니까? 또 설사 죽지 않는다고 해도 언제 길바닥에 나앉아야 할지 모릅니다. 그런 마당에 무슨 명절의 즐거움이 있겠습니까? 아바마마 앞에서 우스갯소리나 하면서 재롱이나 부리는 것은 더 말할 필요가 없지 않겠습니까?"

윤아는 말을 마치자마자 감정이 격해진 듯 천천히 고개를 숙였다. 눈에서는 어느덧 눈물도 흘러내리고 있었다.

강희는 윤잉과 윤진이 하는 일이 사람들의 격렬한 저항에 부딪칠 것이라고 생각하기는 했다. 그러나 황자가 가산을 파는 지경에까지 이르렀을 줄은 상상도 하지 못했다. 마음이 걷잡을 수 없이 무거워지면서 안색이 어두워졌다. 그때 윤진이 느릿느릿 입을 열었다.

"열째, 자네는 윤상이 인정사정보지 않는다고 되풀이해서 말하고 있어. 하지만 그런 자네는 누구 사정을 봐주는 사람이거나 한가? 물처럼 깨끗한 관리라는 평을 듣는 시세륜의 신체적 약점을 입에 올리면서 뿌리 깊은 개혁을 시도하려는 조정의 계획에 발길질을 하고 나선 사람이 도대체 누구인가? 바로 자네 아닌가 말이야. 수많은 인파가 몰린 곳, 그것도 벌건 대낮에 시세륜을 개, 돼지 취급하면서 모독하지 않았나? 그래놓고 이제 와서 우리에게 어떻게 일을 하라는 말이야?"

윤진은 말을 하면 할수록 흥분이 되는 듯했다. 급기야 전날 있었던 일을 낱낱이 호소하듯 털어놓은 다음 덧붙였다.

"시세륜이 어제 나한테 와서 얼마나 울었는지 몰라. 내가 폐하께 즉각 보고하겠다고 하니까 오히려 그러면 안 된다고 말리더군. 명절을 맞을 폐하의 기분을 고려해야 하지 않겠느냐면서 말이야. 그런 충신을 네까짓 것이 뭔데 울리는 거야?"

"뭔가 나쁜 기운이 들러붙었었나 보죠."

윤아는 윤진의 공세가 예상 외로 거세지자 기가 많이 꺾이는 것 같았다. 순간 여덟째가 그런 그를 보호하려는 듯 앞으로 나섰다.

"어제 일은 결과적으로 윤아의 잘못이 크다고 봐요. 그러나 대체로 철저하게 일방적인 일이라는 것은 있을 수 없는 법이에요. 모르기는 해도 시세륜 역시 조금은 잘못이 있을 수 있다고 봅니다. 윤아가 앞에 서 있는데도 안하무인으로 수레에 앉은 채 내다보지도 않고 지나갔다던데요."

윤진이 즉각 시세륜을 위한 변명을 늘어놓았다.

"열째의 아랫것들이 먼저 수레를 막고 소동을 피우지만 않았더라도 그런 일은 없었을 거야. 게다가 시세륜은 심한 근시라고."

"개도 주인을 보고 팬다고 합니다. 시세륜 같은 한족이 어딘가 믿는 구석이 없으면 그렇게 못하겠죠?"

윤당이 냉소 띤 얼굴을 한 채 반박했다. 그러자 윤상이 얄미워 죽겠다는 표정으로 윤당을 노려보더니 크게 소리를 질렀다.

"시세륜은 천하제일의 청백리예요! 이 말은 폐하께서 하신 말씀입니다. 게다가 국채 환수는 폐하의 지시에 따른 것이에요. 환수한 돈은 당연히 국고에 귀속되죠. 또 민족 문제도 그래요. 나랏일을 하는데 무슨 얼어 죽을 한족漢族이니 만주족滿洲族이니 하는 구별이 따로 있다고 그래요? 그러는 아홉째 형님은 일할 때 만주족들만 데리고 일하세요?"

"그만해!"

강희가 마침내 크게 고함을 질렀다. 처음에 잠시 윤아를 안쓰럽게 여겨 흔들리는 것 같더니 이내 마음을 다잡은 모양이었다. 국채 환수를 위한 마무리 단계로 달려가고 있는 윤잉과 윤진에게 더욱 힘을 실어줘야겠다는 생각을 한 것이 분명해 보였다. 하기야 자신의 감정에 치우쳐 윤아에게 조금이라도 동정을 표할 경우 상황은 심각해질수 있었다. 윤잉과 윤진, 더 나아가 윤상이 추진하는 일이 엉망이 될수밖에 없을 테니 말이다.

강희가 곧 뒷짐을 쥔 채 윤아에게 다가갔다. 이어 매서운 눈매로 노려보면서 말했다.

"살인죄를 저질렀으면 목을 내놓아야 해. 또 빚을 졌으면 돈을 갚아야 하지. 그것은 불후의 진리야. 너, 보자보자 하니까 아주 막 돼먹은 녀석이로구나! 넷째와 열셋째가 너보다 잘 나가는 것에 악의를품고 질시를 하는 것 같아. 솔직히 네가 뭘 잘하는 것이 있어야 짐이마음을 놓고 일을 맡기지! 그리고 이 말은 다 같이 들어. 짐이 재위44년에 만이를 비롯해 여덟째, 아홉째에게 호부를 맡아보라고 했을때였어. 기가 막히게도 자네들은 다 같이 몸이 아프다는 평계를 대고나 몰라라하며 피했지. 그런데 이제 와서 남들이 잘 나가는 것이 그렇게도 가슴이 아파? 짐이 모르는 척 할 뿐이지 자네들의 행각은 짐의 눈을 피해 갈 수 없어. 설마 그럴 수 있다고 생각하지는 않겠지?"

윤진과 윤상은 강희의 말 한마디에 자신들도 모르게 감동의 눈물을 흘리지 않을 수 없었다. 윤아에게서 받은 상처와 분노가 워낙 컸으므로 더욱 그랬다. 반면 윤아를 비롯한 다른 황자들은 각자의 생각으로 저마다 깊이 고개를 숙였다.

강희의 말이 이어졌다.

"태자와 윤진, 윤상은 돌팔매질을 두려워하지 않고 열심히 일을 하고 있어. 그 덕분에 앞으로 나라의 형편이 훨씬 나아질 거라고 믿어. 윤아, 짐을 우습게 알고 중추절에 맞추어 짐의 기분을 망치게 한 죄는 묻지 않겠어. 그러나 시세륜을 환한 대낮에 길거리에서 모독한 사실은 절대 간과할 수가 없어. 진정한 용사는 죽음에는 초연하나 굴욕은 참을 수 없다고 했어. 여봐라!"

"예!"

이덕전이 강희가 부르는 소리에 깜짝 놀란 표정을 지으며 대답했다. 그리고는 거친 숨소리를 애써 누그러뜨리면서 강희에게 다가갔다.

"윤아를 종인부宗人府로 끌고 가라. 그런 다음 신형사慎刑司에 넘겨 척장脊杖(등에 치는 매) 열 대를 때리고 사흘 동안 구금시키도록 해!"

이덕전이 강희의 말이 떨어지기 무섭게 덜덜 떨면서 윤아에게 다가갔다. 한쪽 무릎을 꿇은 채 떨리는 목소리로 말했다.

"열째마마……, 그만……."

"잠깐만! 폐하께 인사를 올려야 떠나지! 이 아들은 명을 받들어 가서 죽도록 맞고 오겠습니다, 아바마마!"

윤아가 끝까지 호기로운 자세를 잃지 않은 채 망언을 내뱉었다. 땅에 엎드려 강희를 향해 머리를 조아리는 예의도 잊지 않았다. 그리고는 매섭게 윤상을 노려보는가 싶더니 찬바람을 일으키면서 횅하니 밖으로 나갔다.

강희는 그 모습에 화가 더욱 치밀어 오르는 듯 숨소리가 거칠었다. 그러나 애써 성질을 가라앉히고는 무단을 불러 말했다.

"자네와 함께 멋있게 술이나 한잔 하려고 했더니 이 모양이 돼 버렸군. 목자후가 북경에 왔다고? 내일 같이 들어와서 짐의 마음을 좀 달래주게나……."

18장
충언을 외면하는 태자

이튿날 이른 아침 무단은 목자후와 함께 서화문에서 궁중 출입에 필요한 패찰牌札을 내밀었다. 입구의 영항永巷에서는 이미 이덕전이 나와서 기다리고 있었다. 또 조금 떨어진 곳에는 8품 문관 두 명이 엎드려 있는 모습이 보였다. 이덕전이 허둥지둥 마주 걸어오면서 말했다.

"아까부터 두 분을 기다렸습니다. 폐하께서는 어제 저녁 한숨도 주무시지 못하는 것 같았습니다. 방금 상서방 대신들이 안부를 여쭈려고 들어가는 것을 봤습니다. 아마도 위동정 군문께서 돌아가셨다는 부음을 들으시고 더욱 괴로워하시는 것 같습니다. 그러니 두 분께서 위로의 말씀을 많이 올려주시기를 부탁드립니다."

무단과 목자후는 위동정이 세상을 떠났다는 말을 듣고는 그 자리에 굳어진 채 움직이지를 못했다. 강희 황제가 가장 총애하는 일등 시위이자 대청과 더불어 험난한 여정을 같이 해온 위동정이 고인이 되다니! 그 소식은 두 사람에게도 대단히 충격일 수밖에 없었다. 아무리 생로병사는 인지상정이라고는 하나 한때 형제처럼 생사를 같이 해온 사이가 아니던가.

두 사람은 오장육부가 어디론가 도망간 듯 마음이 허전하고 쓸쓸했다. 통곡을 하면서 위동정의 이름을 목놓아 불러보고 싶도록 아프고도 서글펐다. 그러나 지금은 마음 놓고 울 수도 없었다. 실의에 빠져 한 발짝 옮기기도 힘이 드는 그들의 눈에는 지옥으로 끌고 가기라도 하듯 앞장서서 씩씩하게 걸어가는 이덕전의 발뒤꿈치가 원망스럽기만 했다.

두 사람은 무슨 정신으로 갔는지 모르게 양심전의 동난각에 도착했다. 장정옥과 동국유, 마제 등이 노란 방석에 무릎을 꿇고 앉아 있는 모습이 보였다. 안색이 파리한 강희는 베개에 기댄 채 인삼탕을 마시고 있었다. 더불어 육경궁의 총관태감인 하주아를 따끔하게 훈계하고 있었다.

"자네는 오래 전에 육경궁으로 짐을 싸서 들어갔어. 그곳에서 태자를 잘 섬기는 것이 자네의 본분이야. 그런데 별 볼 일도 없는데 양심전에 자꾸 드나들면 안 돼. 그러지 않는 것이 태자를 위해서도 좋을 걸세!"

"예, 폐하! 명심하겠사옵니다. 하오나 이번에는 명령을 받고 왔사옵니다. 태자마마께서 일찍 오셨다가 폐하께서 주무셔서 말씀조차 못 드리고 다시 나가셨사옵니다. 그래서 소인에게 여기에서 시중을 들며 기다리고 있다가 폐하께서 기상하시는 대로 태자마마를 부르라고 하셨사옵니다."

하주아가 웃음 띤 얼굴로 말했다. 강희가 말없이 가볍게 기침을 했다. 그러다 무단과 목자후를 발견하고는 황급히 손사래를 쳤다. 인사는 필요 없다는 손짓이었다. 이어 하주아를 향해 입을 열었다.

"자네는 그만 나가보게. 태자한테 가서 짐이 그런 식의 효도는 부담스러워 한다고 전하게."

강희가 말을 마치더니 책상 위에서 종이 한 장을 찾아냈다. 이어 하주아에게 건네주면서 덧붙였다.

"짐이 읽어봤는데, 사형에 처하는 사람이 너무 많아. 아무리 남의 목숨이라고는 하나 그렇게 함부로 죽이면 되나. 심각하게 다시 한 번 고려해 보라고 하게. 의혹이 있으면 캐고 석연치 않으면 재수사를 하라고 말이야. 머리는 한 번 떨어져 나가면 다시 붙일 수 없으니까!"

강희는 하주아가 나가자 비로소 목자후에게 눈길을 돌렸다. 그리고는 묵묵히 바라보더니 천천히 입을 열었다.

"자네가 몸이 성치 않은 것은 짐도 알고 있어. 이렇게 멀리까지 오지 않아도 된다고 했는데……. 그런데도 기어이 왔구먼. 사람 나고 돈 났지, 돈 나고 사람이 났겠는가? 자네들 빚은 짐이 다 알아서 할 테니까 걱정하지 말고 건강이나 잘 챙기라고. 이 년 후에 짐이 다시 남순南巡을 할 때 자네를 만날 수 없다면 짐이 얼마나 마음이 아프겠어? 그래, 위동정의 소식은 들었는가?"

목자후가 강희의 말에 황급히 엎드렸다. 그리고는 그저 죽어라 머리만 조아렸다. 눈물이 비 오듯 흘러 말을 할 수가 없었던 것이다.

그러기를 얼마나 했을까, 목자후가 가볍게 흐느끼면서 겨우 입술을 뗐다.

"신이 이번에 북경행을 강행한 것은 꼭 빚 때문만은 아니었사옵니다. 이상하게 요즘 들어 부쩍 남아 있는 날이 소중하게 느껴지고는 했사옵니다. 또 지난날이 못 견디게 그리워지기도 하더군요. 아마 폐하를 곁에서 모실 시간이 얼마 남지 않아 그런 것 같사옵니다. 신은 그것이 두렵사옵니다……. 신은 작년에 남경에서 마지막으로 위동정을 봤사옵니다. 그때 그 사람은 하염없이 눈물을 쏟으면서 폐하가 그리워서 못 견디겠다고 말하더군요. 또 폐하께서 하사하신 금계랍金鷄蠟을 차마 먹지 못하고 머리맡에 놓고 가끔씩 만지작거리면서 폐하를 그리워한다고 고백을 하기도 했사옵니다. 아마 이렇게 서둘러 가려고 그랬나봅니다……."

목자후가 말을 마치고는 바로 어린아이처럼 소리를 내서 울었다. 강희는 말없이 목자후의 말에 귀를 기울이다 그의 갑작스런 통곡에 흠칫 놀라더니 어쩔 줄을 몰라 했다. 그리고는 고개를 들어 허공을 바라보며 눈만 끔벅거렸다. 곧 이어 굵직한 눈물이 빗물처럼 그의 볼을 타고 흘러내렸다.

"폐하, 부디 고정하시옵소서! 이제 곧 태자마마와 외신外臣들을 만나셔야 하옵니다. 부디 용체龍體를 보존하시옵소서. 위동정 대인도 육십 세를 넘기셨으니 사실 그만하면 호상好喪이옵니다. 목자후 대인, 폐하의 옥체를 생각해서라도 그만 눈물을 그쳐야 하지 않을까요?"

마제가 애써 눈물을 참는 무단을 보면서 황급히 무릎걸음으로 다가가서 말했다. 그제야 세 사람은 차츰 눈물을 거뒀다. 장정옥이 바로 그 틈새를 비집고 황급히 아뢰었다.

"호부의 필요에 의해 임시로 투입됐던 이불과 전문경이 호부의 국채 환수 작업이 마무리됨에 따라 지방으로 새로이 발령이 났다 하옵니다. 들게 하는 것이 어떻겠사옵니까?"

강희가 뭔가 잠시 생각한 다음 눈물을 깨끗이 닦았다. 이어 고개를 끄덕였다.

"들라 하라. 자네들도 일어나 앉게."

전문경과 이불은 미리 언질을 받았는지 바로 안뜰로 들어서고 있었다. 둘의 발걸음은 척 보기에도 가벼워 보였다. 하기야 그럴 수밖에 없었다. 호부에 긴급 투입된 지 두 달 만에 각각 내양현萊陽縣의 현승縣丞과 조주潮州의 동지同知로 전격 발령이 났으니 말이다. 윤상을 따라 열심히 뛴 것이 인정을 받았다고 할 수 있었다.

윤상은 두 사람의 재주와 의지를 높이 평가했기 때문에 처음에는 자신의 곁에 두고 요긴하게 쓰고 싶어 했다. 그러나 둘은 두 달 사이에 워낙 악역을 도맡아 한 탓에 많은 사람들에게 미운털이 박히고 말았다. 윤상으로서도 지방관으로 내보내주는 것이 진정 두 사람을 위하는 길이라는 사실을 모를 리가 없었다. 급기야 지방으로 발령이 나도록 전력을 다해 도왔다.

두 사람은 애써 진정을 하기는 했으나 처음 강희를 만나는 터라 무척이나 긴장을 하고 있었다. 약속이나 한 듯 손에 땀을 쥐고 있었다. 그 와중에도 이불은 먼저 이력을 보고하라면서 전문경을 팔꿈치로 툭툭 건드리는 것을 잊지 않았다.

전문경은 그제야 겨우 소매를 쓸어내린 채 무릎을 꿇었다. 그리고는 자신도 흠칫 놀랄 정도로 큰 소리로 아뢰었다.

"신, 전문경은 강희 사십육 년에 은과恩科에서 공생에 합격……."

"산동山東 사람이옵니다!"

전문경의 말이 채 끝나기도 전이었다. 이불이 지나치게 긴장했는지 불쑥 자신이 먼저 끼어들어 입을 열었다. 전문경이 깜짝 놀란 얼굴을 한 채 이불을 뒤돌아봤다. 둘은 그러고서도 한참이나 멍하니 서로를 바라봤다.

강희의 얼굴에 얼핏 웃음기가 스쳤다. 지나치게 긴장한 탓에 경황이 없는 모습을 보인 두 사람이 너무나 우스꽝스러웠던 것이다. 강희의 얼굴을 뒤덮었던 비애와 슬픔은 순간 어디로 사라졌는지 보이지 않았다. 그가 곧 두 사람에게 그만 들어오라는 손짓을 보냈다.

두 사람은 궁전 안으로 들어가 강희 앞에 무릎을 꿇었다. 동국유가 둘이 예를 다 마치기를 기다렸다가 가볍게 나무랐다.

"책깨나 읽었다는 사람들이 왜 그렇게 경망스러운가?"

그러자 강희가 미소를 지으면서 말했다.

"자네에게도 저런 시절이 있었다는 사실을 명심하게."

강희는 이어 두 사람의 출신과 이력에 대해 자세하게 물었다. 두 사람은 어느덧 차분해진 어조로 열심히 대답을 했다. 강희가 다시 입을 열었다.

"자네들에 대해서는 시세륜에게 들어서 대충 알고 있네. 매사에 열심히 하고 최선을 다한다고 칭찬을 아끼지 않더군. 그건 결코 누구나 갖추고 있는 덕목이 아니지. 호부의 일은 현상을 간파해 실질을 드러내는 일이야. 그러다 보면 흑백과 시시비비를 가리는 전쟁이 주된 일이 될 수밖에 없어. 그러나 외관外官으로 나가면 달라. 한 지역의 부모관父母官이 되지. 그것은 바로 민초들의 삶의 현장을 두루 살피고 그네들의 고달픔을 어루만져줘야 한다는 말도 돼. 때문에 호부에서 했던 식으로 패기와 뚝심만으로 처리할 수 없는 일이 많을 것이야. 무슨 말인지 알겠나?"

"예, 폐하!"

"하지만 짐은 아무래도 걱정스러운데?"

강희가 빙긋 웃으면서 다시 천천히 덧붙였다.

"이번 국채 환수 때 보니까 몇 십 냥밖에 안 되는 빚에 대해서도 집이라도 팔아 갚으라는 식으로 나왔어. 하지만 반드시 그럴 필요는 없는 것 같아. 매사에 융통성이 있어야 한다는 말을 해주고 싶어서 그러네. 자네들은 살아온 날들보다 살아갈 날이 더 많은 전도유망한 젊은이들이니까."

"예, 폐하……."

강희는 확실히 전문경과 이불 두 사람에 대해서만큼은 파격적인 대우를 해주고 있었다. 그것은 다른 관리들이 들고 날 때 의례적으로 치르는 행사와는 꽤 거리가 있었다.

상서방 대신들도 바보는 아니었다. 강희가 자신들을 향한 마음의 소리를 그런 식으로 전달한다는 생각을 바로 했다. 척 하면 삼천리라고, 이제 그들은 강희의 의중쯤은 노련하게 읽을 수 있다고 생각했던 것이다. 또 그들은 윤상 쪽에서 너무 가혹하게 했다는 뜻으로 강희의 말을 대체적으로 파악했다.

곧 전문경과 이불 두 사람이 퇴장했다. 강희가 기다렸다는 듯 바로 이덕전을 불러 명령을 내렸다.

"자네는 즉각 호부로 가서 윤상과 시세륜에게 짐의 뜻을 전하게. 윤아를 호되게 혼내 줬으니 사적인 앙금 같은 것은 그만 훌훌 털어버리라고 하게. 또 새롭게 마음을 다잡아 전보다 더 열심히 하라고 전해. 짐이 홀가분하게 사냥을 떠날 수 있도록 말이야."

상서방 대신들은 강희의 말을 듣는 순간 갑자기 머릿속이 복잡해졌다. 도대체 윤상을 힘껏 밀어주라는 것인지 설득을 해서 이제 그만 융통성 있게 적당히 하라는 것인지 도통 알 수가 없었던 것이다. 그러거나 말거나 강희가 그만 물러가려는 이덕전을 다시 불러 세웠다.

"내고內庫에 화란和蘭(네덜란드)에서 공품貢品으로 보내온 고급 안경이 있어. 그걸 시세륜에게 갖다 주게. 짐이 하사하는 것이라고 분명히 전하게."

이덕전이 열심히 고개를 끄덕이면서 대답하고는 물러갔다. 동국유가 기다렸다는 듯 농담조로 말했다.

"역시 복이 있는 사람은 다른가 보옵니다. 소신은 몇 년 동안 폐하를 모셨어도 이런 행운을 얻지는 못했사옵니다."

그러나 강희는 동국유의 비아냥을 짐짓 못 들은 척했다. 이어 조용히 말했다.

"상서방 대신들은 그만 나가보게. 짐은 무단과 목자후와 함께 오랜만에 오붓하게 산책을 좀 해야겠네. 태자가 오면 근무전으로 보내게."

근무전勤懋殿은 황성皇城 서북쪽에 있는 중화궁重華宮 동쪽에 자리를 잡고 있었다. 공工자 형태의 궁전이 고색창연하게 늘어서 있는 곳이었다. 강희는 무단과 목자후와 더불어 산책을 하다 보니 기분이 한결 좋아진 것 같았다. 얼마 후에는 발걸음을 멈추고 한자어와 만주어 두 가지로 쓰인 편액을 바라보면서 물었다.

"목자후, 그 옛날 자네가 짐의 곁을 떠나 지방에 내려갈 때였지. 짐이 이곳까지 자네를 바래다줬었지?"

"예, 폐하. 그때는 여기가 갈대로 뒤덮인 벌판이었사옵니다. 그런데 그 사이 몰라보게 변했사옵니다."

목자후가 서둘러 대답했다. 감회 어린 표정이었다. 강희 역시 고개를 끄덕이면서 감개무량한 목소리로 말했다.

"그래 맞아, 세상 참 좋아졌지. 그때는 지진으로 태화전太和殿이 무너졌어도 돈이 없어 제대로 수리하지도 못했었는데……."

강희가 과거를 회상하면서 조용히 중얼거릴 때였다. 근무전 한편에서 강희 일행을 발견한 태감들이 말없이 황급히 허리를 굽혔다. 그리고는 서둘러 길을 비켰다.

무단은 근무전에 온 것이 처음이었다. 그러나 두 번째인 목자후는 근무전이 벙어리 태감 36명이 일하는 곳이라는 사실을 익히 알고 있었다. 한마디로 근무전은 강희가 비밀리에 군신들을 만나는 비밀 장소라고 할 수 있었다.

곧 강희가 정전正殿에 들어가더니 등나무 의자에 앉았다. 이어 태감이 건넨 차를 마시면서 말했다.

"짐이 여기까지 온 것은 오래 전부터 궁금했던 것을 당사자의 입을 통해 직접 전말을 듣고 싶어서야. 무단을 동행시킨 것은 증인이 필요했기 때문이고. 짐은 오래 전부터 대충은 알고 있었어. 그러나 짐은 각별히 아끼는 목자후 자네와 위동정 두 사람이 상처를 입을까 봐 지금껏 참아왔네."

순간 무단의 얼굴이 하얗게 질렸다. 강희의 말이 무엇을 뜻하는지 모르지 않는다는 눈치였다. 반면 목자후는 아무것도 눈치 채지 못한 듯 황송스러워하면서 천천히 입을 열었다.

"신이 폐하를 섬긴 세월이 자그마치 사십오 년이옵니다. 폐하께서는 한낱 마적에 불과한 저희 셋을 올바른 길로 인도해 주시고 환골탈태시켜주셨사옵니다. 폐하의 은혜는 실로 백골난망이옵니다. 신은 가슴에 손을 얹고 맹세컨대 결코 폐하를 배반하거나 기만한 일이 없사옵니다."

"자네들이 성은을 잊지 않는 충군의 전형인 것은 두 말할 나위도 없지. 하지만 맹세코 짐을 기만한 적이 없다는 말은 어딘가 어설퍼 보여. 강희 이십삼 년에 자네가 강남 포정사로 내려가 위동정과 함께 가짜 주삼태자朱三太子 양기륭楊起隆을 생포했을 때의 일이야. 그때 태자와 윤진이 자네한테 선물로 보낸 물건이 있다던데? 나는 그 일이 못내 궁금해서 말일세."

강희가 웃음 띤 얼굴로 말했다. 맹세코 평생 동안 군주를 기만한 적이 없다던 목자후의 얼굴이 순간 석고처럼 굳어졌다. 마치 온몸의 피가 한꺼번에 다 빠져나간 것처럼 보였다. 나중에는 얼굴이 잿빛으로 변하더니 공포에 질린 커다란 눈과 핏기 없이 실룩거리는 입술만 보였다.

그 당시 목자후와 위동정은 확실히 태자와 윤진이 보내온 물건을 받았다. 당연히 둘은 그것이 무슨 의미를 담은 물건인지 분석하지 않을 수 없었다. 결과적으로 적당한 선에서 사건을 덮으라는 뜻으로 해석했다. 또한 두 사람은 색액도素額圖와 양광兩廣(광동성과 광서성) 총독으로 있던 갈례葛禮, 그리고 색액도와 태자 사이의 먹이사슬 같은 관계를 의식하지 않을 수 없었다. 결국 사건 처리는 배후를 밝히지 않은 채 양기륭 한 사람을 처형하는 것으로 조속하게 마무리가 됐던 것이다.

목자후와 위동정은 둘만의 그 비밀을 무덤까지 가지고 가기로 약속했다. 그리고 24년이 흘렀다. 사건은 두 당사자의 기억에서조차 잊혀질 정도로 철저하게 은폐됐다.

그런데 위동정도 이미 고인이 되어버린 마당에 잊고 있었던 과거의 비밀이 강희의 입을 통해 흘러나왔다. 양기륭의 귀신이 수작을 부리기라도 하는 것일까? 목자후는 급기야 온몸을 사시나무 떨 듯 하면서 스르르 허물어지듯 주저앉았다.

"다 지나간 일이니 너무 두려워하지는 말게. 황제의 집안에 사소한 일이라는 것은 있을 수 없네. 짐은 짐과 태자 사이에서 고민했을 자네들의 처지를 충분히 이해하네. 짐이 자네를 없애버리려고 했다면 그동안 무슨 핑계든 찾지 못했겠어? 하지만 결론부터 말하자면 짐은 이 나라에 치명타를 입히는 일이 아닌 이상 자네를 책망할 생각은 전혀 없네. 끝까지 모르는 척하려고 했었어. 그러나 요즘 들어 앞으로 내가 살아 있을 날이 점점 줄어든다는 것을 느끼고 있어. 그러면서부터 생각이 달라지기 시작했지. 부자 사이, 군신 사이를 중심으로 하던 사고방식이 후세대를 생각하는 쪽으로 기울더라고. 짐은 조상들에게 한 치의 부끄러움도 없는 삶을 살기 위해 노력해왔어. 백성들의 칭송은 받지 못할지언정 그들이 내 무덤에 침을 뱉게 해서는 안 된다고 생각해왔다고. 짐은 조상들이 혼신을 다해 이룩한 강산을 아무한테나 물려줄 수는 없어. 그래서 짐은 후계자인 태자를 정확하게 평가해야하는 작업이 필요해졌어. 그래서 이 시점에서 예전의 그 사건이 떠올랐던 거야."

강희가 우울한 표정을 한 채 말했다. 목자후는 가물가물해지는 정신을 애써 가다듬고 나서 허겁지겁 바닥을 짚고 일어섰다. 이어 떨리는 목소리로 천천히 입을 열었다.

"폐하께서 거론하시지 않으셨다면 그 일은 무덤까지 가지고 가려고 했사옵니다. 당시 태자마마와 넷째마마께서 보내온 물건은 여의如意와 와룡대臥龍袋였사옵니다. 심부름을 온 사람은 아무 말도 없었사옵니다. 너무나 황당했었죠. 그런데 그 당시에는 사건을 덮는 것이 폐하를 기만하는 죄에 해당한다는 사실조차 몰랐사옵니다. 부디 폐하를 기만한 죄를 크게 물어 엄벌에 처해 주시옵소서. 신의 마음이 조금이라도 편하게……."

목자후가 떨리는 어조로 말했다. 모든 것을 다 털어놓겠다는 의지가 눈빛에 서려 있었다. 눈에서 눈물이 비 오듯 흘러내렸다. 그때 그동안 잠자코 있던 무단이 조심스럽게 입을 열었다.

"곰곰이 생각해보면 이 일은 어딘가 석연치 않은 점이 있는 것 같사옵니다. 태자마마께서는 그 당시 열두 살밖에 되지 않은 때였사옵니다. 또 넷째마마께서는 일곱 살이었사옵니다……. 두 어린 황자들께서 자발적으로 일을 벌였을 리가 없사옵니다. 신이 볼 때는 분명히 색액도가 시키는 대로 한 것이 아닌가 싶사옵니다. 당시로서는 황자가 외관을 만나서는 안 된다는 법 규정도 없었기 때문에 철모르는 태자마마께서 색액도의 간계에 걸려들어 희생양이 되지 않았나 싶사옵니다. 신중하게 굽어 살피시옵소서!"

"짐은 태자에게 그때의 기억이 얼마나 남아 있는지 궁금할 뿐이야. 또 그 사건에 얼마나 깊숙하게 연관되어 있는지도 알고 싶고. 하지만 달리 혹독하게 추궁할 생각은 없네. 그러나 열두 살이 결코 어린 나이는 아니야. 자네들이 짐을 따를 때도 짐의 나이 열두 살 되던 해가 아닌가. 그 해에 짐은 간신 오배를 제거했어. 그런 점에서 보면 색액도가 시키는 대로 했다고만 보기에는……."

강희가 장화소리를 크게 내면서 이리저리 왔다 갔다 하더니 섬광이 번뜩이는 눈빛을 보이면서 말했다. 무단이 여전히 침착하게 대답했다.

"그럴 수도 있사옵니다. 하지만 사람들이 겉모습은 별 차이가 없어 보여도 속을 보면 천양지차라고 할 수 있사옵니다. 신으로 말할 것 같으면 그 나이 때는 남의 집 개 도둑질에나 정신이 팔려 있었을 뿐이옵니다. 신이 보기에 태자마마께서는 어질고 온화한 면이 주축을 이루는 분이십니다. 반면 폐하께서는 영명하시고 지혜로우심이 그 누구도 따라오지 못하는 군주이십니다. 하지만 예지叡智가 예사롭지 않으셨던 폐하께서도 처음에는 정면에 나서는 것을 망설이셨사옵니다. 오배의 전횡에 공전空前의 위기를 느끼시고서야 비로소 결단을 내리고 목숨을 건 싸움에 나설 수 있으셨사옵니다. 그러니 태자마마께서도 외종조부 되는 색액도의 종용을 거부할 만한 사리분별은 없었을 것입니다……."

강희가 놀라운 시선으로 무단의 말을 잠자코 듣는가 싶더니 꽤 오랫동안 그의 얼굴을 쳐다봤다. 이어 갑자기 빙그레 웃음을 흘리면서 그에게 다가가서는 슬며시 어깨를 감싸 안았다.

"사람 죽이는 재주만 있는 줄 알았더니 그게 아니군. 그 사이 몰라보게 달라졌어! 아부가 아닌 진심의 말인 줄 알겠네. 그러나 자네가 한 가지 절대로 간과해서는 안 되는 것이 있어. 그것은 바로 짐의 재위 기간이 길면 길수록 짐의 수레를 들이박아서라도 내쳐버리고 싶어 하는 사람이 있다는 사실이네. 태자보다 더 조급해 할 수도 있는 제삼자 말일세. 사람은 주변 여건의 영향을 많이 받지. 그래서 초심과는 다른 행동을 하기가 일쑤야. 뜰 안의 저 등나무 같은 경우에도 매일같이 하루에 세 번씩 휘어놓으면 나중에는 원하는 대로 모양새가 만들어지거든!"

목자후와 무단은 강희의 말에 깜짝 놀라지 않을 수 없었다. 태자에 대한 그의 불신이 너무나도 컸던 것이다. 그렇다고 자신들이 뭐라고 의견을 말할 처지도 못 되는 것이 현실이었다.

잠시 침묵이 흘렀다. 그때 태감 하나가 들어와 손짓을 해보였다. 강희가 알겠다는 듯 고개를 끄덕여 보였다.

"그 일은 알만큼 알았으니 이제 됐네. 《역경》易經을 보면 '군주가 기밀을 발설하면 나라를 잃게 되고, 신하가 입이 가벼우면 육신을 잃게 된다'君不密失其國 臣不密失其身는 말이 있네. 부디 이 말을 명심하게나. 태자가 왔다고? 들여보내게."

태자 윤잉은 그 무렵 강희의 비빈인 정춘화와 종종 비밀리에 만나 남녀간의 운우지정雲雨之情을 나누고 있었다. 완전히 꿀단지에 푹 파묻혀 있다고 해도 과언이 아니었다. 윤잉은 그러다 하주아로부터 얼굴을 한번 보자는 강희의 지의를 전해들었다.

마침 별다른 일도 없었다. 게다가 도대체 강희가 무슨 생각을 하는

지도 알고 싶던 차였다. 윤잉은 부름을 받자마자 줄달음쳐 달려왔다.

"왔는가? 거기 앉게. 그래 호부의 일은 잘 돼 가고 있나? 윤상이 이제 그만 하면 됐다는 생각으로 슬슬 철수 준비를 하는 것 같더군. 회수한 금액이 얼마나 되는가?"

강희가 얼굴 가득 웃음을 머금은 채 방석을 가리키면서 말했다. 윤잉은 다행히도 강희의 입에서 국채 환수에 대한 질문이 먼저 나오자 자신도 모르게 안도의 한숨을 내쉬었다.

"사천만 냥 가까이 되옵니다……."

"그렇게 두루뭉술하게 말하지 말라고. 정확한 액수를 말해봐."

강희가 갑자기 톡 쏘듯 날카롭게 명령조로 말했다. 윤잉이 다소 겁에 질린 표정을 한 채 마른 침을 꿀꺽 삼켰다. 그리고는 조심스럽게 다시 입을 열었다.

"정확히 삼천구백만 냥이옵니다. 원래 남아 있던 것을 합치면 현재 국고는 사천팔백만 냥이라고 윤진으로부터 보고를 받았사옵니다."

강희가 말없이 자리에서 일어나 창가로 다가갔다. 이어 입을 열었다.

"사천팔백만 냥이라고! 결코 적은 액수는 아니지. 엄청난 일을 했어. 그간 고생이 말도 못하게 많았을 거라는 것은 짐이 잘 알아. 하지만 어떤 일은 제때에 짐에게 보고했어야 했어. 예컨대 윤아가 가산을 팔아 빚을 갚는다고 소동을 피운 사실을 내가 나중에 알아서야 되겠어? 종실에서 제일가는 위치에 있는 황자 체면에 좋을 것도 없지 않겠어?"

윤잉이 강희의 질책에 황급히 웃음을 지어보이면서 대답했다.

"그 일은 전적으로 아들의 관리 소홀 탓이옵니다."

강희가 윤잉의 솔직한 고백에 고개를 끄덕여 보였다.

"자네 처지를 감안한다면 잘못된 것도 없지. 윤아가 작정을 하고 고안해낸 수작일 테니까. 하지만 미워서 죽이고 싶기는 해도 형제이자 핏줄인 것을 어쩌겠나? 사전에 이상한 냄새를 맡았을 때 미리 찾아가 잘 다독여 주었더라면 좋았을 걸……."

"천만번 지당하신 말씀이옵니다, 아바마마. 어제 일은 전부 아들의 잘못이옵니다……."

그러자 강희가 윤잉의 말허리를 자르면서 말했다.

"전부는 아니야. 윤상의 몫도 있지. 개를 쫓아도 도망갈 구멍은 만들어놓고 쫓아야 하지 않겠어? 그렇지 않으면 몽둥이를 든 사람에게 덤벼들어 물어뜯는다고! 맞아죽지 않으려면 그래야지. 융통성이 없는 것도 문제야. 위동정의 빚은 짐이 몇 차례 남순할 때 썼던 과도한 비용 때문이야. 자네들이 그런 것을 모르지 않으면서 그렇게 몰아붙이면 어떻게 하나? 그때 받은 정신적 타격만 아니었어도 위동정이 그렇게 급작스럽게 세상을 떠나지 않았을지도 몰라."

"모두 아들의 책임이옵니다."

윤잉은 똑같은 말을 벌써 몇 번째 반복하고 있었다.

"알면 됐어. 지금 조인曹寅이 병이 난 모양이야. 그러니 대내의 약방에 말해 금계랍을 강녕江寧 직조사織造司에 보내주도록 해. 또 윤상에게는 무단과 목자후에게 휴가를 주도록 하라고 짐이 얘기를 했어. 짐이 오랫동안 궁 밖에 나가지 못했는데, 이번에 이 두 원로들과 함께 궁 밖으로 나가 머리나 조금 식혀야겠어. 내가 나가있는 동안 궁에 신경 쓰지 않아도 되도록 일처리를 잘 하도록 하게. 그렇게 해주는 것이 자네들이 효도하는 거야."

그렇게 말하는 강희의 얼굴은 부쩍 나이가 들어 보였다.

윤잉은 마치 몽유병 환자처럼 흐리멍덩한 얼굴을 한 채 밖으로 나왔다. 결코 기분 좋은 표정은 아니었다. 그래서였을까, 그는 갑자기 머리가 빠개질 것처럼 아파왔다. 일 잘했다고 칭찬은 하면서도 뭔가 석연치 않은 여운을 남기는 강희의 말을 계속 되새김질하고 있었으니 그럴 수밖에 없었다.

그가 육경궁으로 돌아왔을 때는 진시辰時가 거의 끝나갈 무렵이었다. 스승 왕섬과 진가유, 주천보 등은 각지에서 올라온 상주문을 읽고 있었다. 그중 주천보가 기분이 그리 밝아 보이지 않는 윤잉에게 조심스럽게 다가가서는 뭐라고 말을 하려고 하는 순간 윤잉이 먼저 입을 열었다.

"나의 내형奶兄(같은 유모 젖을 먹고 자란 사이) 능보凌普가 승덕承德에서 왔다고 하던데, 여기 왔었는가? 능보가 여장을 푸는 대로 나에게 보내라고 태감들에게 전하게."

"남횡가南橫街의 동협도東夾道에 거처를 마련해놓으셨다면서 다녀갔습니다. 그런데 무슨 일 때문에 그렇게 급히 보자고 하시는 겁니까?"

진가유가 조심스럽게 물었다. 윤잉이 한숨을 내쉬면서 대답했다.

"밖에 나가 일을 한다고는 하나 역시 그 사람은 나의 가노家奴야. 집에 왔으면 당연히 주인에게 와서 시중을 들어야 하지 않겠어?"

왕섬이 윤잉의 말을 듣고는 바로 입을 열었다.

"그렇기는 하지만 능보 역시 지금은 승덕에서 도통都統이라는 높은 자리에 있습니다. 뿐만 아니라 탁합제托合齊, 제세무齊世武, 영빈英斌 등이 이번에 함께 상경한 것은 폐하께 업무 보고를 하기 위해서 온 것입니다. 그러니 이럴 때일수록 주위의 시선을 더욱 의식해야 합니다. 태자마마의 체통도 있고 하니 말입니다. 꼭 찾아와 시중을 들어야 가노로서의 의무를 다하는 것은 아니지 않겠습니까?"

왕섬은 직선적이고도 고집불통인 성격으로 유명한 사람이었다. 옳다고 생각한 말을 결코 참는 법이 없었다. 강희가 그를 마음에 들어 하고 태자의 스승으로 점찍은 것도 바로 그런 성격과 무관하지 않았다.

하지만 보기에 따라서는 그 성격이 약점도 될 수 있었다. 스승을 존중하고 윤리와 도덕을 숭상하는 사람답게 말끝마다 훈계하거나 가르치려 드는 탓이었다. 게다가 톡톡 쏘는 말버릇은 당하는 입장에서는 그야말로 죽을 맛이었다. 윤잉이 조정의 백관들 중에서 가장 짜증스럽고도 무서운 존재로 왕섬을 꼽는 것에는 그런 이유가 있었다.

이번에도 그랬다. 윤잉은 왕섬에게 한소리 듣자마자 바로 화가 치밀어 올랐다. 그러나 그는 습관처럼 화를 죽이면서 웃는 얼굴을 한 채 말했다.

"스승님, 능보가 저의 내형이라는 사실은 모르는 사람이 없는데 자주 드나든다고 해서 누가 뭐라고 하기야 하겠습니까?"

"남의 말을 하기 좋아하는 사람들은 기상천외하게 여론을 몰아가는 재주가 있습니다. 그런 여론을 우리 마음대로 요리할 수는 없지 않겠습니까? 지난번에도 그랬지 않았습니까. 외관을 잠깐 집에 불러 저녁을 같이 했을 뿐인데, 밖에서는 태자가 사사롭게 당파를 만든다느니 어쩌니 하면서 온갖 억측이 난무하지 않았습니까? 그로 인해 진실이야 어떻든 태자마마께 오점을 남기지 않았습니까?"

왕섬의 얼굴은 평소처럼 무덤덤했다. 그러자 윤잉이 냉소를 흘리면서 말했다.

"스승님, 구더기 무서워 장을 못 담그겠습니까? 나만 당당하면 됐지 종아리를 보고도 엉덩이를 봤다고 하는 자들의 비위까지 애써 맞춰줄 필요는 없지 않겠습니까?"

윤잉의 말이 끝나기 무섭게 주천보 역시 제동을 걸고 나섰다.

"태자마마께서는 별것도 아닌데 왜 도시락 싸들고 다니면서 반대를 하는가 하고 언짢게 생각하실 수도 있습니다. 그러나 바로 우리가 별것 아니라고 생각하고 지나치는 것들이 불순세력들에게는 큰 꼬투리로 작용할 수 있습니다. 결코 그런 점을 간과해서는 안 될 것입니다. 외관들은 맡은 바 임무에만 충실하면 되는 겁니다. 궁중 출입이 잦아봐야 좋을 것이 없습니다. 폐하께서도 지난번 병부상서인 경색도耿索圖가 양심전으로 들어오는 모습을 보면서 '병부의 밥그릇이 너무 작은가? 아니면 태자가 있는 쪽에 꿀단지라도 파묻어 놓았나?'하고 말씀하시지 않았습니까. 오이밭에서는 신발 끈을 고쳐 매지 말라는 말이 괜히 나온 것이 아닌 것 같습니다."

윤잉은 자신이 무심코 내뱉은 말 한마디가 좌중으로부터 그토록 거센 반발을 불러올 줄은 정말 생각지도 못했다. 순간 화가 났으나 다시 생각해보니 우습기도 했다. 결국 그가 졌다는 표정을 지은 채 말했다.

"됐어, 됐어. 없던 일로 하면 될 것 아닌가! 나는 그만 옹친왕부에 잠깐 다녀와야겠어."

그러자 주천보가 이제부터 본론을 얘기해야 하겠다는 듯 다시 황급히 입을 열었다.

"태자마마! 상서방에서 긴급한 안건을 전해왔사옵니다. 책망아랍포탄이 준갈이準噶爾 지역으로 출병해 객이객 몽고喀爾喀蒙古를 침입했다고 합니다. 객이객 왕이 긴급 지원을 요청해 왔습니다. 그에 따른 군량미 지출 문제가 우선 현안이 되겠습니다. 또 금명간 결재하셔야 할 군무軍務들도 많습니다."

윤잉은 주천보로부터 서류뭉치를 받아들었다. 그러나 머릿속은 엉뚱한 생각으로 가득했다. 정춘화의 비단결같이 매끈하고 부드러운 몸이 눈앞에 아른거린 것이다. 또 태의원太醫院의 하맹부賀孟頫에게 비밀리에 제조를 부탁한 춘약春藥의 효과도 궁금했다. 주천보가 서류를 들고 있기는 해도 시선은 엉뚱한 곳으로 돌아가는 태자를 유심히 살펴보더니 걱정스런 어조로 말했다.

"태자마마, 무슨 걱정이라도 있으십니까?"

윤잉이 주천보의 말에 속내를 들킨 듯 흠칫했다. 그러나 바로 정신을 차리고는 금세 묘안이 떠오른 듯 서류뭉치를 책상 위에 던지듯 내려놓았다. 이어 냉소를 머금은 어조로 말했다.

"걱정이 있다 뿐이겠어? 태산 같지! 윤진만 믿고 막 나가는 윤상 때문에 내가 오늘 오물통을 뒤집어 쓴 것 모르지?"

윤잉은 말을 마치고는 바로 강희에게 훈계당한 사실을 자세하게 털어놓았다. 이어 땅이 꺼져라 한숨을 내쉬면서 덧붙였다.

"더 이상 인명 사고가 나서는 안 되겠어. 솔직히 처음부터 폐하의 중도하차가 제일 두려웠어. 그런데 아니나 다를까, 그렇게 되어 가고 있는 것 같아!"

"폐하께서 상황을 보고 처리하라고 강조한 것은 결코 변심變心이라고 할 수 없습니다. 국채 환수가 대부분 이뤄졌습니다. 이제는 완전히 막바지 총력전을 기울여야 할 때입니다. 쇠뿔도 단김에 빼랬다고, 이제부터가 완승을 거두느냐 마느냐의 중대한 고비입니다. 누가 뭐래도 이 일에서는 배의 선장이나 다름없는 태자마마께서 끝까지 소신을 지켜나가는 것이 중요합니다. 또 지금이야말로 바로 그렇게 해야 할 적기입니다."

왕섬이 사색에 잠긴 얼굴을 한 채 말했다. 진가유도 뭔가 할 말이 있는 듯 몇 번이나 망설이더니 마침내 입을 열었다.

"태자마마께서는 이 나라의 태자이십니다. 신하들에게는 군주이고, 폐하에게는 신하이십니다. 폐하께서는 성심聖心이 고원高遠한 분이십니다. 이럴 때일수록 태자마마께서는 자신의 목소리를 내야 합니다. 본인이 정당하고 옳다고 생각되는 일이라면 폐하의 반대 의사까지도 설득할 용기가 있어야 합니다. 직간直諫도 서슴지 말아야 한다고 생각합니다. 태자마마께서는 지금 자신이 너무 우유부단하다고 생각하지 않으십니까?"

진가유의 거침없는 말에 윤잉은 그만 얼굴이 빨개지고 말았다. 왕섬은 그렇다 치고 새까만 '병아리'들까지 자신을 훈계하려 든다고 생각했으니 그렇지 않으면 이상할 일이었다. 급기야 그가 벌떡 일어나 발작하듯 고함을 질러댔다.

"자네들! 나한테 이렇게 무례해도 되는 건가? 내가 우유부단한 것이 뭐가 있어? 당당하지 못한 것이 뭐가 있다고 그래? 분수들을 좀 알라고. 주천보! 내 아들이 자네보다 한 살 더 많다는 사실을 모르지는 않겠지?"

윤잉은 마치 호랑이가 포효하는 듯한 거친 소리를 내지르고는 즉각 밖으로 나가버렸다. 윤잉의 갑작스런 태도 돌변에 뒤에 남은 왕섬 등은 멍한 얼굴을 한 채 그 자리에 얼어붙어버리고 말았다.

19장
태자 폐위설

  윤잉은 옹군왕 윤진의 자택으로 향하고 있었다. 그나마 자신의 마음을 가장 잘 알아주는 동생의 집을 방문하는 길이니 만큼 기분이 나쁘지 않아야 했다. 그러나 그렇지 않았다. 생각할수록 분하고 자꾸만 짜증이 밀려왔다. 밖에서 공공연하게 나도는 태자 폐위설에 대해서는 한쪽 귀로 듣고 한쪽 귀로 흘려보낼 수 있었으나 측근들마저 그런 요언에 흔들려 말도 안 되는 일로 겁이나 주고 괜히 손발을 옭아매려고 한다는 사실이 꽤씸했던 것이다.

  사실 강희 42년에 색액도가 꾀한 모반은 대리시大理寺와 형부刑部, 이번원理藩院의 공조 수사를 거쳐 장정옥에 의해 결론이 내려진 지 오래였다. 색액도가 윤잉을 등에 업고 일방적으로 저지른 짓이었다는 것이 결론이었다.

  그럼에도 강희와 윤잉 두 부자는 마음속에 큰 상처를 입었다. 급기야 건청궁에서 독대하는 자리까지 마련했다. 다행히 두 사람은 이 독대를 통해 서로를 껴안은 채 하염없이 울면서 영원히 배신하지 않을 것을 하늘에 굳게 맹세를 하였다.

그러나 황실 주변의 사람들은 둘의 그런 깊은 속내를 알 리가 없었다. 툭하면 그때 일을 들먹이면서 윤잉을 겁주려 했다. 심지어 일부 측근들은 위험천만한 윤잉이라는 배에 올라타는 것을 두려워한 나머지 슬금슬금 게걸음을 쳐 도망가 버리기도 했다.

윤잉은 윤진의 집으로 향하는 수레 속에서 계속 씩씩대고 있었다. 물론 그 와중에도 동생들에 대한 나름대로의 분석을 하였다.

'맏이는 간신배인 명주의 외가 조카야. 그 경박함과 간사함이 극에 달한 사람이야. 그 누구도 따라가지 못할 정도지. 셋째는 정신병자처럼 달빛 아래에 나가 시 나부랭이나 읊고 다니라면 신이 나서 돌아다닐 녀석이야. 역시 별 볼 일 없을 것 같아. 넷째는 원리원칙대로 시키는 일은 잘 하지만 큰 야망은 없는 것 같고. 다섯째는 어리숙한 것이 자신의 주장도 변변히 내세우지 못하는 등신 머저리가 분명해. 또 여섯째는 종일 새 조롱이나 든 채 이곳저곳을 쏘다니면서 노는 것이 유일한 취미이지. 그런 것을 보면 마찬가지로 별 볼 일 없기는 마찬가지야. 일곱째는 착해빠지기만 했지……. 여덟째, 이 여덟째만은 나에게 주어진 숙명 같은 맞수일 수 있어. 아홉째를 비롯해 열째, 열넷째 등과 한 덩어리가 되어 돌아가면서 압박감을 주고 있기도 해. 그러나 딱히 어떤 분야든 국정을 맡아서 일처리를 해본 적이 없는 그 녀석이 과연 종갓집을 이끌어 나갈 거목감이 될 수 있을까? 아니야, 그리 쉽지 않을 거야!'

윤잉의 생각은 곧 긍정적인 결론으로 이어졌다. 아직은 자신의 지위가 나름 굳건하다는 쪽이었다. 하기야 여덟째 밑의 아우들은 아직 젖비린내도 제대로 가시지 않은 아이들로 경계할 가치도 없었으니 그렇게 생각해도 좋았다. 윤잉은 자신도 모르게 얼굴에 슬며시 웃음이 번졌다.

'그러나 만에 하나 내가 진짜 폐위된다면? 내 자리를 대체할 사람은 도대체 누가 될 것인가?'

하지만 얼마 후 또다시 불안한 생각이 윤잉의 머릿속을 파고들었다. 그는 머리를 세게 흔들었다. 머리가 아파 견딜 수 없었던 것이다. 마침 다행히도 옹군왕부가 눈앞에 들어오고 있었다.

윤잉은 수레에서 내렸다. 그러다 서쪽 저편에 자신과 거의 비슷한 시각에 도착한 수레 하나를 발견하고는 잠시 주춤거렸다. 이어 수레에서 내리는 사람이 누구일까 하고 자세히 살펴봤다. 그러고 보니 수레에서 상반신을 드러내고 기웃거리는 사람은 바로 셋째였다. 그가 웃음 그득한 얼굴을 한 채 말했다.

"셋째 아닌가! 아무래도 우리는 뭔가 통하는 것 같아. 안 그래도 넷째하고 함께 자네가 요즘은 무슨 진귀한 책을 사들였는지 보기 위해 송학산방松鶴山房으로 찾아가려고 했어. 잘 왔네."

"태자마마! 그러게 말입니다. 저도 넷째하고 함께 태자마마께 문안인사 가려고 했었는데 말입니다."

셋째가 황급히 윤잉 쪽으로 다가왔다. 그리고는 격식을 차려 인사를 올리면서 반색하며 말했다.

셋째 윤지는 31세의 나이에 이목구비가 단정하고 길게 쭉 뻗은 몸매를 하고 있었다. 그 모습이 마치 바람에도 끄떡없는 아름드리나무와 비슷했다. 더구나 그는 책을 많이 읽어서인지 일거수일투족에 풍류가 가득한 멋이 깃들어 있었다.

두 사람이 담소를 나누면서 안으로 들어가려고 할 때였다. 고복이 종종걸음으로 달려오더니 머리를 조아리며 인사를 올렸다.

"문지기가 손님이 오셨다고 하기에 나와 봤더니, 태자마마와 셋째마마시군요! 소인이 얼른 가서 넷째마마께 아뢰겠습니다."

셋째가 고복의 말에 얼굴에 미소를 머금고 손을 가로저었다.

"매일 출근하다시피 하는 사람인데 새삼스럽게 그럴 것 없네. 넷째로서는 내 꼴 좀 덜 보는 것이 소원일지도 모르고. 그러지 말고 내가 태자마마께 안내를 해드릴까 하네. 그래 넷째는 동원東院의 서재에 계신가?"

"만복당에 계십니다. 열셋째마마께서도 오셨습니다. 지금 두 분께서는 바둑을 두고 계실 것입니다."

고복이 실눈을 뜨고 웃음 띤 얼굴을 한 채 황급히 아뢰었다. 이어바로 하인들에게 두 사람을 의문儀門에 있는 동쪽 안채로 안내하라는 지시를 내렸다. 차를 마시면서 기다리도록 하라는 얘기였다.

윤잉으로서는 사실 처음으로 윤진의 집을 방문하는 길이었다. 눈앞의 모든 것이 생소할 수밖에 없었다. 윤지를 따라 조심스럽게 자갈이 깔린 좁은 통로를 걸어 들어갔다.

그의 눈에 들어온 윤진의 집은 전체적으로 고색창연한 멋이 돋보였다. 건축양식이 오래되어 특이하고 대단히 장관이었다. 실내는 깔끔하기는 했어도 사치와는 거리가 있었다. 그저 방구석 쪽에 비스듬히 놓여 있는 거문고 하나와 벽에 걸려 있는 장검이 눈에 띄는 정도였다. 그 외에는 종류별로 수를 헤아릴 수 없을 정도로 많은 책들뿐이었다.

윤잉은 외모로 보나 성격으로 보나 소탈하기 이를 데 없는 윤진이 스스로 꾸며놓았을 법한 방의 모습에 속으로 적잖이 놀랐다. 또 자신의 집에서 느끼던 것과는 전혀 새로운 면모를 느꼈다.

윤진과 윤상은 바둑에 정신이 팔린 듯 윤잉과 윤지가 들어선 것을 전혀 눈치 채지 못하고 있었다. 윤잉은 흥미가 동하는지 슬쩍 고개를 내민 채 바둑판을 일별했다. 윤진은 바둑에는 별로 재주가 없는 듯했다. 한참 아랫동생인 윤상에게 고전을 면치 못하고 있는 형국이 바로 그의 눈에 들어왔다. 윤상이 세 수씩이나 양보를 했으나 여전히 쩔쩔매고 있었다.

얼마 후 윤진이 포기한 듯 얼굴에 웃음을 흘렸다.

"아우, 이제 더 이상은 못 봐준다 이거지……."

윤상이 윤진의 말에 즉각 대답했다.

"지나치게 양보하면 상대를 무시하는 거예요."

윤상이 기분이 좋은지 싱글거리며 얼굴을 들었다. 순간 그의 눈에 윤잉과 윤지의 모습이 들어왔다. 그가 깜짝 놀라 말했다.

"태자마마, 셋째 형님! 언제 오셨어요?"

윤진도 놀라기는 마찬가지였다. 이어 바로 고복을 나무랐다.

"왜 진작 아뢰지 않았어?"

윤진이 말을 마치자마자 바로 주종간의 격식과 예의를 갖추려고 했다. 윤잉이 황급히 손을 가로저었다.

"문을 닫아걸면 형과 아우 사이 아닌가. 우리끼리 있을 때는 그런 격식 차리지 않아도 돼. 충성심이 있느냐 없느냐 하는 것은 인사를 깍듯이 하느냐 하지 않느냐에 있는 것이 아니거든. 여덟째와 아홉째는 나를 보면 아주 오체투지五體投地 못지않은 격식을 차리지만 뒤돌아서면 침이나 뱉지 않으면 다행 아닌가. 또 열째 같은 어리숙한 아이들을 시켜 난동이나 부리고 그러잖아."

윤상이 얼굴에 냉소를 머금으며 윤잉의 말에 맞장구를 쳤다.

"대천세인 큰형님이라는 양반은 또 어떻고요? 나하고 윤아 형님이 한데 엉겨 붙었을 때 말리는 척하면서 일부러 나만 붙잡는 것 못 보셨어요? 그 바람에 꽤나 얻어맞았잖아요. 그래 놓고는 저녁에 나한테 와서 뭐 '아홉째, 열째는 사람이 되려면 멀었다'는 둥 속보이는 소리나 늘어놓지 않겠어요. 이름만 형제간이지 원수가 따로 없어요, 원수가! 그리고 그 형님들은 주먹은 제게 휘둘렀지만 사실은 태자마마를 노린 거 아니겠어요?"

"나를? 웃기는군. 그래, 무슨 소리를 들었나?"

윤잉이 크게 놀라는 척하면서 다소 과장된 몸짓을 곁들이며 말했다. 윤상이 바로 대답했다.

"생각해보세요. 시세륜을 모독한 지 하루 만에 어화원을 쑥대밭으로 만들었잖아요. 그것이 전부 태자마마를 욕되게 하려는 계획적인 행동이었다고요! 항간에는 태자마마가 '태자 노릇만 사십 년 한 사람이 어디 있느냐?'면서 툴툴 댔다는 말도 퍼지고 있어요. 또 폐하께서 아파 누우셨을 때 몰래 입을 감싸 쥐고 돌아서서 웃었다는 소문도 없지 않아요. 한마디로 별의별 소문이 죽 끓듯 하고 있다고요. 소문의 발원지가 어디든 이런 소문이 나돈다는 것은 태자마마를 음해하려는 세력의 움직임이 예사롭지 않다는 사실을 말해주는 분명한 증거가 아니겠어요?"

윤잉은 윤상의 말을 잠자코 듣고만 있었다. 그리고는 오랫동안 생각에 잠겨 있더니 드디어 냉소를 흘리면서 입을 열었다.

"나는 절대 그런 적이 없어. 그런 것들은 다 터무니없는 소문이야! 나는 내 마음의 소리에만 귀 기울일 뿐이야. 악의에 찬 작자들이 심심풀이 삼아 뱉고 다니는 그런 말들은 신경 쓰고 싶지도 않아. 그런 소리에 일희일비했다면 지금까지 살아 있지도 못했을 거야!"

윤상이 윤잉의 말이 끝나자 바로 안색이 파리하게 질린 윤지를 뒤로 한 채 조롱 어린 표정으로 말했다.

"앞장서서 일을 저지르고 다니는 나도 그까짓 인간들이 두려울 것이 없는데, 형님들이 무슨 걱정이 있다고 그래요?"

한참 동안이나 말을 자제하고 있던 윤진이 드디어 눈빛을 반짝이면서 입을 열었다.

"당연히 두려워할 것은 없지. 그러나 그에 대한 대책은 미리 세워 놓아야 해. 사실 나는 나를 미워하는 사람들이 태자 형님과 윤상을 미워하는 사람들보다 훨씬 많다고 봐요. 미워하는 정도가 아니에요. 아주 식육침피食肉枕皮(고기를 먹고 껍질을 베개로 만드는 것)하고 싶어 한다고 하면 더 정확할 걸! 우리가 중도하차해 완전히 개털이 되기만을 기다리는 거겠지. 그러면 우르르 몰려들어 잡아먹으려고 들거야. 그렇기 때문에 우리로서는 누가 뭐라고 하든 끝까지 밀고 나가는 수밖에 없어."

윤상 역시 바로 크게 공감하는 눈치를 보였다. 곧이어 왼 손바닥을 오른 주먹으로 탁! 내리치면서 말했다.

"바로 그거예요! 끝까지 자기는 손해 보지 않으려고 이 눈치 저 눈치 보는 자들은 귀신처럼 쫓아다니면서 장기전으로 끌고 들어가야 해요. 흥! 칼날 잡은 자가 이기는 것을 본 적은 아직 없으니까."

말을 마친 윤상이 갑자기 찰싹! 하는 소리와 함께 자신의 뺨을 내리쳤다. 모기를 때려잡은 것이다. 윤잉이 윤상의 기세에 놀란 듯 움찔했다. 순간 그는 자신을 바라보던 강희의 차가운 눈빛까지 떠올렸다. 이어서 걱정 어린 표정으로 말했다.

"열셋째 아우, 그렇다고 마구 목을 졸라서는 안 되네. 더 이상 인명 사고가 나서는 곤란하다고! 인심이 점점 우리에게서 떠나가는 것이 보이지 않는가? 지난번에 시세륜이 열째한테 모욕을 당할 때도 수십 명의 관리들이 옆에 있었다고 하잖아. 그런데 저마다 낄낄대면서 누구 하나 나서서 말리는 자가 없었다고 하더군. 강도를 더 높였다가는 나는 아주 고립무원의 지경에 빠지고 만다고."

윤상은 윤잉의 말에 어이가 없어서 순간적으로 화가 치밀었다. 그러나 애써 화를 가라앉힌 채 웃는 얼굴로 말했다.

"우리는 엄연히 이 나라를 위해 좀도둑을 잡아내는 정의의 사자使者예요. 그런데 아무리 세상이 말세라고 해도 어찌 우리가 고립무원에 빠질 수가 있겠어요? 그리고 진짜 그렇게 된다고 해도 겁날 것이 뭐가 있어요?"

윤상은 태자 앞인 탓에 가능한 한 애써 부드럽게 말하느라고 나름 노력은 하고 있었다. 그러나 윤잉의 입장에서 볼 때는 별것도 아닌 것이 무례하게 까불고 있다고 비칠 수 있었다. 그가 더 이상 참을 수 없다고 생각했는지 눈꺼풀을 차갑게 내리 깐 채 말했다.

"너는 호쾌한 성격의 소유자라서 괜찮을지 몰라. 그러나 나는 남들의 손가락질 받으면서 살 자신은 없어!"

"어련하시겠어요!"

윤상이 되받아쳤다.

"너! 너 지금 그게 나한테 한 소리야? 이게 정말 뭘 믿고 죽을 둥 살 둥 까부는 거야?"

윤잉이 윤상의 버릇없는 말에 마침내 화가 났는지 손가락을 윤상의 코끝으로 찌를 듯 가져다 댔다. 손가락이 심하게 떨리고 있었다.

윤잉이 마치 장검이라도 있으면 뽑아서 찌를 태세로 성질을 내고 나서자 윤상이 앞으로 한걸음 다가갔다. 그리고는 피식 웃으면서 말했다.

"그렇게까지 화가 나셨다면 제가 잘못했습니다. 제가 앞으로는 조금 더 깍듯이 모실게요. 실은 여기에서 이러고 있을 시간이 없습니다.

여덟째 형님이 술을 사준다고 오라고 했거든요. 저 먼저 가볼게요!"

윤상이 자신이 하고 싶은 말만 한 다음 나가려고 했다. 윤잉은 아직도 화가 머리끝까지 나 있었지만 아랑곳하지 않고 뒤돌아섰다.

"거기 서지 못해?"

윤진이 갑자기 탁자를 힘껏 내리치면서 윤상을 불러 세웠다. 곧 실내에 쥐죽은 듯한 정적이 감돌았다. 방 밖에 서 있던 고복과 강아지, 송아지 등도 그 자리에 그대로 굳어지고 말았다.

잠시 후 윤잉이 어깨를 맥없이 늘어뜨린 채 길게 한숨을 내쉬었다. 이어 스르르 그 자리에 허물어져 내렸다. 그리고는 고통스럽게 두 손바닥으로 얼굴을 감싸 안으며 말했다.

"가봐……. 마음대로 해……."

그러자 셋째 윤지가 더는 안 되겠다고 생각했는지 심각한 표정을 지으면서 나섰다.

"열셋째, 태자마마께 너무 무례했어. 여덟째, 열째뿐만 아니라 우리들도 태자마마께 이런 식으로 무례를 범해본 적은 여태 한 번도 없었다고!"

"내가 여덟째 형님과 비교해서 이길 수 있는 것이 뭐가 있어요? 저라고 해서 이러고 싶은 줄 아세요? 호부에 처음 들어갔을 때 그쪽에서는 나를 매장시키려고 안간힘을 썼죠. 나는 그것들 기죽이기에 사활을 걸었고요! 다들 몰라서 그렇지 참으로 처절한 싸움이었어요. 호부에 앞뒤로 모두 이 년 동안 있으면서 밤잠 한 번 제대로 마음 놓고 자본 적이 있으면 내가 사람도 아니에요!"

윤상이 거친 숨을 몰아쉬면서 말했다. 어느덧 눈에는 눈물이 고이기 시작하고 있었다. 말 그대로 처절하게 호부에서 일하던 시절을 떠올리는 듯했다. 그가 다시 입을 열었다.

"……제가 누구를 위해서 그렇게 고생했겠어요? 제가 저 혼자만 잘 먹고 잘 살자고 그런 거예요? 나라고 남들한테 욕 얻어먹는 것이 소원이어서 그랬겠냐고요. 내가 일 잘해서 폐하께 인정받으면 궁극적으로 누구 얼굴이 빛나겠어요?"

윤상의 말에 윤잉의 머리가 저절로 수그러지는 듯했다. 입에서 연신 한숨이 나오기만 했다. 그러자 윤진이 윤상을 끌어당기면서 말했다.

"태자마마도 일을 잘 마무리 짓자는 뜻에서 한 말이었을 거야. 그런데 뭘 그리 흥분하고그래!"

셋째 윤지도 덩달아 태자를 옹호하고 나섰다.

"태자마마의 말씀도 일리가 있어. 뭐든지 너무 지나치면 오히려 독이 되는 법이야. 중용中庸을 지켜야 한다고. 그리고 태자마마께서도 너무 걱정하실 것은 없어요. 폐하께서는 초심을 바꾸신 것이 아니라고 봐요. 위동정 대인의 사망 소식에 너무 충격을 받으셔서 그런 말씀을 하셨을 줄로 믿어요."

셋째의 말대로라면 태자를 비롯한 황제, 윤상 등은 모두 아무런 잘못이 없다고 할 수 있었다. 결국 셋째는 영양가가 전혀 없는 하나마나한 말을 한 격이 되고 말았다.

윤진과 윤상은 순간 서로를 마주보면서 피식 실소를 터트리고 말았다. 그러나 윤잉은 달랐다. 진지한 표정을 지었다.

"결코 웃어넘길 일이 아니야. 자네가 진정으로 조정과 나를 위하는 것을 내가 모를 리가 있겠나? 그러나 폐하의 말씀을 염두에 두지 않을 수는 없잖아. 우리 대청의 조정이 뭐 고리대금업자가 있는 곳이야? 우리가 몽둥이 들고 인상을 험악하게 구기면서 빚 독촉이나 하고 다니는 고리대금업자는 아니잖아? 흥분하지 말고 차분히 생각해봐. 내일 일단 아무 소리 말고 사람들을 소집시켜 놓으라고. 내가 폐하를 뵙고 폐하의 뜻이 무엇인지 확실하게 알아서 올게. 우리는 지의에 따라 움직일 수밖에 없어. 그걸 아는 이상 결론이 어느 쪽으로 난다고 해도 우리를 원망할 사람은 아무도 없을 거야.”

윤잉은 뭔가 결정을 내려놓고 일방적으로 통보를 하고 있었다. 윤진과 윤상은 더 이상 할 말을 찾지 못했다.

한참 후 윤지가 윤잉과 함께 방을 나섰다. 다시 방 안에는 윤진과 윤상만이 남게 됐다. 두 사람은 약속이나 한 듯 얼굴을 무섭게 찌푸리고 있었다. 창밖의 바람소리가 끊임없이 지나가고 있었다. 방안에 음울한 잿빛 구름이 낮게 드리워져 있는 듯했다.

시간이 얼마나 흘렀을까. 윤진이 마침내 길고도 무거운 한숨을 내쉬면서 말했다.

“너는 너무 성급한 것이 탈이야. 태자 형님이 조금 신중했으면 하고 주문하는데 그렇게 기분 나쁠 것이 뭐가 있어!”

“신중은 무슨 신중이에요. 간덩이가 좁쌀만 해가지고 벌써부터 겁에 질린 거지 뭐겠어요. 밤낮으로 아바마마의 주변을 맴돌면서 비위를 맞추느라 가랑이가 찢어질 지경이라는 것은 세상 사람들이 다 알아요. 하지만 아바마마께서 가장 마음에 안 들어 하시는 것이 뭡니까? 바로 그 물에 물 탄 듯 술에 술 탄 듯 흐리멍덩한 성격이 아니겠어요?”

윤상이 침이라도 내뱉을 것처럼 말했다. 윤진이 몸을 곧게 편 채 등받이에 기대면서 윤상의 말에 뭐라고 답을 하려고 할 때였다. 갑자기 병풍 뒤에서 말소리가 들려왔다.

“맞는 말씀입니다. 세상만사는 엎드려 따르기는 쉽지만 고개 들어 항거하기는 어려운 법이지요. 아둔하지 않은 태자마마께서 이 삼승ㅌ

^乘의 오묘한 이치를 깨닫지 못하신다는 것이 안타깝네요."

말소리와 함께 지팡이 소리를 내면서 홀연히 나타난 사람은 오사도였다. 늘 그렇듯 입가에는 싸늘한 미소, 눈에는 유유한 빛이 흐르고 있었다. 그가 그 마력적인 미소와 눈빛을 둘에게 차례로 흘리면서 덧붙였다.

"뒤에서 오랫동안 엿듣고 있었습니다. 저는 그동안 열셋째마마가 협객의 기질만 뛰어나신 줄 알았는데, 오늘 보니 그게 아니었습니다. 상황 판단과 투시력 역시 대단하시더군요. 실로 넷째마마의 복이 아닐 수 없습니다!"

윤상에 대한 오사도의 칭찬의 말에 순간 윤진의 눈빛이 환하게 빛났다. 그가 고개를 숙인 채 찻잔에 입술을 갖다 대면서 웃었다.

"나는 지금 열셋째를 따끔하게 혼을 낼 생각이었어. 그런데 오 선생은 오히려 칭찬을 하다니!"

오사도가 윤진의 말이 끝나기를 기다렸다가 천천히 자리를 잡고 앉았다. 이어 길고 흰 손가락을 깍지 낀 채 고개를 끄덕이면서 말했다.

"혼을 낼 이유가 전혀 없습니다. 태자마마께서는 바로 열셋째마마께서 지적하신 그대로이십니다. 사람은 누구나 다 상대에게 필요한 것이 있거나 약점이 잡혀 있으면 알아서 설설 기게 되는 속물입니다. 또 자신이 없을 때도 마찬가지입니다. 태자마마께서는 지금 폐하의 일거수일투족에 일희일비하고 있습니다. 그것은 자신의 위치가 흔들리는 것을 의식했기 때문에 그런 것이 아닌가 싶네요. 태자마마께서도 그러는 자신을 충분히 알고 있을 겁니다. 그러나 그저 눈감고 아웅 하는 식으로 일관할 뿐입니다. 근본적인 대책을 마련하지 못하고 있는 거죠. 제가 언젠가 태자마마의 위태로움을 아침이슬에 비유한 적이 있는데, 그것도 같은 이유에서였습니다. 폐하께서는 종묘사직을 이끌어 갈 태자를 원하시는 것이지 결코 발밑에서 굽실거리는 노예를 원하는 것이 아닙니다. 태자마마께서 진정으로 자신의 앞날을 위해 필요한 것은 바로 간언입니다. 그래서 폐하께서 하시는 말들을 때로는 반박해야 할 때도 있어야 하는 것입니다. 그게 폐하의 굽힐 수 없는 뜻이라 하더라도 그렇습니다. 쉽지는 않겠지만 말입니다."

오사도가 말을 마치고는 의미심장한 웃음을 지었다.

윤상은 넋이 나간 듯 그의 말을 열심히 듣고 있었다. 그러면서 좌선하는 자세로 눈을 감은 채 부지런히 염주를 돌리고 있는 윤진을 바라봤다. 그때 그는 갑자기 뇌리를 스치는 생각에 잠시 몸을 부르르 떨었다. 만약 넷째 형님이 태자가 된다면……, 그렇게 된다면?

윤상이 잠시 그런 생각에 잠겨 있을 때였다. 윤진이 갑자기 눈을 번쩍 뜨면서 물었다.

"그러면 우리는 이제 어떻게 하는 것이 좋겠는가, 오 선생?"

"백척간두에서는 다시 한 걸음 더 나아가는 수밖에 없습니다. 돌부처처럼 버티고 서서 등 두드려가면서 토해내게 하는 수밖에는 없지요!"

오사도의 얼굴에 갑자기 푸르스름한 빛이 감돌았다. 결정적인 말을 했다고 생각하는 듯했다. 신이 난 윤상이 박수를 치면서 호응했다.

"오 선생의 말씀 한마디를 듣는 것이 책을 몇 수레 읽은 것보다 오히려 더 소득이 큰 것 같아요. 십 년 묵은 체증이 확 내려가는 느낌이라는 것이 바로 이런 것인가 봐요."

그러나 윤진은 윤상과는 달랐다. 몹시 긴장을 했는지 꽤나 굳은 얼굴을 한 채 물었다.

"끝까지 우리의 생각이 태자마마나 폐하의 의사와 상충한다면 그때는 어떻게 해야 할까?"

"태자마마가 두려워할 만한 상대가 된다고 생각하십니까? 또 폐하께서는 어디까지나 지나치게 막 나가시지는 않을 겁니다. 절대로 현 상황을 완벽하게 갈아엎을 분이 아닙니다."

오사도의 확신에 찬 목소리가 갑자기 메마르게 울려 퍼졌다. 윤진의 눈빛이 마치 귀신불처럼 반짝 빛나더니 바로 어두워졌다.

"그렇게 해서 태자마마가 등극을 하신다면? 그 누군들 새로운 일인자의 보복으로부터 자유로울 수 있을까?"

오사도가 잠시 생각에 잠겨 있더니 단어 사용에 특히 신경을 써가며 다시 입을 열었다.

"태자마마께 잘못한 것이 없는데 보복이라뇨? 그리고 태자마마께서는 두 분을 떠나서는 한 발자국도 움직일 수 없게 돼 있습니다. 그런데 감히 미워할 수가 있겠습니까? 설령 그날이 온다고 해도 여덟째마마와의 대결이 불가피하기 때문에 태자마마는 두 분을 의지할 수밖에 없습니다."

윤상은 오사도의 말에 재차 탄복하지 않을 수 없었다. 급기야 시원스러운 어조로 맞장구를 쳤다.

"그렇게 하면 되겠군요. 선생의 말은 들으면 들을수록 절묘해요. 강아지, 송아지야! 이제 가자! 호부로 돌아가자!"

윤잉은 옹군왕부에서 나오자마자 바로 윤지의 집에 들렀다. 납덩이처럼 무거운 머리도 식히고 볼만한 책도 한 권 빌릴 요량이었다. 궁으로 돌아왔을 때는 이미 왕섬은 퇴청을 하고 보이지 않았다.

그는 잠시 홀로 텅 빈 궁전에 앉아 있었다. 처마를 스쳐가는 가을바람 소리가 자지러지고 있었다. 그 바람에 갈수록 마음도 심란해지고 있었다. 그가 궁녀에게 보이차普洱茶를 가져오도록 한 다음 의자에 파묻혀 멍하니 앉아 있을 때였다. 하주아가 서류뭉치를 들고 들어오더니 말했다.

"태자마마, 언제 궁으로 돌아오셨습니까?"

"지금."

"소인은 상서방에 다녀오는 길입니다."

"그런가."

"태의원의 하 태의가 다녀갔습니다. 태자마마의 지시에 따라 설련雪蓮을 가미한 약을 준비했다고 했습니다."

"환으로 먹는 약이라고 하던가? 아니면 가루약인가?"

"환으로 먹는 약이라고 들었습니다."

하주아가 말을 마치고는 바로 금칠을 한 큰 상자에서 약봉지 하나를 꺼내 윤잉에게 건넸다.

윤잉이 봉지를 조심스럽게 펼치자 곧 밀랍으로 딱딱하게 옷을 입힌 완두콩만 한 알맹이가 나왔다. 그는 자신도 모르게 그 약을 코끝에 슬쩍 대봤다. 향기가 물씬 풍겼다. 분명 효과가 있을 듯했다. 그는 행여 누가 그 약을 빼앗아 가기라도 할세라 재빨리 안주머니에 집어넣었다.

약은 다른 것이 아니었다. 지난번 윤지의 집에서 가져온《영락대전》永樂大典에서 옛 처방을 구해 하 태의가 직접 제조한 약이었다. 책에도 정력精力과 강장強壯에 특효가 있을 뿐만 아니라 회춘回春을 하게 해주는 미묘한 약이라고 분명히 나와 있었다. 또 황제黃帝의 어녀御女들이 복용했던 단방丹方이라는 내용도 있었다.

그러나 이 물건을 강희에게 들키는 날에는 불호령을 면치 못 할 것이었다. 목숨이 붙어있을지조차 장담하기 어려웠다. 당연히 왕섬에게도 들켜서는 안 될 터였다.

윤잉이 강희와 왕섬을 떠올리면서 가슴을 두근거리다 하주아에게 슬쩍 물었다.

"상서방 사람들은 아직 퇴청하지 않고 있나?"

"소인이 올 때까지는 몇 사람 남아 있었습니다. 위동정 대인에게 내릴 시호諡號를 준비하느라 여념이 없는 것 같았습니다. 여기 폐하께서 어비御批를 단 위동정 대인의 유언장이 있습니다. 태자마마께서 열람해 주셨으면 합니다."

윤잉이 하주아의 말에 몸을 흠칫 떨면서 자세를 바로잡고 앉았다. 이어 하주아로부터 서류뭉치를 넘겨받았다.

서류뭉치 위에는 과연 '이등공작이자 월민전절 4개 성의 해관총독 위동정 8월 14일 해시에 사망'二等公爵粤閩滇浙四省海關總督魏東亭八月十四日亥時死亡이라는 글귀와 함께 위동정의 유언장이 첨부돼 있었다.

윤잉은 황급히 몇 장을 넘겼다. 과연 위동정의 친필이 틀림없었다. 유언장에는 구구절절이 세상을 떠나가는 것에 대한 아쉬움이 적혀 있었다. 또 행간마다에는 성은聖恩을 잊지 못하는 애절함이 듬뿍 담겨 있었다. 윤잉은 뭉클해진 가슴을 겨우 진정시키고 글을 읽기 시작했다.

그중 강희의 손톱자국이 분명한 줄이 선명하게 그어져 있는 부분이 유난히 눈에 띄었다.

……죄 많은 이 몸 평생 입은 성은에 보답하기는커녕 빚만 가득 남겨놓고 떠나가옵니다. 그러니 지옥문에 들어가는 마음이 무겁고 죄스럽기만 하옵니다. 누각에 올라 서성이면서 피눈물을 쏟으니, 이제는 그나마도 말라버려 가슴만 아프옵니다. 평생 폐하 곁을 지키고 섬기면서 결초보은하리라던 맹세는 허망하게 무너지게 됐사옵니다. 서둘러 떠나가는 신을 부디 용

서해주시기 바라옵니다……

글자 위에는 강희의 것인지 위동정의 것인지 눈물이 몇 방울 떨어진 흔적이 남아 있었다. 자연스럽게 번져나간 먹물의 흔적이 여기저기에 엉켜 있었다. 끝부분에서 강희의 주비朱批가 한눈 가득 안겨왔다.

위동정의 아들 위천우魏天祐에게 일등백작一等伯爵 칭호를 수여한다. 더불어 영해관사領海關事 직책을 부여하고 매년 조금씩 나라 빚을 갚도록 한다.

주비의 다음에는 강희의 별호인 '체원주인'體元主人이라는 인새印璽가 선명하게 찍혀 있었다.

윤잉은 강희의 '성의'聖意를 이제는 분명히 알 것 같았다. 호부의 국채 환수 문제는 큰 어려움이 없을 것이 분명했다. 그는 비로소 마음이 놓이는지 팔베개를 한 채 벌렁 자리에 드러누웠다. 천장을 바라보면서 두서없는 생각에도 잠겼다. 그러다 얼핏 잠이 들었다.

갑자기 한 번도 얼굴을 본 적이 없는 생모 혁사리씨가 실구름처럼 스쳐 지나가고 있었다. 또 색액도와 명주가 인사를 한다면서 들어서는 것 같더니 바로 어디론가 사라지고 없었다. 얼마 후에는 윤진의 반짝이는 눈빛도 확대경을 갖다 댄 듯 크게 다가왔다. 광대놀음을 하는 윤상의 모습 역시 잠깐 보이기도 했다……

윤잉은 흠칫 놀라서 눈을 떴다. 이어 부산하게 뒤척이다 다시 겨우 잠이 드는가 싶었으나 얼마 지나지 않아 악몽은 또 되풀이됐다.

윤잉은 새벽녘이 다 돼서야 겨우 잠이 들었다. 자리를 털고 일어난 것은 진시辰時가 다 됐을 무렵이었다. 그는 진작 깨우지 않았다면서 하주아를 한바탕 나무란 다음 아침도 먹는 둥 마는 둥 하고는 부랴 부랴 양심전으로 향했다.

바닥에는 밤새 비가 내린 듯 빗물이 고여 있었다. 하늘은 여전히 잔뜩 흐려 있었다. 실비도 가늘게 흩날리고 있었다. 윤잉은 우비를 입은 채 계속 걸었다. 그 뒤를 수 십 명의 태감들이 바싹 따랐다.

그가 막 영항永巷 입구에 도착했을 때였다. 반대편에서 마주 오는 양심전 시위인 덕릉태와 태감 형년이 눈에 들어왔다. 그가 황급히 물었다.

"폐하께서는 지금 양심전에 계시는가?"

"안 계십니다. 폐하께서는 오늘 이른 아침부터 목자후 군문과 무단 군문을 부르셨습니다. 장정옥, 마제, 동국유 대인 등도 함께 불러 편한 복장을 하신 채 출타하셨습니다. 태자마마께서 문안을 오시면 사정을 말씀드리고 태자전하께서는 좋을 대로 하라고 하셨습니다."

형년이 웃음을 지어보이면서 조심스럽게 대답했다. 윤잉은 도대체 무슨 일일까 하고 못내 궁금해 하면서 돌아섰다. 그러다 발을 헛디디는 바람에 물웅덩이에 그만 엉덩방아를 찧고 말았다.

당황한 덕릉태가 황급히 다가가서는 윤잉을 부축해 일으키면서 물었다.

"태자마마, 어…… 엉덩이가 많이 아프십니까? 어…… 낯빛이 이상한데 무슨 병이라도 걸리신 겁니까?"

덕릉태는 몽고족 관리 중에서도 한어漢語를 잘 못하는 편에 속했다. 당연히 말이 우스꽝스러웠다. 좌중의 사람들은 터져 나오는 웃음을 억지로 참을 수밖에 없었다. 그러자 안색이 누렇게 뜬 윤잉이 억지로 웃음을 지어 보이면서 말했다.

"괜찮아. 수레를 대라고 하게. 육경궁이 아닌 호부로 가봐야겠어. 형년, 양심전에서 갈아입을 옷 한 벌 챙겨오게."

윤잉이 말을 마치자마자 바로 흙탕물 범벅이 된 두루마기를 벗어 내치듯 형년에게 던져줬다. 이어 갈라지는 목소리로 명령을 내렸다.

"말려서 양심전에 보내도록 해!"

20장

열셋째 황자 윤상의 좌절

윤상은 일찌감치 호부에 도착했다. 곧 사람을 육경궁으로 보내 태자도 모셔오도록 했다. 호부의 대청에는 예부에서 나온 관리들 몇몇이 빚을 져서 불려온 관리들과 자리를 같이 하면서 그를 기다리고 있었다.

윤상 역시 전날 저녁에 윤잉처럼 잠을 설쳤다. 그러나 다행히 윤상은 어려서부터 운동으로 다져진 체력을 보유하고 있었다. 하루 이틀 잠을 자지 않는다고 해서 그다지 문제가 되지 않았다.

그는 안락의자에 큰 대자로 벌렁 드러누운 채 금방 면도를 해서 푸르스름한 빛이 도는 앞머리를 열심히 매만지고 있었다. 그러면서 머릿속으로는 계속해서 자신이 불러들인 관리들에게 선전포고를 할 궁리를 하고 있었다.

그러나 건너편 호부 대청의 분위기는 달랐다. 유유자적하게 동네

산책이나 나온 노인네들처럼 여유로운 웃음소리가 심심찮게 터져 나오고 있었다. 그것은 빚을 갚지 않아 덜미를 잡혀온 사람들의 웃음 같지가 않았다. 윤상은 그들을 요리하기가 쉽지만은 않을 것이라는 생각이 드는 것을 어쩌지 못했다. 그의 머릿속은 복잡하기 그지없었다.

사실 그들 중 상당수가 강희를 따라 세 번씩이나 서정에 오르기도 한 공신들이었다. 부국강병의 대청을 만들기 위해 목숨 걸고 젊음을 바쳐온 개국원로들이라고도 할 수 있었다. 게다가 거의 모두 지방에서 군사를 이끌고 있는 나름의 권력자들이었다.

뿐만 아니었다. 그들은 평소 강희 앞에서조차 구렁이 담 넘어가는 소리를 하면서 능청을 떠는 사람이기도 했다. 자신들의 실수를 어영부영 넘겨버리는 데는 이골이 난 사람들이었던 것이다. 때문에 윤상은 세상천지에 겁나는 구석이 없는 그들이 그야말로 자신들 말대로 '코흘리개 열셋째'의 말에 얼마나 동조할지 걱정스러울 수밖에 없었다.

윤상이 그렇게 멍하니 생각에 잠겨 있을 때였다. 갑자기 강아지가 뛰어 들어오더니 인사를 올렸다.

"열셋째마마! 육경궁에 갔던 사람이 왔는데요, 아침에 나가신 태자마마께서 여태 감감무소식이어서 진가유, 주천보 두 어른이 엄청 화가 나 있다고 합니다. 그래도 기다리실 겁니까?"

윤상이 회중시계를 꺼내 보면서 말했다.

"조금만 더 기다려 보자고. 십분 정도 기다렸다가 오지 않으면 무슨 중요한 일이 있는 것이 분명하니까 먼저 시작해야겠어. 송아지는 벌써 대청에 가 있으니 건너가 봐."

강아지는 윤상의 지시대로 호부 대청으로 달려갔다. 과연 송아지는 문 언저리에 기대어 서 있었다. 또 안에는 30여 명의 봉강대리封疆大吏들이 무슨 떠들기 대회에라도 나온 듯 서로 잘났다고 주저리주저리 언변을 자랑하고 있었다.

"돈을 버는 데 반드시 싸움이 필요한 것은 아니에요. 머리를 쥐어짜면 얼마든지 묘안이 있다고요. 지난번에 규서가 나한테 한 수 가르쳐 줬어요."

요전이 침을 사방으로 튕기면서 말했다. 유섭이 그 옆에서 실눈을 뜨고 웃으면서 대머리가 된 이마를 번쩍이며 말을 받았다.

"어쩐지 규서의 씀씀이가 예사롭지 않다고 생각했어요. 한 수 가르쳐 줬다는 게 뭔지 말해줘 봐요!"

"그게 있잖아요……."

요전이 찡긋 눈웃음을 치며 찻물로 입술을 적셨다. 그러더니 천천히 말을 이었다.

"돈이 들어오려면 먼저 외적外賊을 물리치고 다시 내적內賊을 물리치는 의지가 필요해요. 이에 해당되는 외적이 다섯 가지가 있어요. 안이비설신眼耳鼻舌身(눈, 귀, 코, 혀, 몸)이에요. 우선 눈을 보자고. 이 비천한 물건은 예쁜 여자만 보면 환장하고 쫓아다녀요. 나중에는 그것도 모자라 급기야는 서너 명씩 마구 끌어다 여기저기 감춰놓죠. 결과적으로 집구석을 말아먹게 만들어버리죠. 귀라는 물건은 현란한 소리에 혹하는 경우가 적지 않아요. 초저녁부터 마음이 싱숭생숭한 사내들을 계집들이 앵앵거리는 길거리로 끌어들이는 마력이 있다고요. 절대 도움이 안 되는 물건이에요. 코는 구수한 냄새에 벌름거리기가 일쑤예요. 하루의 일을 끝내고 지친 사내들을 유혹하는 경우가 많죠. 또 혀는 꼴에 맛있는 것은 알아서 이리저리 헤매고 다녀요. 주인이 쓸데없는 지출을 하게 만들죠. 나뭇잎으로 그곳만 가리고 다닐 수는 없는 몸도 역시 크게 다르지 않아요. 철마다 체면 구기지 않을 정도로 차려 입게 만들지. 그러다 보면 대단한 부담이 아닐 수 없어요. 그러니 이 다섯 가지 외적과의 싸움이 꼭 필요한 거예요."

요전은 자신의 논리를 억지로 꿰맞추느라 안간힘을 썼다. 그럼에도 사람들은 그의 언행에 흐느적거리면서 웃었다. 특히 호광湖廣(호남성과 광동성을 일컬음) 제독은 무릎을 크게 치기까지 했다. 그리고는 일부러 심각한 표정을 지으면서 말했다.

"오늘 소득이 실로 만만치 않은데요? 그런데 진작 이런 얘기를 들려줬으면 국고에까지 손을 내밀지 않았어도 됐잖아요!"

"내적은 또 뭔지 알아요?"

요전이 다시 정색을 하며 입을 열었다.

"바로 인의예지신仁義禮智信이에요. 우선 인을 볼까요. 마음이 약해서 친인척들 우는 소리 다 들어주다 보면 돈 잃고 사람 잃게 돼요. 망하기 십상이지 않아요? 이익을 좇느라 의리를 버린다고 비난들을 하는데, 그렇게 하지 않으면 돈이 모일 리가 없죠. 예도 마찬가지예요. 예를 차리고 있으면 언제 돈을 벌 시간이 있겠어요? 약육강식의 생존현장에서 믿을 신자는 더 웃기는 얘기 아닐까요? 개같이 벌어 정승같이 쓰라는 말이 괜히 나온 줄 압니까? 하하하하……."

요전의 말이 끝나자 사람들은 또다시 박수를 쳤다. 이어 서로 뒤질세라 마구 떠들어댔다.

윤진과 윤상은 그들이 그렇게 왁자지껄하는 도중에 앞서거니 뒤서거니 하면서 차례로 들어섰다. 순간 장내는 삽시간에 물이라도 뿌린 듯 조용해지고 말았다.

"이거 너무 오래 기다리게 해서 안 됐네. 조금 전까지 웃고 떠들고 재미있게 노는 것 같더니, 갑자기 꿀 먹은 벙어리가 되기라도 한 건가? 내가 조금 더 있다 왔어야 했나?"

윤상이 좌중을 둘러보더니 자조 섞인 말투로 말했다. 이어 바로 윤진에게 자리를 안내하면서 덧붙였다.

"넷째마마, 저쪽에 자리하십시오. 가운데는 태자마마께서 곧 오실 테니 남겨두시고요."

윤진이 고개를 끄덕이고는 태연하게 자리를 잡았다. 그제야 제정신이 든 듯 관리들이 분주하게 자리에서 일어나며 격식을 차려 인사를 올렸다. 제 아무리 그 옛날에 전장을 누비던 영웅일지라도 무쇠같이 차갑고 무표정한 얼굴의 윤진 앞에서는 고분고분하지 않을 수 없었던 것이다.

"어제 시세륜이 여러분들을 불러 잘 알아듣도록 얘기한 것으로 알고 있어. 그러니 길게 말하지는 않겠어. '빚을 갚고 부담 없이 살아보자'는 것이 오늘의 요점이라는 것만 밝혀두지. 언제가 됐든 반드시 갚아야만 하는 빚이라면 일찍 갚아버리고 말라고! 자고로 빚쟁이 좋아하는 사람 없듯 여러분들이 나를 죽어라 미워하는 줄은 잘 알아. 하지만 여러분들도 앞뒤가 꽉 막힌 사람들이 아닌 만큼 생각들을 좀 해보라고! 궁궐 같은 집이 있고 내 소유의 화원이 있고……, 뭐 하나 아쉬운 것이 없는 내가 편히 사는 것이 싫어서 이러고 다니겠어?"

윤상이 마른기침을 하고는 말없이 앉아 있는 윤진을 바라봤다. 그리고는 말을 이었다.

"나랏돈은 결코 개인의 그것과는 의미가 다르지. 그 돈으로 말하자면 쌀을 사서 재해를 입은 백성들을 구제해야 하는 것이라고. 또 우리 모두를 위해 열심히 일한 백관들의 녹봉도 챙겨줘야 해. 그리고 일찍이 전장에서 잔뼈가 굵은 여러분들이니 만큼 누구보다 더 잘 알거야. 외적들의 침입이나 내부의 모반을 물리치고 잠재우려고 해도 돈이 없으면 절대로 안 된다는 것을 말이야. 그래서 하는 말인데, 숨는다고 해결될 일이 아니라는 말을 하고 싶어."

윤상은 잠시 좌중을 둘러본 다음 나지막이, 그러나 무거운 목소리로 덧붙였다.

"여러분들은 이제 여기에 온 김에 구체적으로 빚을 언제쯤 갚을 수 있는지를 약속하고 시일을 적어 놓고 갔으면 해. 당장 갚을 수 있는 금액이 얼마나 되는지도 함께 말이야. 정 사정이 여의치 않아서 못 갚겠다면 그런 내용의 문서라도 작성해 놓고 가라고. 빚 때문에 바지까지 벗어 내다파는 일이 있어서는 안 된다는 넷째마마의 지시가 계신 이상 무식한 내 방식이 더 이상 통할 것 같지 않기는 하지만 말이야. 또 폐하께서도 자네들 일부에게는 사정을 고려해 빚을 탕감해주시기로 했어. 그 조치에 해당되는 자는 전생에 복을 쌓은 조상님에게 감사하면 돼. 반면 면제의 은혜를 받지 못하는 사람들은 폐하께서 나름대로의 계산이 있어서라고 생각하면 될 거야. 어떤가?"

윤상은 시종 조용한 분위기에서 때로는 타이르듯 때로는 협박하듯 말했다. 그러면서도 황자로서의 위엄은 전혀 잃지 않았다.

좌중의 사람들은 그런 그에게 은근히 겁을 집어 먹을 수밖에 없었다. 결국 그들은 윤상을 몰래 골탕 먹이려고 당초 세워둔 계획을 실현시킬 엄두는 내지도 못했다. 윤진은 시련 앞에서 부쩍 커버린 그런 윤상을 흐뭇한 표정으로 바라봤다.

한참 무거운 침묵이 흘렀다. 그제야 그들 가운데 대장에 해당하는 귀주貴州 장군 나문羅文이 엉거주춤 자리에서 일어섰다. 그리고는 굵직굵직하고 우락부락하게 생긴 외모와는 달리 약삭빨라서 꼼수가 샘솟는 것으로 유명한 사람답게 조용한 어조로 입을 열었다.

"열셋째마마! 정말 지당하신 말씀이십니다. 문제는 저희들이 덩치는 커도 속은 텅 비어 있다는 사실이 아닐까 싶습니다. 돈을 빌려 딴 짓을 한 나쁜 놈들은 백 번 죽어도 쌉니다, 싸요. 솔직히 그것들 때문에 정말 주머니가 얇은 저희들마저 의심받고 이렇게 추궁당하는 것 아닙니까? 솔직히 외관들은 백성들의 멱살을 잡아 억지로 빼앗는 일도 많습니다. 또 경관들은 해마다 충성을 하려는 지방관들이 줄을 잇습니다. 하지만 우리 같은 군인들은 몇 푼 안 되는 녹봉 외에 눈 먼 돈이 생길 기회라고는 찾아보고 죽으려 해도 없는 것이 현실입니다. 그렇다고 군인답지 않게 같은 처지에 있는 병사들을 우려먹을 수도 없지 않겠습니까?"

나문의 말은 약간 앙탈을 부리는 듯한 느낌이 없지 않았다. 그러나 말만은 정말 진지했다. 윤진이 나문에게 순간적으로 동정심이 생긴 듯 천천히 입을 열었다.

"일리는 있네. 하지만 여러분들이 가진 것이 정말 그렇게도 없다는 말인가? 빚 갚는 것을 억울하다고 생각할지 몰라. 그러나 이 일이 마무리되는 대로 곧 이치吏治를 확립하는 조치에 들어갈 거야. 그때는 또 어떻게 하려고 그러지? 끝까지 버티는 사람들은 한바탕 곤욕을 치를 수밖에 없을 거라고!"

윤진의 말이 끝나자 광동廣東제독 도삼외陶三畏라는 자가 바로 입술을 실룩거리더니 입을 열었다.

"녹봉으로 먹고 살 수 있다면 굳이 돈을 빌릴 필요가 있겠습니까? 또 우리는 워낙 치고 박고 싸우는 것 외에는 모르는 까막눈들입니다. 머리에 든 것도 없습니다. 위에서 무슨 지시가 내려오면 제대로 읽을 줄도 모릅니다. 상주문을 올리려고 해도 옥편을 찾고 하다 보면 세월이 다 갑니다. 그래서 우리는 저마다 글 잘하는 사무 보조원을 하나씩 두고 있는 실정입니다. 그 사람들은 당연히 우리의 녹봉으로 먹여 살려야 합니다. 그러니 더욱 꾸려가기가 힘이 듭니다. 제발 저희들 사정을 널리 살피시어 앞으로 일 년 반만 여유를 더 주십시오. 그러면 어떻게 해서든 돈을 마련해보겠습니다."

마국성馬國成이라는 자도 도삼외의 말이 끝나기 무섭게 이죽거리는 어조로 시비 걸 듯 나섰다.

"마련한다고요? 저절로 터진 입이라고 아무렇게나 말하고 그러지 마세요. 도대체 뭘 어떻게 마련한다는 말입니까? 바지를 벗어봤자 기근이 들어 시들시들한 중간 다리뿐인데, 그것이나마 사겠다는 놈이 있어야 팔아먹든가 말든가 하죠!"

듣기 거북한 마국성의 말에 나문이 나무라듯 말했다.

"마형, 말을 좀 가려가면서 하지. 아무 데서나 그러면 어떻게 합니까? 점잖게 굴 때도 있어야지요!"

마국성은 강희의 서정西征길에 여러 번 함께 올랐던 장군이었다. 전장에서는 그 용맹함이 가히 천하무적이라고 할 수 있었다. 전과도 뛰어났다. 그래서 강희의 인정을 받는 경우가 많았다. 그 결과 점점 안하무인이 됐을 뿐 아니라 일을 처리할 때는 전횡을 일삼기도 했다. 그가 그런 성질을 버리지 못했는지 눈을 부라린 채 나문을 향해 고래고래 고함을 질렀다.

"말을 가려서 할 자리가 어떤 자리인가요? 분명히 말해두는데, 나는 폐하 앞이라고 해도 마찬가지였을 거예요. 빚을 지고 난 다음 알아서 갚아주는 좋은 배경이라도 있다면 나 역시 체면을 차려가면서 사는 점잖은 놈이 될 수 있다고요. 누구는 황자마마들께서 사재를 털어 빚을 갚아준다고 하는데, 누구는 기한을 조금만 연장해 달라는데도 이 난리니, 원!"

윤상이 마국성의 말에 화가 난 표정을 지었다. 그렇게 알아듣도록 말을 했음에도 전혀 기세가 누그러들 줄 모르는 것에 점점 성질이 나고 있었던 것이다. 한참 후 그가 옆에 서 있는 강아지와 송아지를 향해 말했다.

"어르신들 목마르실 텐데 차라도 내어오너라!"

강아지와 송아지가 재빨리 차 주전자를 가져다 좌중의 사람들에게 차례로 따라주기 시작했다. 그들은 목이 타는지 곧바로 차를 냉수 마시듯 꿀꺽꿀꺽 아무 의심 없이 들이켰다. 윤상은 그들이 차를 마시는 모습을 희미하게 웃으며 바라보고 있었다.

그들이 차를 마시고 얼마 지나지 않아서였다. 좌중의 사람들은 갑자기 속이 거북한지 다들 얼굴이 시뻘겋게 변하더니 결국에는 뒤집히는 속을 참지 못하고 음식물들을 마구 토해내기 시작했다.

"욱!"

"욱!"

"우욱!"

미처 소화가 다 되지 않은 온갖 산해진미가 대청 바닥에 쏟아졌다. 그 바람에 대청 안에는 삽시간에 악취가 진동하고 지저분한 토사물로 아수라장이 되고 말았다.

윤진은 눈앞에서 벌어지는 광경을 보면서 바로 윤상의 꿍꿍이속을 간파할 수 있었다. 그의 미간이 갈수록 좁혀지고 있었다. 속으로 뒷수습이 걱정스러웠던 것이다.

하지만 윤상은 달랐다. 자신이 한 일이 옳다는 듯 전염병을 앓고 난 사람들처럼 안색이 파리한 관리들을 향해 더욱 강경한 어조로 몰아붙였다.

"이런 비겁한 방법을 써서 미안하네. 그러나 나를 이 지경에까지 몰아넣은 것은 바로 여러분들 자신이네. 그러니 어쩔 수가 없네. 하도

우는 소리들을 하기에 진짜로 풀만 뜯어먹고 사는지 확인해보고 싶었어. 과연 그렇다면 내가 직접 나서서 폐하를 설득해 빚을 면제해주려고도 했어. 그런데 보자보자 하니까 이거 너무들 하잖아!"

좌중의 관리들은 기운이 다 빠져 멍한 표정으로 윤상의 말을 들으며 별다른 대꾸를 하지 못했다. 그러나 점점 시간이 지나면서 그들의 얼굴에는 황당하기 그지없다는 표정이 짙게 어려 있었다.

마침 그때 태자 윤잉이 한 무리의 시위와 태감들을 거느린 채 호부 정원에 들어서는 모습이 보였다. 그는 대청 안으로 들어서자마자 진동하는 악취에 대뜸 코부터 움켜쥐었다. 이어 윤상을 노려보는가 싶더니 따지듯 물었다.

"이게 대체 무슨 일인가?"

"하도 우는 소리를 하기에 한번 찔러봤을 뿐이에요. 하루 세 끼 풀만 먹고 산다고 아우성이어서 말이에요. 태자마마께서도 직접 이 광경을 한번 보시라고요!"

윤상이 얼굴에 냉소를 흘리면서 대답했다. 그러나 윤잉은 자신의 물음에 대한 윤상의 대답에는 아랑곳하지 않았다. 그저 잔뜩 굳은 얼굴을 한 채 대청 한가운데 뒷짐을 지고 서더니 차가운 시선을 윤진에게 던졌다. 그러자 윤진이 상체를 약간 숙여 인사를 했다. 이어 무덤덤한 표정을 하고는 창밖을 내다봤다.

윤잉은 그 모습에 더욱 화가 나는 모양이었다. 다짜고짜 윤상에게 성큼성큼 다가가더니 마치 쥐어박기라도 할 기세로 말했다.

"자네, 너무 하는군! 오늘 모인 장군들은 모두 폐하께서 수십 년 동안 공들여 키워 오신 우리 대청의 파수꾼들이야. 그런데 어찌 이렇게 융통성 없이 일을 처리하는 건가?"

윤진은 윤잉의 말에 화가 치밀었다. 윤잉의 언행이 사태 해결에 전혀 도움을 주지 못했기 때문이었다. 오히려 밥을 푸고 있는데 와서 코를 빠뜨리는 격이었다. 곧이어 그가 윤상의 방패막이가 되어주려는 듯 애써 얼굴에 웃음을 흘리며 말했다.

"열셋째 아우가 지나쳤다는 느낌은 들어. 그러나 여러분들도 너무 인정사정 안 보고 몰염치한 것은 마찬가지인 것 같군."

윤잉이 윤진의 말이 끝나기 무섭게 재차 냉소를 흘렸다.

"다들 아직 모르고 있겠지. 조금 전 나의 스승인 웅사리熊賜履 어른이 사망했다는 부음이 들어왔어! 이처럼 무식한 빚 독촉에 살아남는 사람이 있기나 하겠어?"

웅사리는 순치 황제 때의 진사로, 강희 8년에 조정에 들어온 이래 명주, 색액도와 함께 상서방 대신으로 오랫동안 활약해온 인물이었다. 말하자면 두 조대祖代에 걸친 원로라고 할 수 있었다.

윤진도 그런 그가 죽었다는 소식에 깜짝 놀라지 않을 수 없었다. 하지만 시간이 갈수록 자신과 윤상에게 딴죽을 걸기 위해 닥치는 대로 아무런 상관없는 얘기까지 끌어들이는 윤잉에게 화가 치밀었다. 급기야 그가 싸늘한 어조로 반박했다.

"제가 알기로 웅사리는 나랏돈에 손을 댄 적이 없는 사람입니다. 애석하기는 하지만 그의 죽음이 열셋째 아우의 빚독촉과 무슨 직접적인 관련이 있는지 모르겠습니다."

윤상 역시 윤진의 옹호하는 발언에 힘을 얻었는지 강경하게 나왔다. 바로 입을 열어 자신의 행동에 대한 정당성을 주장했다.

"저는 어디까지나 폐하의 지의에 따라 움직일 뿐입니다, 태자마마! 막판에 힘껏 밀어주지는 못할망정 오물통을 덮어씌우면서 발뺌할 생각을 하시다니요! 정말 너무 하시는 것 아닙니까? 지금이라도 폐하께 상주上奏하여 태자마마의 입맛에 딱 맞는 사람을 불러다 대타로 한번 써보세요!"

윤상은 윤잉이 지금까지 해온 호부의 일을 그만 중단할지 모른다는 생각을 하는 듯했다. 또 국채 환수 작업이 용두사미가 되는 것은 이미 예고돼 있던 건지도 모른다고 생각했다. 그렇다면 그의 반항은 어쩌면 당연할 수밖에 없었다. 윤잉은 그의 생각을 아는지 모르는지 계속 입에 게거품을 문 채 목소리를 높였다.

"그래, 네가 그렇게 말하지 않아도 그러려고 했다."

윤진은 윤상과 윤잉의 대화를 지켜보면서 점점 본론과는 무관하게 형제간의 의 상하는 감정싸움으로 치닫는다고 판단했다. 그것은 절대 일어나서는 안 될 일이었다. 그가 한참 동안이나 골똘히 생각하더니 드디어 입을 열었다.

"폐하께서도 여러 번 지적하셨듯이 현재 가장 중요한 현안은 바로 국고를 채워 넣는 일입니다. 열셋째가 지나친 점은 있습니다. 그에 대해서는 나중에라도 제가 데리고 가서 정중하게 잘못을 빌겠습니다. 오늘은 합심해서 일을 잘 마무리 지었으면 합니다."

윤상 역시 윤진이 다소 누그러진 모습을 보이자 한참을 씩씩대다 말고 애써 화를 눌렀다. 그리고는 많이 화가 풀린 어조로 말했다.

"그래요, 넷째 형님 말씀대로 싸움은 나중에 문 닫아걸고 하더라도 오늘은 이만……."

그러나 바로 그 순간 윤잉이 크게 고함을 질렀다.

"입 닥쳐! 너하고는 더 이상 말도 하기 싫어!"

윤상은 졸지에 관리들 앞에서 완전히 체면을 구겨버리고 말았다.

좌중의 관리들은 원래 조금 전의 아수라장이 태자가 주도적으로 연출한 것으로 알고 있었다. 그러나 눈앞의 상황은 그것이 아니라는 사실을 말해주고 있었다.

그들이 세 사람 사이의 알력을 모를 까닭이 없었다. 그러자 바로 저마다 아우성을 치면서 윤잉에게 무릎걸음을 한 채 다가갔다. 스멀스멀 기어가는 모습이 마치 구더기떼 같았다.

그들은 곧 윤잉을 둘러싸고는 눈물콧물을 쥐어짜냈다. 이어 정신이 혼미해질 정도로 하소연을 늘어놓았다.

윤잉은 진심으로 그들의 사연에 공감하고 아파한다는 듯 손으로 이마를 감싸 쥐었다. 그리고는 연신 한숨을 푹푹 토해냈다. 그러던 그가 장내가 조용해지기를 기다리는가 싶더니 기어이 일을 저지르고 말았다. 어이없는 폭탄 발언을 내뱉은 것이다.

"그러면 이렇게 하지. 그 무엇보다 소중한 국보급 재산인 자네들인 만큼 빚을 갚는 기간을 조금 늘려주지. 앞으로 오 년의 기한을 줄 터이니, 그동안 천천히 갚는 것이 어떤가?"

장내는 순간 승리자의 환호소리로 들끓었다. 5년 동안 갚으라는 얘기는 좌중의 관리들에게 갚지 않아도 상관없다는 말과도 같았던 것이다. 하기야 앞으로 1년도 장담하기 어려운데 5년 후의 사태가 어떻게 뒤바뀔지 그 누가 점칠 수 있겠는가. 윤진과 윤상은 평소의 윤잉에게서는 좀처럼 보기 힘든 '패기' 넘치는 말에 할 말을 잃을 수밖에 없었다.

좌중의 분위기는 완전히 남의 잔치가 돼가고 있다고 해도 좋았다. 윤상은 그 상황을 견디지 못하겠는지 후다닥 뛰쳐나가 곧바로 자신의 서재로 돌아와 버렸다. 시세륜과 우명당尤明堂을 비롯한 30여 명의 측근들이 대청의 상황을 지켜보다 한껏 풀이 죽은 모습으로 기다리고 있는 곳이었다.

"그럴 줄 알았습니다. 우리야 쫓아낼 경우 아무런 미련 없이 옷을 벗고 나가면 그만입니다. 그러나 두 분 마마께서는 다릅니다. 앞으로 신변에 각별히 주의하셔야겠습니다."

시세륜이 분노와 실망과 회의에 찬 목소리로 넋두리를 했다. 이어 우명당이 한숨을 내쉬면서 저주하듯 말했다.

"너무 허무해서 가슴이 시리고 아파옵니다. 그동안의 고생이 몽땅 헛수고가 되지 않았습니까? 두고 보세요. 제가 악담을 하는 것이 절대 아닙니다. 불과 이 년도 지나지 않아 국고는 다시 최악의 상태로 돌아갈 것입니다. 제가 장담합니다."

우명당이 잠시 말을 멈추더니 화제를 돌렸다.

"그건 그렇고 우리는 이제 어디 가서 밥 얻어먹고 살죠?"

윤상이 풀죽은 우명당의 말에 가슴팍을 치면서 장담했다.

"그 문제는 절대 걱정하지 마. 나를 믿고 따라준 관리들을 욕되게 할 수는 없지. 전에도 문관 직에 있던 전문경과 이불을 지방으로 발령내줬어. 걱정없이 살 수 있도록 조치해 줬다고. 이런 일을 시키려면 그 정도는 염두에 두고 있어야 하지. 내가 다치는 한이 있더라도 내 사람들을 힘들게 할 수는 없으니까."

윤상이 말을 마치자마자 책장 위에서 자그마한 나무상자를 꺼내 탁자에 내려놓았다. 병부의 관방關防(직인을 의미함)이 찍혀 있었다. 그가 두껍게 내려앉은 먼지를 닦아내면서 실소하듯 말했다.

"비 오기 전에 우산을 준비한 보람이 이런 것인가? 작년에 병부에서 빼앗다시피 얻은 육품의 무관 임명장이 여러 개 들어 있어. 썩 괜찮은 자리는 아니나 그래도 북경 근처인지라……."

윤상이 곧바로 좌중 사람들의 이름을 하나씩 불렀다. 그들은 윤상의 호명에 대답은 하면서도 깜짝 놀라 어쩔 줄 몰라 했다. 윤상이 자신들의 뒷일을 그 정도까지 챙겨줄 줄은 꿈에도 몰랐던 것이다.

좌중의 사람들은 이름을 부르는 대로 윤상 앞으로 나가 경황없이 임명장을 받았다. 하나 같이 변경지역에 나가 고생하는 외관들이 그림의 떡으로만 여기던 좋은 자리에 임명한다는 내용이었다. 북경에서 그리 멀지 않은 곳에 있는 한군漢軍 녹영綠營, 선박영善撲營, 예건영銳建營 등의 초소가 근무지였다.

윤상은 한 명, 한 명씩 차례로 임명장을 안겨준 다음 강아지와 송아지를 향해 웃으면서 말했다.

"너희들은 원래 넷째마마의 사람이니 내가 챙겨주고 싶어도 그럴 수가 없어. 일단은 그리로 가봐. 하지만 마음만 먹으면 너희들 둘쯤이야 어디 밀어 넣을 곳이 없겠어? 사정이 여의치 않으면 다시 나를 찾아와. 단, 밖에 나가 쓸데없이 떠들고 다녀서는 곤란해. 알겠어?"

윤상은 두 아이에게 신신당부하고 난 다음 고개를 돌리며 깊은 한숨을 토해냈다. 이어 바로 성큼성큼 밖으로 나갔다.

"내일도 호부에 나와야 합니까?"

강아지가 윤상의 뒤를 쫓아가면서 물었다. 윤상이 고개도 돌리지 않은 채 큰 소리로 대답했다.

"마음대로 해. 나오고 싶으면 나오고, 나오기 싫으면 쉬어도 돼. 별 거지 같은 일들만 있을 거니까!"

21장
여덟째 황자 윤사의 대변신

윤상은 우울했다. 마치 단단한 솜뭉치가 목구멍을 거쳐 내려간 다음 가슴 가득 똬리를 튼 채 꽉 막고 있는 듯했다. 그야말로 뭐라고 형언할 수 없는 답답함이었다.

그는 호부의 대문 앞에서 대기하고 있던 집사인 가평賈平에게 바람이라도 좀 쐬고 올 거라면서 하인들은 먼저 집으로 돌려보냈다. 그리고는 짓눌릴 것 같은 무거운 우울함을 떨쳐 버리기 위해 정신없이 말을 내달렸다. 얼마나 빨리 달렸던지 말은 어느새 서직문西直門을 쏜살같이 지나쳐가고 있었다. 마땅히 목적지도 없었으므로 그는 계속해서 한참을 달렸다. 얼마 후에는 선무문宣武門의 어떤 골목에 다다를 수 있었다.

그의 귀에 저 멀리 나무숲 사이에서 거문고를 뜯는 여인의 노랫소리가 은은하게 들려왔다. 그는 고삐를 잡아당겨 말을 세우고 그 자리에서 한참 노래를 들었다. 노래를 부르는 주인공의 목소리가 어딘가 귀에 익었다. 그러나 곧 그런 생각을 떨쳐버렸다. 그러자 그의 머릿속에서 아무 곳에서나 흠뻑 취해 보고 싶은 욕망이 슬슬 꿈틀거렸다. 마음도 우울하고 몸도 지쳤으니 그럴 만도 했다.

그는 말에서 미끄러지듯 내린 다음 가게 안으로 들어섰다. 노랫소리는 2층에서 흘러나오는 것 같았다. 아래층에는 아무도 없었다. 그가 잠시 머뭇거리면서 곧 창가에 털썩 주저앉았다. 이어 고함을 질렀다.

"이 집 인간들은 다 뒈진 거야? 사람이 왔는데 내다보지도 않고! 어서 술 가져 오라고!"

주인으로 보이는 중년의 사내가 윤상의 말이 떨어지기 무섭게 발뒤축이 땅에 닿을세라 종종걸음으로 달려 나왔다. 그리고는 윤상이 옷에 매고 있는 노란 띠를 보더니 흠칫 놀라면서 연신 굽실거렸다.

"아이고 어르신, 몰라 뵈어서 황송합니다. 저희 가게에는 좋은 술이 많습니다. 얼마든지 원하시는 대로 말씀만 하십시오……."

"알았어! 있는 대로 대충 가져와 봐……."

윤상이 시끄럽다는 듯 손사래를 쳤다. 술상은 금세 마련됐다. 순간 술집과는 너무나 어울리지 않을 정도로 쓸쓸하던 노랫소리도 뚝 멈췄다.

윤상은 여러 가지 술을 한꺼번에 따놓고 차례로 한 잔씩 마시기 시작했다. 슬슬 술기운이 피어올랐다. 그러나 그럴수록 괴로움은 더해 가기만 했다. 윤상은 급기야 연신 욕설을 내뱉으면서 성질을 부렸다. 주인은 그 모습에 기가 질린 듯 저만치 도망을 가버렸다.

곧 윤상이 빨갛게 충혈이 된 눈을 게슴츠레 뜬 채 손가락을 까닥거렸다. 주인을 부른 것이다.

"이리로 와 보라고……. 내가 뭐 귀신이라도 되는 줄 알아? 숨기는 왜 숨어?"

주인이 조심스럽게 윤상에게 다가가더니 다시 굽실거렸다. 그러자 윤상이 탁자를 내리치면서 고함을 질렀다.

"장사를 어떻게 하기에……, 왜 이렇게 사람이 하나도 없는 거야! 잘 하라고, 좀……. 이것들이!"

나이 지긋한 주인은 엉뚱하기 그지없는 윤상의 말에 두려움이 한결 가신 표정을 지었다. 그리고는 웃음 띤 얼굴로 말했다.

"앞으로 잘 하겠습니다……. 많이 찾아주십시오, 어르신!"

"음……, 알았어. 매상 팍팍 올려줄 테니 걱정 말라고. 끄윽……."

윤상은 마구 망가져가고 있었다. 그때 주인이 두 손을 비비면서 윤상에게 다가갔다. 그리고는 윤상을 놀라게 해주려는 듯 요상하게 목소리를 낮춰 말했다.

"오늘 사형장에 가짜 범인 사건이 터졌습니다. 그래서 다들 그곳으로 구경을 갔어요. 그 바람에 가게가 텅텅 비었지 뭡니까. 그것도 현장에서 황제 폐하께 딱 걸리는 바람에 난리가 났나 봅니다. 상서방 대신들도 다 쫓아가고……. 아무튼 나라가 세워진 이후 이렇게 복잡한 일은 처음인 것 같네요."

"그게 정말인가?"

마치 사그라져 가는 등잔불 같던 윤상의 눈이 갑자기 번쩍 뜨였다. 정신이 확 드는 모양이었다. 곧 그가 팅기듯 자리에서 일어서면서 정신을 차리려는 듯 고개를 힘껏 내저었다.

이어 주인에게 다그쳐 물었다.

"자세히 말해봐! 그래서 어떻게 됐어?"

주인이 마치 직접 보기라도 한 듯 다소 과장된 몸짓을 섞어가면서 대답했다.

"누구 대타로 사형을 당할 뻔했던 사람은 장오가張五哥라는 사람이에요. 때마침 미행 나오신 폐하께서 사건의 전모를 알고 계시던 터에 범인의 나이가 맞지 않는다는 것을 알아차리셔서 목숨을 건졌지 뭡니까. 내일이면 곧 북경 전체에 떠들썩하게 소문이 나지 않을까 싶네요."

윤상은 주인의 말에 더욱 놀란 입을 다물지 못했다. 바로 그때였다. 위층에서 사람이 내려오는 움직임이 들려왔다. 그러더니 뚱보 사내 하나를 앞세우고 두 명의 선녀 같은 여자가 뒤따라 내려왔다.

윤상은 고개를 천천히 들어 위층 쪽으로 시선을 돌렸다. 순간 그는 술기운이 확 깨는 듯 긴장감에 사로잡히고 말았다. 앳된 얼굴에 미모를 한결 돋보이게 하는 입가의 점, 어딘지 모르게 매력이 있는 둘 중 더 키가 작은 여인에게 눈길이 멈추자 정신이 아득해진 것이다.

그의 흐리멍덩하던 눈에서 금세 빛이 반짝거렸다. 이어 그의 입에서 외마디 소리가 튀어 나왔다.

"자네, 아란 맞지? 그렇지?"

"어머, 황자마마!"

아란 역시 윤상을 발견하고는 눈을 동그랗게 뜬 채 외마디 소리를 질렀다. 표정에도 놀란 기색이 역력했다. 그러자 문 밖으로 나가던 뚱보사내가 갑자기 되돌아 들어오더니 미끄러지듯 윤상의 발밑에 무릎을 꿇었다.

"평안하십니까, 황자마마! 소인 임백안, 인사 올립니다!"

윤상은 그 말에 욱! 하고 술기운이 치밀어 올랐다.

"자네……, 자네가 임백안이라는 사람인가? 아홉째 형님의 문하인 바로 그 임백안?"

임백안이 연신 고개를 끄덕였다. 그리고는 비굴한 웃음을 지으면서 입을 열었다.

"소인이 바로 그 임백안입니다. 얼마 전까지만 해도 아홉째마마 밑에 있었습니다. 그러나 지금은 아홉째마마께서 탈적脫籍을 시켜 주셨습니다. 하기야 탈적을 했든 안 했든 소인은 영원한 아홉째마마의 문하입니다."

윤상이 임백안의 말에는 대꾸도 하지 않은 채 시선을 아란에게 돌렸다. 그녀를 바라보는 눈매가 몹시 정겨웠다. 그러자 옆에 있는 나이가 좀 들어 보이는 여자도 두 손을 맞잡은 채 상체를 살짝 숙이며 인사를 했다. 그리고는 간이 사르르 녹아들 듯 환한 미소를 지었다.

"소녀는 교喬 언니라고 부르옵니다. 저 역시 마마를 전에 강하진에서 뵌 적이 있사옵니다……."

윤상이 재빨리 교 언니에게서 눈길을 거뒀다. 이어 그녀의 애교에는 아랑곳하지도 않은 채 임백안을 향해 웃으면서 말했다.

"증거가 분명하군. 아홉째 형님이 극단을 키우지 않는다고 딱 잡아떼기에 못내 궁금해 했었지. 그런데 이제 보니 이렇게 변칙적이고 음성적으로 노는구먼!"

윤상의 일침에 임백안이 말문이 막히는지 연신 비굴한 웃음을 지었다. 그리고는 속수무책으로 손바닥을 비벼댔다.

분위기가 어색해지자 갑자기 교 언니가 비파를 들고는 노래를 불렀다. 그러나 윤상은 그녀의 노래가 마음에 들지 않는지 바로 손을 내저으며 제지했다.

"그만! 마음에 안 들어!"

그러자 아란이 나섰다. 자신이 노래를 부르겠다고 하더니 이어 한 곡조 뽑기 시작했다.

윤상은 아란의 노래는 마음에 드는 모양이었다. 두 손으로 박자까지 맞추면서 호응을 하기 시작했다. 이어 노래가 갈수록 비감해지자 자신도 모르게 눈물을 주르륵 흘렸다. 노래의 분위기가 자신이 처한 상황과 비슷하다고 생각하는 듯했다.

순간 임백안이 주위를 향해 소리를 질렀다.

"수레 빨리 준비해. 열셋째마마께서 취하셨어. 돌아가시기에 불편함이 없도록 하라고."

빈민 장오가 억울하게 죽음을 당할 뻔한 사건은 거의 막바지에 이른 국채 환수 작업이 윤잉에 의해 흐지부지해지던 즈음에 일어났다. 그것도 천자의 발밑이라는 북경에서 일어난 일이었다. 나라의 최고 법률기관은 진짜 살인범을 빼돌리는 데 그치지 않고 죄 없는 양민을 사형장으로 내몰았다.

그러나 다행히도 그 황당한 일은 미행을 나온 강희에 의해 백일하에 드러났다. 가히 충격적인 사건이었다고 할 만했다. 그랬으니 육부와 대리시, 순천부의 관리들은 긴장과 흥분, 불안과 기대가 교차하는 속에서 조정과 강희의 움직임을 숨죽인 채 기다렸다.

강희는 그러나 그 일이 발생한 지 5일이 지나도록 아무런 지의도 내리지 않았다. 뿐만 아니라 육부의 상서들조차 부르지 않았다. 대신 동화문, 서화문 일대에 황제를 배알하겠다는 접수를 아예 금지하는 조치를 내렸다. 또 장정옥을 비롯해 마제, 동국유 세 사람 외에는 어느 누구도 자금성을 출입하지 못하도록 하기까지 했다.

게다가 그들 역시 종적이 오리무중이었다. 몇 날 며칠 동안 귀가하는 모습을 본 사람이 아무도 없다고 했다. 내정內廷의 소식은 꽁꽁 얼어붙었다. 무슨 커다란 지각변동이 예고되는 듯했다.

그러다 6일째 되는 날 드디어 성지聖旨가 발표됐다. 시세륜을 호광 순무, 우명당을 강서성 포정사, 왕홍서를 호부 상서, 규서를 호부 시랑으로 임명하는 내용이었다. 그리고 호부는 여전히 윤진과 윤상이 지휘하면서 국채 환수 업무를 계속 추진하도록 했다. 엄하게 지의도 내렸다.

'현재 상태에서 국고를 일체 동결시켜라. 한 푼도 밖으로 새어나가서는 안 된다.'

성지라고는 했으나 밖에서 보기에는 아리송한 부분이 적지 않았다. 무엇보다 호부에서 맡은 국채 환수 작업이 흐지부지 끝난 죄를 물어야 할 시세륜과 우명당을 수평으로 이동시켰다. 반면 호부 업무에 대해서는 완전히 문외한인 데다 별다른 공로도 없는 규서와 왕홍서는 크게 승진을 시켰던 것이다. 사람들이 군데군데 모여 수군대는 것은 아주 자연스러운 일이었다.

강희는 늦은 오후가 되어서야 건청궁으로 모든 황자들을 불러 모았다. 그런 다음 여덟째에게 형부를 맡긴다는 구유口諭를 전달했다. 동시에 가짜 범인 사건을 계기로 형부에 만연돼 있는 부정부패와의 전쟁을 선포하고 1년 동안 모든 사형수들을 재수사하라는 지시도 그에게 내렸다.

강희는 대단히 딱딱하고 어색한 분위기 속에서 시종일관 무표정한 얼굴을 하고 있었다. 말도 아낀 채 차만 마시고 있었다. 장정옥과 마제는 강희의 양 옆에 시립하고 있었다. 동국유는 며칠 동안 강희가 밤잠을 줄여가며 조사해서 작성한 417명의 사형수에 대한 서류를 입술에 침을 묻혀가며 오랜 시간 읽어내려 갔다.

그렇게 두 시간이 꼬박 흘렀다. 내내 무릎을 꿇은 채 앉아 있던 황자들은 다리가 저리다 못해 감각을 잃을 지경이었다. 눈이 어지러울 정도로 지쳐가고 있었다.

원죄原罪와 실형實刑 사이의 균형을 따져가면서 꼼꼼하게 작성된 자료의 마지막 장을 넘길 때쯤이었다. 강희가 비로소 자리에서 일어나면서 내뱉듯 말했다.

"그래, 이제 정치의 어려움을 좀 알겠는가? 목숨은 하늘이 내려준 거야. 자네들의 목숨만 소중한 것은 아니라고. 여덟째가 알아서 잘하리라고 믿어. 세상에는 결코 쉬운 일이 없다고. 열심히 뛰고 하나하나 귀 기울여 공정한 심판을 해야 해."

황자들이 강희의 말에 하나같이 머리를 조아린 채 알겠노라고 대답했다. 이어 강희는 자리를 뜨려고 했다. 바로 그때 윤상이 한 발 앞으로 나서며 강희를 향해 황급히 입을 열었다.

"아바마마! 아직 환수하지 못한 국채는 이제 이백 만 냥 정도이옵니다. 또 이미 국고도 동결시켰사옵니다. 게다가 아바마마께서 새로운 호부 상서를 임명하셨사옵니다. 때문에 아들은 이제 더 이상 호부로 출근할 필요는 없지 않을까 싶사옵니다."

"그렇게 하든가!"

강희가 윤상의 말에 건성으로 퉁명스럽게 대답했다. 그러다 수염을 만지작거리더니 다시 한 번 반복했다.

"알았네. 그렇게 하게."

윤상은 강희의 성질을 건드려 아직까지 환수하지 못한 국채를 어떻게 처리할 것인지에 대한 확실한 의사를 듣고자 했다. 그러나 강희는 전혀 화가 난 기색이 없었다. 의외로 순순히 윤상의 요구에 응해 줬다. 윤상은 강희의 말에 그만 맥이 탁 풀리고 말았다. 과연 아바마마의 저 담담함과 심드렁함은 무엇을 의미하는가?

윤상이 그렇게 생각하고 있을 때 윤진의 나지막한 말소리가 들려왔다.

"아바마마, 아들이 아뢰고 싶은 말이 있사옵니다. 말씀 올려도 되겠는지 모르겠사옵니다."

강희가 윤진의 말에 찻잔을 내려놓으면서 의아한 시선으로 윤진을 바라봤다. 이어 말했다.

"조회 중이잖아. 당연하지."

"확실히 지금 시급히 처리해야 할 일은 형부를 정돈하는 것입니다. 그 문제에 토를 달 사람은 아무도 없사옵니다. 아신이 보기에는 두뇌가 명석하고 주장이 뚜렷한 여덟째 황자가 아바마마의 기대에 잘 부응하지 않을까 싶사옵니다. 아니 그렇게 믿어 의심치 않사옵니다."

윤진이 말을 잠시 멈췄다. 뭔가를 더 생각하는 눈치였다. 이어 다시 고개를 들더니 덧붙였다.

"장오가를 희생양으로 만들려고 한 가짜 범인 사건은 절대로 우연한 것이 아니옵니다. 단순한 사건이 아니라고 단언해도 좋사옵니다. 만승지존萬乘之尊이신 폐하께서 친히 현장을 덮쳐 밝혀냈으니 망정이지 그렇지 않았다면 어떻게 될 뻔했사옵니까? 그게 대명천지에 어디 있을 법한 사건입니까? 그동안 얼마나 많은 억울한 원혼이 있었을지 모르옵니다. 정말 가슴이 아프옵니다. 나라의 최고 법률기관인 형부에 부패가 만연해 있다는 것은 곧 나라 전체의 불행을 의미한다고 생각하옵니다."

"음."

"이 문제는 재상들의 책임이 크옵니다. 절대로 책임을 회피해서는 아니 되옵니다."

윤진이 매서운 눈빛으로 세 명의 상서방 대신들을 바라봤다. 그리고는 작심한 듯 다시 입을 열었다.

"마제와 동국유는 결코 장오가 사건에서 자유로울 수 없사옵니다!"

윤진의 목소리는 차디찼다. 마치 살얼음이 잔뜩 끼어 있는 듯했다.

순간 마제와 동국유의 안색이 하얗게 질렸다. 사실 마제와 동국유는 자신들의 책임을 통감하고 있었다. 또 며칠 전부터 중벌을 내려줄 것을 강희에게 간청하기도 했다.

그러나 강희는 아무런 반응도 보이지 않았다. 오히려 반응을 보인 쪽은 윤당이었다. 서서히 고개를 들어 싸늘한 시선으로 윤진을 바라보면서 속으로 욕을 퍼부었다.

'아무튼 잠시라도 남을 못 잡아먹어서 안달이지. 처음부터 타고 나길 더럽게 생겨먹은 작자야.'

강희는 윤진의 말이 끝나고 한참이 지난 후에야 겨우 입을 열었다.

"그렇지 않아도 당사자들은 이미 죄를 물어달라고 간청한 상태야. 그러나 짐은 이 일은 당분간 거론하고 싶지 않아. 그래 다른 일은 없고?"

"형부를 정돈하려면 그저 형옥刑獄에만 국한해서는 절대로 안 된다고 생각하옵니다."

윤진은 오사도와 몇 날 며칠 무릎을 맞대고 형부 문제를 상의한 바 있었다. 때문에 마음속으로 자신감이 있었다. 강희에게 보기 좋게 면박을 당했음에도 아랑곳하지 않은 채 계속 입을 열 수 있었던 것은 다 그 때문이었다. 그가 다시 자신의 생각을 일목요연하게 설명하기 시작했다.

"병들어 말라버린 곁가지만 쳐버릴 것이 아니라 근본적으로 썩어 있는 뿌리부터 파헤쳐야 합니다. 그래야 진정한 치료 효과가 있다고 봅니다. 그것은 바로 이치吏治를 바로 잡는 일이옵니다. 이치야말로 모든 개혁에 우선하는 가장 중요한 일이라고 생각하옵니다."

강희는 윤진의 말에 깜짝 놀랐다. 세 명의 상서방 대신들 역시 그랬다. 서로를 번갈아 쳐다보면서 속으로 놀라워할 정도였다. 하기야 강희와 핵심 측근 셋이서 며칠 동안 문을 닫아 건 채 비밀리에 논의한 주제가 바로 윤진이 말한 것이었으니 그럴 만도 했다. 그야말로 족집게가 따로 없었던 것이다.

그러나 한참 후에 강희가 머리를 끄덕이면서 한 말은 의외였다.

"그거야 너무나도 분명한 것 아니겠어? 무슨 뾰족한 묘안이 있는지 어디 한번 들어나 보지."

강희의 눈빛이 빛났다. 윤진은 내친김이라고 생각을 했는지 계속 자신의 생각을 설파했다.

"형부를 맡게 될 여덟째 황자는 사사로운 인정사정에 얽매임 없이 원리원칙대로 밀고 나가야 하옵니다. 또 그렇게 할 것으로 믿사옵니다. 천둥 같은 위엄과 번개 같은 속도로 칼을 휘두르되 겁주는 정도에서 그쳐서는 아니 되옵니다. 거물에서 피라미에 이르기까지 죄질이 무거운 관리들은 무조건 베어야 하옵니다. 썩은 가지는 쳐내버려야 하듯 사정없이 처벌해야 하는 것이옵니다. 과거처럼 칼을 들었다가도 손이 발이 되게 비는 수작에 놀아나 한숨을 쉬면서 칼을 떨어뜨리는 경우가 있어서는 절대로 아니 되겠사옵니다!"

여덟째는 윤진의 말을 듣고 있는 내내 치밀어 오르는 분노를 참느라 어쩔 줄 몰랐다. 그의 얼굴에는 남들은 알아보기 힘든 미묘한 변화가 생겼다. 아직 일을 시작하기도 전인데 윤진이 입방정을 떨면서 자신을 겁주려 하는 것이라고 생각한 것이다.

그러나 윤사는 자신의 감정을 들키지 않기로 소문난 위장술의 달인이었다. 이번에도 윤사는 끝까지 화가 난 것을 내색하지 않았다. 천천히 입에 올리는 말 역시 그랬다.

"넷째 형님의 말씀이 지당하십니다. 행동의 지침으로 삼겠사옵니다!"

윤진은 여덟째의 말속에 담겨 있는 뼈를 놓치지 않았다. 하지만 그에 아랑곳하지 않고 강희를 향해 계속 말을 이어나갔다.

"작은 자비는 큰 자비로움의 적입니다. 난국을 수습하는 데 있어 엄벌은 기본이라고 생각하옵니다. 폐하께서 오래 전부터 성훈 16조聖訓十六條를 제정해 놓고 계신 것으로 알고 있사옵니다. 이번 기회에 그것은 천하에 반포하시면 어떨까 생각하옵니다. 그렇게 하면 백성들과 관리들이 각자 처신을 올바로 하고 자기가 맡은 역할을 분명히 하지 않을까 싶사옵니다. 또 감독 기능을 강화하면 이끼가 번식할 수 있는 온상을 없애버리는 것이 가능하옵니다. 그렇게만 하면 이치는 자연히 깨끗해질 수밖에 없다고 생각하옵니다."

강희는 속으로는 윤진의 뛰어난 투시력과 추진력에 감탄을 금치 못했다. 그러나 겉으로는 짐짓 아무렇지 않은 척했다.

"그래, 생각 좀 해보지. 또 못 다한 말이 있는가?"

"예. 가급적 빠른 시일 안에 지방관들에게 이치를 제일의 요무要務로 삼는다는 폐하의 의지를 전달해야 하옵니다. 또 경관이든 외관이든, 상서방 대신이든 미관말직이든 우리 대청의 녹봉을 먹는 관리라면 누구나 할 것 없이 수레를 막는 백성들의 하소연에 무조건 귀를 기울이는 자세가 필요하겠사옵니다. 더 나아가서 아예 이것을 제도화시키는 것이 좋을 듯하옵니다. 그러면 각 부처에서 서로 공 떠넘기듯 책임을 회피하는 일은 없을 것이라고 생각하옵니다. 더불어 감독기능이 강화되어 억울한 사연도 점차 줄어들 것이라고 생각하옵니다."

윤진이 다시 공손하게 대답했다. 강희가 주체할 수 없는 흥분을 느낀 듯 윤진의 말이 끝나자마자 자리에서 바로 일어났다. 그리고는 한숨을 길게 내쉬면서 입을 열었다.

"역시 험한 일, 궂은 일 가리지 않고 민생 현장을 오랜 시간 누비고 다닌 황자답군. 장정옥, 자네가 보기에는 넷째 황자의 건의가 어떤 것 같은가?"

"대단히 호소력이 있을 것 같사옵니다. 완고한 자들에게는 끊임없이 훈시를 하고, 가르쳐도 따르지 않는 자들은 법대로 처리하자는 생각인 것 같사옵니다. 참으로 좋은 말씀이옵니다. 폐하의 성훈십육조와 방금 넷째마마께서 하신 말씀을 새롭게 정리해서 조서 형식으로 천하에 반포하시는 것이 좋을 듯하옵니다."

장정옥이 허리를 굽히고는 미소를 머금은 채 아뢰었다.

"그게 좋겠네. 눈 감고도 달달 외워지도록 만들어 바로 전국에 내려 보내도록 하게."

강희가 잠시 뭔가 생각하더니 곧바로 지시를 내렸다. 그의 형형한 눈빛에서는 기분이 좋은지 알 듯 모를 듯한 희망이 보였다. 곧이어 그가 황자들을 둘러보면서 덧붙였다.

"처마 밑의 누런 빗물 한 방울에도 학문이라는 것이 들어 있어. 그런 생각을 하면서 항상 눈여겨보고 고민하고 진실하게 살아야 해. 평소 그래왔던 넷째 황자이기 때문에 짐을 눌러 앉혀 놓고 가르치려드는 배짱이 생기는 거야. 저런 명언도 나올 수 있는 것이고. 본보기로 삼아 열심히 따라 배워! 알겠는가?"

"예, 폐하!"

황자들이 일제히 대답했다. 그들의 모든 눈빛은 자연스럽게 윤진에게로 향했다.

여덟째 윤사는 자신이 형부를 맡게 됐다는 사실에 처음에는 너무나도 기뻤다. 그야말로 하늘로 날아오를 것 같은 마음이었다. 그러나 점점 자기의 존재가 윤진의 그늘에 가려지면서 숨이 막히는 것 같은 느낌이 드는 것을 어쩌지 못했다. 초반부터 윤진과의 기 싸움에서 뭔가 눌리고 있다는 패배감이 들었던 것이다. 나중에는 즐겁기는커녕 오히려 짜증과 구역질이 나는 것을 참느라 혼이 났다.

그는 집으로 돌아가는 길에서도 내내 기분이 울적했다. 때는 유시酉時가 지난 시각이었다. 어떻게 알았는지 그의 수레 앞에 수십 명의 집안 노복들이 일제히 달려 나와 무릎을 꿇었다. 자신들이 섬기는 주인이 요직을 맡게 됐다는 사실에 마음이 몹시 들뜬 모양이었다. 그들이 무릎을 꿇은 채 축하인사를 올렸다.

"축하드립니다, 여덟째마마! 복진께서 소인들에게 이곳에서 성대하게 여덟째마마를 맞으라고 하셨습니다."

여덟째는 식구들의 축하와 환호성에 그나마 기분이 약간 나아지는 듯했다. 눈빛도 약간 풀어지며 살짝 빛났다. 그러나 이내 다시금 어두워지고 말았다. 그가 천천히 입을 열었다.

"황자로서 나라를 위해 일하는 것은 지극히 당연한 일이야. 뭘 그렇게 호들갑들을 떨고 있나. 복진은 어디 있는가?"

"뒤채의 이호당頤浩堂에 계십니다. 지금 두 분 공주님과 넷째 이모님, 풍馮 둘째 외삼촌께서도 오셨습니다."

집사인 채씨가 말했다.

"아홉째, 열째 마마는 오지 않았고?"

"그렇지 않아도 방금 사람을 보내 알아봤습니다. 열째마마께서는 옥천산玉泉山으로 불공을 드리러 가셨는지 계시지 않았습니다. 또 아홉째마마는 배탈이 나서서 누워 계신다고 합니다. 그러나 아령아와 장덕명 두 어른은 와서 기다리고 계십니다."

채씨가 마치 미리 외워둔 것처럼 빠른 속도로 대답했다. 여덟째는 그의 말에 적지 않게 놀랐다. 또 황당하기까지 했다. 당연히 와 있을 줄 알았던 아홉째, 열째, 열넷째, 왕홍서와 규서 등이 약속이라도 한 듯 이런저런 핑계를 대며 모습을 드러내지 않은 것이 놀라웠다.

그러나 윤사는 자신의 속내를 행여 들킬세라 곧바로 대수롭지 않게 받아들였다.

"복진에게 가서 나는 신경 쓰지 말고 알아서 손님 접대하라고 전해. 별로 축하받고 자시고 할 일도 아니야. 요란하게 할 것 없이 저녁이나 한 끼 먹으면 되겠네."

"예!"

채씨가 대답과 함께 밖으로 나가려고 했다. 그러나 여덟째는 미처 하지 못한 말이 있는지 갑자기 다시 그를 불러 세웠다. 그리고는 입을 열어 단단히 주의를 주었다.

"나는 이번에 아주 호랑이 소리를 들을 각오를 하고 형부에 들어가는 거야. 또 국법을 적용하고 민의에 따라 일처리를 하려면 내 주변부터 깨끗해야 해. 자기 관리를 철저하게 하는 것은 기본이지. 혹시 앞으로 우리 가족들 중에 덕을 볼 생각을 하는 사람이 있다면 당장 마음을 비우라고 하게! 국물도 없을 테니 말이야."

여덟째가 잠시 말을 멈추고 뭔가 생각하더니 다시 입을 열었다.

"먹물을 적당히 먹고 주먹깨나 쓰는 애들 중에서 잇속에 밝지 않은 애들로 스무 명 정도 골라 천거해주게. 일만 확실히 한다면 대우는 얼마든지 잘해줄 거라고 전하고!"

여덟째는 말을 마치고는 바로 서재로 발걸음을 옮겼다.

서재에서는 평상복 차림의 아령아와 장덕명이 기다리고 있었다. 그 중 막대기에 두루마기를 입혀 놓은 것 같은 깡마른 아령아는 몹시 볼품이 없어 보였다.

두 사람이 여덟째의 발소리를 들었는지 바로 자리에서 일어났다. 먼저 아령아가 읍을 하면서 인사를 했다. 이어 장덕명이 수염을 만지작거리면서 웃음 띤 얼굴로 말했다.

"정말로 무량수불無量壽佛입니다. 그렇게 고귀한 품성을 보유하신 분이니 필히 큰 복이 따르실 겁니다."

"엉뚱하게 무슨 소리야?"

여덟째가 어리둥절한 표정으로 물었다. 그러나 곧 장덕명이 특유의 능력으로 조금 전에 자신이 한 말을 엿들었다는 것을 알고 감탄한 표정으로 화답했다.

"최선을 다해보는 거지 뭐."

아령아가 여덟째와 장덕명이 무슨 말을 하는지 모르겠다는 표정을 한 채 궁금한 어조로 물었다.

"여덟째마마, 오늘 폐하께서 따로 무슨 지의를 내리셨습니까? 아니면 태자마마를 만나고 오신 겁니까?"

여덟째는 아령아의 말에 곧바로 건청궁에서 일하라는 명령을 받은 사실에 대해 자세하게 들려줬다. 그리고는 덧붙였다.

"태자마마도 만나봤지. 그런데 안색이 많이 좋지 않았어. 뭐라고 하긴 했던 것 같은데, 혼잣말처럼 중얼거려서 잘 기억이 나지 않아. 나보고 무슨 일이 있으면 다른 형제들이나 자기하고 많이 상의하라고도 했지. 내가 보기에는 그 '형제'라는 것이 셋째, 넷째 형님을 두고 하는 말인 것 같아. 평생을 따로 놀아온 사람들인데 새삼스럽게 상의는 무슨! 그런데 왜 열째와 열넷째 등은 꼭 필요한 이런때에 왜 코빼기도 내밀지 않고 그러는가!"

"여덟째마마!"

갑자기 장덕명이 심각한 표정을 한 채 윤사를 불렀다. 이어 여덟째를 마주하고 천천히 자리에 앉았다. 갑자기 그의 눈에서 말라버린 지 오래된 우물 속 같은 빛이 천천히 흘러나오고 있었다.

"놀라지 마십시오. 태자마마가 춘약을 넣어 다니는 것을 본 양심전 태감이 폐하께 모두 말씀을 드렸답니다. 정춘화, 즉 정 귀인과의 미묘한 관계도 폐하께서는 눈치 채고 계신 것 같습니다. 이제 마지막으로 태자의 뒷덜미 잡는 일밖에 남지 않았습니다."

여덟째는 장덕명의 말을 듣는 순간 온몸을 흠칫 떨었다. 마치 몸 안에서 짜릿한 전류가 흐르는 것 같았다.

'설사 장덕명의 말이 사실이라고 해도 그래. 이것은 그야말로 깊고도 깊은 궁중의 비밀이 아닌가. 그런데 어떻게 나도 모르는 사실을 장덕명 저자가 먼저 알고 있다는 말인가!'

여덟째는 뭔가 이상하다는 생각을 하면서 살며시 고개를 가로저었다. 장덕명이 그런 여덟째의 의중을 엿보기라도 한 듯 웃음 띤 얼굴을 한 채 덧붙였다.

"제가 무슨 괴물 같은 능력으로 알아맞힌 것은 아니니 걱정하지 마십시오, 여덟째마마. 그 일은 제가 백운관白雲觀에 있었던 덕분에 알게 된 것입니다. 그곳에는 태감들이 자주 찾아와 기도도 하고 때로는 부처님께 잘못을 참회하고 고백하는 경우가 있습니다. 그런데 양심전의 형년이라는 사람이 자신의 잘못을 부처님께 참회하는 것을 빈도가 우연히 엿듣게 됐을 뿐입니다."

그제야 여덟째가 비교적 여유 있는 표정을 보였다. 이어 잠시 생각을 하더니 웃으면서 말했다.

"자네는 명색이 도사라는 사람이 천지신명을 노하게 하는 것이 두렵지도 않은가? 함부로 그런 말을 엿듣다니! 그러나 나는 솔직히 그런 일에는 별로 신경을 쓰고 싶지 않네. 그저 마음이 시키는 대로만 하면 문제될 것 없지 않겠어? 솔직히 지금 국가의 이치와 재정은 더이상 간과할 수 없는 지경에까지 이르렀어. 그러니 지각이 있는 사람들이 일어나 종묘사직을 튼튼히 하고 굳건하게 세워야 하지 않겠는가. 지금이 바로 그 때가 아닌가 싶어."

"정말로 지당하신 말씀입니다."

아령아가 자세를 고쳐 앉으면서 여덟째의 말에 맞장구를 쳤다. 그러나 긴장을 하고 있어서 그런지 그의 얼굴에는 표정이 별로 없었다. 그가 다시 입을 열었다.

"요즘은 이익을 쫓아 대의를 버리는 사람들이 너무 많습니다. 그래서 소신 있게 일하는 관리가 귀한 때이기도 합니다. 아홉째마마와 열째마마께서 오늘 모습을 나타내지 않으시는 것도 뭔가 석연치 않은 구석이 있는 것 같습니다. 정말 외람된 말씀입니다만……."

"그게 무슨 말인가?"

여덟째가 민감하게 반응을 하면서 물었다. 아령아가 미리 준비를 한 듯 바로 대답했다.

"새로운 국면을 앞두고 저마다 무슨 꿍꿍이들이 다 있는 게 아니겠습니까?"

장덕명이 여덟째와 아령아의 대화를 듣고는 한숨을 내쉬었다.

"황자마마들은 모두가 사람 위의 사람들입니다. 그러므로 자신의 장래를 설계하는 데는 저마다 묘책이 있을 줄로 압니다. 이제 변혁을 앞두고 어떻게 해야 할까 하고 앞길을 진지하게 고민하고 있을 겁니다."

장덕명의 말이 끝나자마자 바로 찬바람이 스며들어 촛불을 크게 흔들어 놓았다. 창호지가 갑자기 불안하게 덜덜 떨었다. 순간 서재에는 스산한 기운이 감돌았다. 여덟째가 어깨를 감싸 안은 채 창밖을 내다보더니 한참 후에야 입을 열었다.

"두 사람이 나에게 하고 싶은 말이 뭔지 알 것 같군. 그러면 나는 어떻게 하는 것이 좋을까?"

"사실 여덟째마마께서는 이미 그 방법을 알고 계십니다. 갈수록 혼탁한 이치의 세계에서 유일하게 통하는 방법은 깨끗하게 파버리는 겁니다. 온갖 부조리와 불평등을 파서 내치면 곧 평안이 찾아올 겁니다."

장덕명이 냉정한 어조로 대답했다. 아령아 역시 여덟째를 위한 한마디를 잊지 않았다.

"제가 가장 걱정스러운 것은 여덟째마마께서 마음이 지나치게 여리시다는 것입니다. 소 잡는 칼로 닭을 잡는다면 성공 여부는 굳이 얘기할 필요도 없습니다. 그러나 너무 방심하면 전혀 예상치 못한 결과를 불러오는 수도 있습니다. 예를 하나 들겠습니다. 만약 아홉째 마마와 열째마마께서 사건의 소용돌이에 있다고 합시다. 그러면 여덟째마마께서는 용단을 내리서서 단칼에 일을 마무리 지을 수 있으시겠습니까?"

장덕명의 말은 정곡을 찔렀다고 할 수 있었다. 그 말은 여덟째가 가장 걱정하는 부분을 언급한 것이기도 했다. 속내를 들킨 여덟째가 눈에 띄게 창백해진 얼굴로 대답했다.

"그래야겠지. 이제야 비로소 넷째 형님이 겪었을 고충을 어느 정도 알 것 같네."

"하늘이 내린 중임이라는 사실은 틀림이 없습니다. 여덟째마마께서 만약 이치 개혁의 선두주자로 활약하신다면 자연히 넷째마마와 열셋째마마도 따라주실 겁니다. 그렇지 않을 경우에는 넷째마마가 치고 올라갈 가능성도 배제할 수 없습니다. 여덟째마마, 하늘이 내린 중임을 받아들이지 않으면 도리어 큰 화를 입을지도 모릅니다."

장덕명이 아령아의 말이 끝나자마자 기다렸다는 듯 말을 받았다.

"조금 섬뜩한 느낌이 들기는 하나 분명히 맞는 말이기는 합니다. 그 옛날 진교陳橋의 병변兵變을 일으킨 조광윤趙匡胤(송나라 태조)이 만약 충성과 은혜에 얽매인 채 우유부단했더라면 훗날의 송宋나라가 있었을 리가 없지 않겠습니까? 또 한漢나라를 찬탈한 왕망王莽은 광무제光武帝를 주살하지 않았기 때문에 단명할 수밖에 없었습니다. 천재일우의 기회라는 것은 전광석화와도 같습니다. 순식간에 사라져 버리기 일쑤입니다. 부디 큰 뜻을 저버리지 마시고 후세에 길이 남는 위업을 달성하시기 바랍니다."

여덟째가 장덕명의 말을 끝까지 다 듣고 난 다음 자리에서 벌떡 일어섰다. 이어 빠른 속도로 실내를 거닐었다. 그리고는 갑자기 고개를 돌려 두 사람을 오래도록 바라봤다.

그는 이제껏 학문이나 출신배경을 비롯한 여러 가지 능력으로 볼 때 두 사람이 왕홍서와 규서를 따라갈 수가 없다고 생각해왔다. 그러나 오늘 보니 그렇지 않았다. 두 사람은 명실 공히 그의 고문 역할을 충실히 해낼 수 있는 능력을 갖추고 있었다. 바로 지금 이 자리에서 그 가능성을 확실하게 발견했다. 어디 그뿐인가. 두 사람은 왕홍서나 규서에게서는 찾아볼 수 없는 충성심이 돋보였다.

그가 그런 생각에 가슴이 벅찼는지 떨리는 어조로 입을 열었다.

"오늘 저녁에 나는 다섯 수레의 책을 읽은 것보다 더 많은 공부를 했네. 자네들은 앞으로도 계속 지금과 같은 마음으로 일을 해주

게. 그리고 장 선생, 그대는 무비武備에서는 나를 상당히 많이 도와
줄 수 있을 것 같아. 당唐나라 때의 이필李泌은 도사의 신분으로 산에
서 나와 황제를 보좌했어. 나는 그대가 결코 이필에게 뒤진다고 보
지 않아!"

여덟째가 장덕명 앞에서 무비를 언급했다는 사실은 분명한 의미가
있는 말이었다. 다시 말해 문사文事는 아령아에게 전적으로 맡긴다는
얘기였다. 아령아 역시 그 사실을 모르지 않았다. 곧 장덕명이 황송
하다는 표정으로 입을 열었다.

"빈도는 도탄에 빠진 중생을 구제하기 위해 산에서 나왔습니다.
공리功利에 대해서는 생각조차 해보지 않았습니다. 그러나 비상사태
에 대비해서 그동안 인재들은 많이 물색해왔습니다. 이를테면 숭산嵩
山에 있는 열여섯 명의 친구들을 꼽을 수 있겠습니다. 곧 편지를 띄
워 그들을 북경으로 오라고 해야겠습니다."

22장

대망을 꿈꾸는 넷째 황자 윤진

윤진은 건청궁에서 나오자 갑자기 나른한 피로감이 몰려왔다. 몸과 마음이 다 그랬다. 긴장이 풀린 탓도 있었으나 뭐라고 표현 못할 허전함이 밀려온 것이 더 큰 이유였다. 장시간에 걸쳐 '진정을 격정적으로 토로'한 것치고는 강희의 반응이 그다지 적극적이지 않았으니까 말이다.

윤진은 이럴 줄 알았더라면 굳이 여덟째에게 밉보이면서까지 그렇게 '잘난 척'을 하지 말았어야 하는 것이 아닌가 하는 때늦은 후회를 했다. 또 이런 일로 여덟째의 비위를 건드리는 것은 당장 어떠한 실익도 없이 긁어 부스럼이라는 생각도 들었다.

국채 환수 작업이 흐지부지된 것은 사실 모두가 아는 일이었다. 강희가 그에 대해 불만을 표하기는커녕 완전히 무관심한 반응을 보였다는 것은 솔직히 윤진으로서는 통탄할 만큼 괴로운 일이었다. 어쩌면 눈물 쏙 빠지게 혼나는 것보다 더 실망스럽다고 할 수 있었다.

그는 만복당의 안락의자에 묻혀 눈을 지그시 감고 있었다. 순간 공든 탑이 무너지는 소리가 들리는 것 같은 환청에 사로잡혔다. 사람들이 그것 보라는 듯 이죽거리면서 비아냥거리는 소리가 한여름의 날파리 떼처럼 그의 귓전을 어지럽히고 있었다.

그때 심신이 파김치가 돼버린 윤진에게 다가오는 사람이 있었다. 그는 바로 늘 적재적소에 모습을 드러내는 꾀주머니 오사도였다.

"무슨 생각을 그렇게 깊이 하고 계십니까?"

오사도가 사람 좋은 얼굴을 한 채 말했다.

"생각은 무슨! 세상에서 가장 한가한 사람이 됐는데! 장자莊子 말씀에 '위대한 성인이 그 지식을 버리면 큰 도적이 다가가지 못한다. 또 사람이 옥과 구슬을 떼어 버리면 작은 도적이 따라붙지 않는다'고 했어. 별것도 아닌 것이 깝죽대다가 꼴만 우습게 되었다네."

윤진이 정신을 차리고 자리를 고쳐 앉은 다음 오사도에게 자리를 내주면서 느릿느릿 입을 열었다.

그러자 오사도가 책상 위에 놓여 있던 윤진의 글공부 연습장을 손 닿는 대로 펼쳐보더니 웃으면서 말했다.

"그런데 문제는 넷째마마께서는 구정물 내다버리듯 시원하게 마음을 비울 수가 없다는 겁니다. 장자 말씀에 이런 대목도 있습니다. '사람이 명철함을 품고 있으면 천하가 흔들리지 않고, 총명함을 소유하고 있으면 세상이 피곤하지 않게 된다. 아는 것이 많으면 세상이 혼란스럽지 않게 되고, 덕을 품고 있으면 천하가 적막하지 않다'라는 말입니다. 넷째마마께서는 그렇듯 많은 장점을 다 가지고 계신데, 어찌한가로워질 수가 있겠습니까? 그러고 싶어도 그럴 수가 없을 겁니다."

윤진이 오사도의 칭찬에 피식 웃어 보이더니 다시 한숨을 내쉬면서 말했다.

"갈 길은 먼데 해는 지고 날은 어두워지고 있어. 또 혼신의 힘을 다해 노를 젓던 중에 노마저 부러졌어. 망망대해에 오지도 가지도 못하는 신세가 된 거야!"

오사도가 말없이 시문詩文을 끄적인 윤진의 공책을 넘기는가 싶더니 한참 후에야 싱긋 웃으며 말했다.

"그 말씀에는 결코 공감할 수 없습니다. 제가 보기에 지금 하늘은 높고 푸릅니다. 만목萬木이 새롭게 태어날 준비에도 바쁩니다. 이 계절은 바로 장사壯士가 먼 길을 떠날 때가 아니겠습니까? 신발 끈을 질끈 동여매셔야 하실 분이 때 아닌 엄살이 웬 말입니까?"

윤진이 특유의 표정 없는 창백한 시선을 창밖으로 보내면서 오래도록 생각에 잠기는 듯한 표정을 지었다. 이어 숨을 길게 몰아쉬면서 시를 읊조리듯 말했다.

"간밤에 불어 닥친 모진 서북풍에 오동나무가 시름에 겨워 있구나……"

윤진이 이어 감개무량한 듯 쓸쓸한 웃음을 지은 채 고개를 저었다. 그리고는 천천히 본론을 끄집어냈다.

"호부의 일이 저렇게 되고 보니 마치 오동나무가 밑동부터 통째로 베어져나간 느낌이 드는군. 그런데도 우리 둘째 형님이라는 분은 남의 잔치 구경하듯 하고 있잖아. 오늘 육경궁에 들렀더니, 나한테 쓸데없이 하늘이 무너질 것을 걱정하는 사람이 되어서는 안 된다고 하더군. 내가 엉뚱한 기우杞憂를 한다고 보는 것이겠지. 오히려 나를 위로하려 드는 것 같았는데, 도대체 그게 말이 되는가? 마치 자기와는 전혀 무관한 일인 것처럼 말이야! 나와 열셋째만 중간에서 바보가 된 거지."

오사도가 약간 심드렁한 표정으로 듣고 있다 물었다.

"그러면 넷째마마께서는 앞으로 어떤 계획을 가지고 계십니까?"

"아직은 계획 같은 것을 운운할 여유가 없네. 예부, 병부에 이어 형부, 호부까지 여덟째에게 넘긴 것을 보면 태자 형님이 유명무실하다는 것이 기정사실화되어 가고 있다고 봐야지. 한마디로 태자 폐위 문제가 수면 위로 떠오르고 있다고 봐도 괜찮을 것 같아. 태자 형님도 속으로는 대세가 이미 기울고 있다는 사실을 알 거야. 물론 태자 형님이 무사하면 좋겠지. 그러나 다른 누군가가 그 자리를 대신한다고 해도 한낱 마당쇠에 불과한 나를 어떻게 하지는 않을 거 아니겠어?"

윤진이 미간을 찌푸린 채 대답했다.

"그 말씀이 정말 진심입니까?"

오사도가 갑자기 버럭 화를 냈다. 그러면서 들고 있던 부채를 팽개쳐버렸다. 이어 지팡이에 의지한 채 마치 윤진을 삼킬세라 노려보면서 꾸짖듯 말했다.

"그야말로 필부의 견해가 따로 없습니다."

순간 윤진은 경악을 금치 못했다. 입을 크게 벌린 채 멍하니 오사도를 바라보기만 했다. 어느 누가 감히 그런 식으로 자신을 함부로 나무랄 수 있단 말인가! 뿐만 아니라 그 주인공이 평소 마냥 깍듯하고 점잖았던 오사도였으니 충격은 더욱 컸다.

윤진은 자신이 왜 야단맞아야 하는지도 알지 못한 채 오사도의 다음 말을 기다리고 있었다. 윤진은 굳은 표정으로 아무 말도 하지 않았다. 곧 오사도의 따지는 듯한 목소리가 이어졌다.

"서북풍에 오동나무가 시름에 겨워한다고 하셨습니다. 그 '오동나무'는 바로 태자 마마이십니다! 좋습니다. 진秦나라 때 진승陳勝이라는 자는 감히 '왕후장상王侯將相의 씨가 따로 있느냐?'라고 했습니다.

절대 틀린 말이 아닙니다. 넷째마마께서는 그동안 나라에 혁혁한 공을 세우신 분입니다. 용의 자손이기도 합니다. 그런 분이 태자마마 시대가 끝나는 것을 걱정해 인생을 포기하듯 하면 어떻게 합니까? 넷째마마는 결코 태자마마의 부속물이 아닙니다. 태자마마의 그림자에서 벗어나지 못하는 한 넷째마마에게 해가 뜰 날은 앞으로도 영원히 없을 것입니다."

오사도는 말을 하면서 점점 더 흥분이 되는지 지팡이까지 마구 두들겨댔다. 그 소리가 사정없이 윤진의 귓전을 때렸다. 그럼에도 오사도는 흥분을 멈추지 않은 채 계속 덧붙였다.

"장황자마마처럼 우둔하고 멍청한 사람도 한판 승부를 걸어보겠노라고 저렇게 설치고 다니고 있지 않습니까. 그런데 넷째마마 같은 분이 어째서 세상이 다 끝난 것처럼 포기하고 물러서신다는 말씀입니까? 어찌 그리 의지가 박약하십니까? 정말로 실망스럽습니다."

윤진은 찬 기운이 가슴을 꿰뚫고 들어와 심장을 오그라뜨리는 것 같은 기분을 느꼈다. 안색이 무서울 만큼 창백해졌다. 얼마 후 그가 고개를 푹 숙인 채 말했다.

"오 선생, 거기 앉아 내 말 좀 들어봐."

윤진은 말을 마치기 무섭게 빠른 속도로 건청궁에서 있었던 일의 자초지종을 자세하게 오사도에게 들려줬다. 이어 덧붙였다.

"오 선생이 별 볼 일 없는 나에게 크게 실망하는 것은 이해해. 하지만 점점 무기력해지고 자신감이 없어지는 것은 어쩔 수가 없네. 폐하마저도 나에게 심드렁하시니 이제 무슨 희망이 있겠는가?"

"폐하의 태도 때문에 지금 이러시는 겁니까? 그것 때문이시라면 감히 걱정도 팔자라고 말씀드리고 싶네요."

오사도가 윤진의 말을 듣더니 갑자기 너털웃음을 터트렸다. 윤진은 그의 뜻밖의 행동에 깜짝 놀란 나머지 고개를 번쩍 쳐들었다. 그리고는 의아하다는 표정으로 물었다.

"그게……, 그러면 폐하께서 왜 여덟째를 갑자기 중용하시겠어? 내가 여덟째를 중히 쓰라고 부탁을 한 것도 있기는 하지만 말이야."

오사도가 윤진의 말에 껄껄 웃었다.

"그거야 다 똑같은 아들이니까 그렇죠. 한 사람씩 일을 시켜 보시고 취사선택을 하시려는 것 아니겠습니까?"

윤진은 잠시 오사도의 말을 곰곰이 음미하는 듯했다. 그러나 바로 고개를 가로저었다. 그리고는 착 가라앉은 목소리로 말했다.

"여덟째는 팔을 걷어붙이면 끝장을 보는 사람이야. 잘해나갈 거야……."

윤진은 말을 시원스럽게 다 마치지 못했다. 뭔가 할 말이 남아 있는 듯했다. 말을 더 할까 말까 머뭇거리기도 했다. 그러나 최종적으로는 말을 삼켜버리고 말았다.

오사도가 그의 표정을 읽은 듯 입을 열었다.

"제가 넷째마마로 하여금 건청궁에서 그런 내용의 말씀을 폐하께 올리도록 건의한 것은 사실 저 나름대로의 의도하는 바가 있었던 겁니다."

오사도가 윤진을 쳐다보면서 슬쩍 웃었다. 이어 다시 덧붙였다.

"폐하께서는 사실 넷째마마께서 올린 말씀에 대해 대단히 흡족해하고 계실 겁니다. 어느 것 하나 옳은 말이 아닌 것이 없으니 말입니다. 그러므로 앞으로 여덟째가 병부의 일을 멋지게 해내봤자 그것은 넷째마마의 조언에 따랐을 뿐인 것으로 여겨질 겁니다. 반면 속된 말로 쪽박 차고 나앉는 날에는 전적으로 넷째마마의 말씀을 무시했기 때문인 것으로 평가를 받을 겁니다. 잘못 하면 심판대에 오를 수도 있습니다. 문제는 제가 보기에 형부의 일이 여덟째마마에게도 그리 만만치만은 않을 것이라는 사실입니다. 넷째마마에게는 나쁠 것이 하나도 없습니다."

오사도가 마치 깨소금을 찍어 먹기라도 한 듯 고소한 표정을 지었다. 그러나 윤진은 당최 웃을 기분이 아니었다.

"나도 거기까지 생각해보지 않은 것은 아니야. 또 나로서는 지금 당장 태자 형님과의 거리를 어느 정도의 선에서 유지해야 하느냐 하는 것도 적지 않은 골칫거리야. 불가근불가원不可近不可遠(가까이 하지도 멀리 하지도 않음)인 것만은 분명한 것 같아. 여덟째는 이미 행보가 예사롭지 않아. 열셋째가 그러는데 인사차 형부로 찾아온 옛 부하들을 문전박대해 보내는 것을 봤다고 하더군. 자기 관리에 철저를 기하겠다는 생각이겠지. 나아가 원리원칙대로 한번 바람을 일으켜 보겠다는 생각도 하는 것 아니겠어?"

윤진은 시간이 갈수록 세상에서 제일가는 냉정한 사람임을 자처하던 그 윤진이 아닌 것처럼 보였다. 마음을 비우기는커녕 뭔가 대단한 집착에 사로잡혀 있는 것이 확실했다.

오사도가 그런 그의 달라진 모습을 보면서 말없이 웃기만 하더니 갑자기 화제를 바꿔 물었다.

"폐하께서는 언제쯤 열하로 떠나실 예정입니까?"

"시월 초사흘로 정해졌네."

"여덟째마마에게 언제까지 일을 마무리 지으라는 지시는 하지 않으셨습니까?"

"못 들었네."

윤진이 짤막하게 대답했다. 곧이어 다시 입을 열었다.

"그러나 여덟째는 폐하께 기분 좋고 홀가분한 열하 행차를 선물하겠노라고 자신만만하게 말했어. 그런 것을 보면 이제 곧 돌풍을 불러 일으키지 않을까 생각해."

오사도가 윤진의 말에 잠시 뭔가 생각을 하는 것 같더니 갑자기 생경한 화제를 입에 올렸다.

"요즘 폐하께서는 황자마마들의 숙제장을 챙기고 계십니까?"

오사도의 입에서 이제까지의 대화와는 거리가 먼 느닷없는 얘기가 튀어나왔다. 윤진이 어정쩡한 표정으로 대답했다.

"보통 닷새에 한 번씩 숙제장을 거둬가지. 한 번도 거른 적이 없어. 하지만 지금 보고 있는 것은 문각 스님하고 같이 있으면서 대충 끄적 거린 것이라 감히 올리지 못했네."

"방금 대충 훑어본 바에 의하면……."

오사도가 말을 하다 말고 잠시 멈췄다. 그리고는 다시 말을 이었다.

"작품성은 그다지 뛰어나다고 볼 수 없습니다. 그러나 넷째마마의 담백하고 현실에 순응하는 마음이 그대로 묻어나는 것 같아 느낌이 좋았습니다."

오사도가 말을 마치자마자 윤진이 숙제장에 끄적거렸다는 시 한 수를 읊어 내려가기 시작했다.

세상사의 부침에는 관심이 없어라,
그저 꽃과 버드나무를 보면서 아침을 맞이하고 싶을 뿐.
오吳나라 남자는 바람 따라 노래를 만들고,
월越나라의 여자는 꾀꼬리소리 퉁소를 부는구나.
산승山僧을 찾아 야취野趣에 젖어드니,
장기 한 판에 세파로 찌든 심신 가뿐해지니 좋구나.
궁궐도 화원도 부럽지 않아,

마음 가는 대로 발길 가는 대로 유유자적하는 것이 나는 좋아.

윤진이 부끄러운지 황급히 오사도의 손에서 공책을 빼앗으려고 했다. 그러나 그리 쉽게 빼앗길 오사도가 아니었다. 윤진이 그렇게 나올 것이라고 미리 예상이라도 했다는 듯 웃으면서 다음 장을 넘겨 계속 읽어 내려가기 시작했다.

인생 칠십이 예부터 보기 힘들다 했으나,
유년과 늙음을 앞뒤로 빼야 하리니.
진정한 인생은 그리 길지 않구나,
그나마도 번뇌와 고달픔으로 가득해.
추석 지나면 달도 밝지 않고,
청명 지나면 꽃도 곱지 않구나.
월색 좋은 밤에 꽃 속에서 노래하니,
서둘러 금잔金盞에 술 채워 마시누나.
돈은 죽을 때까지 벌어도 다 못 벌고,
조정에는 관직이 많으나 얻을 수 없네.
높은 자리에 금은보화 따라도 우울해지나니,
낙향해 집에 오니 머리에는 어느덧 백발이 성성하구나.
춘하추동은 손가락 사이로 흘러가 버리고,
종소리에 황혼이요 닭 울음에 새벽이네.
그대 주위 사람들을 자세히 보게나,
풀들은 일 년이면 한 번씩 시들어 땅에 묻히고.
그 풀 속에 높고 낮은 무덤은 얼마나 있는가,
무덤의 반은 아무도 돌보지 않으니.

오사도가 시를 다 읽은 다음 중얼거리듯 덧붙였다.

"명明나라 때의 시인 당백호唐伯虎의 〈일세가〉一世歌에서 본 것과 거의 똑같습니다."

"맞네. 글씨 연습을 하느라고 베껴놓은 거야."

윤진이 즉각 솔직하게 대답했다. 오사도가 한참 뭔가 생각하는 것 같더니 얼굴 가득 웃음을 머금은 채 입을 열었다.

"절묘하게 쓰느라 애쓴 흔적도 별로 없네요. 그야말로 생각나는 대로 대충 끄적거린 것 같으나 내용은 너무 좋습니다. 지금 장황자, 삼황자, 그리고 팔황자 등은 모두들 사소한 말 한 마디에도 '큰 뜻'을 내비치면서 용맹정진에 나설 태세를 보이고 있습니다. 그래서 주먹을 불끈 쥔 채 폐하 앞에 나타나기를 좋아하죠. 그러나 사실은 그것이 오히려 독이 된다는 사실은 아무도 모르는 것 같습니다. 아직 환갑도 되지 않은 폐하께서는 여전히 목소리가 쩌렁쩌렁하십니다. 눈빛도 형형하십니다. 기력이 왕성하시고 역사에 길이 남는 군주가 되시겠다는 뜻도 강하십니다. 그런데 그런 폐하 주변에 '큰 뜻'을 품은 아들들이 조석으로 맴돌면 어떻게 되겠습니까? 그런 황자들을 보면서 과연 폐하께서 마음 편하실 리가 있겠습니까?"

"그러고 보니……."

윤진은 오사도의 말에 다시 한 번 크게 놀랐다. 자신도 모르게 감탄하는 눈길로 그를 바라보았다. 그리고는 속으로 혀를 내둘렀다.

'겉으로 보이는 것이 전부가 아니야. 눈앞에 있는 이 장애인의 제왕술에 관한 식견이 이토록 끝을 알 수 없도록 깊다니!'

윤진의 기분은 처음과 달리 아주 좋아졌다. 또 뭔가 자신이 가진 학문에 대한 능력을 보여주고 싶은 욕망이 밀려오는 것 같았다. 그 때문일까, 급기야 그는 내일 강희에게 제출할 글을 써봐야겠다는 의

욕을 주체하지 못한 채 곧 칠언율시七言律詩 한 편을 써내려가기 시작했다.

얼마 후 오사도가 그 글을 보고는 진심 어린 찬탄을 터뜨렸다.

"입신의 경지에 이른 필체입니다. 대단하네요!"

여덟째는 아예 짐을 싸들고 형부로 들어갔다. 처음부터 뭔가 단단히 결심을 한 것처럼 각오가 남달랐다. 실제로 파격적으로 인사조치를 단행했다. 시랑侍郎과 원외랑員外郎에서부터 각 부처의 당관堂官에 이르기까지 전부 혁직유임革職留任(관직은 박탈하나 임무는 계속 수행하도록 하는 조치)시킨 것이다. 또 범죄를 저지른 관리들은 아문으로 불러 머물도록 했다. 대외적으로는 '조사'를 할 때까지 기다리라고 한 것이지만 사실은 연금이나 다름없다고 할 수 있었다. 한마디로 그렇게 손발을 묶어놓은 다음 부정이 밝혀지는 대로 엄정하게 사법처리하겠다는 뜻이었다.

형부는 한바탕 대청소를 예고하는 여덟째의 예사롭지 않은 움직임에 완전히 비상이 걸렸다. 조야의 이목은 형부에 집중됐다. 모두들 예상 밖의 강수에 깜짝 놀라는 것 같았다. 심지어 강희조차 여덟째에게 그런 면이 있는 줄은 정말 몰랐다는 눈치를 보였다.

이렇게 해서 육경궁에서부터 상서방에 이르기까지 각각의 관청에는 여덟째의 업무추진과 관련한 협조공문과 재수사와 관련된 통보서류들이 연일 빗발치듯 날아갔다. 모든 사건을 전면 재수사하고, 그를 통해 조금의 의혹이라도 있으면 절대 간과하지 않겠다는 내용이었다. 한마디로 의지가 대단했다고 볼 수 있었다.

마제와 동국유는 여덟째의 서슬에 완전히 좌불안석이 됐다. 평소 윤진과 윤상 두 '마왕'魔王에게 진저리를 치던 형부 관리들 역시 너무나 일찍이 '구관이 명관'이라는 진리를 뼈저리게 느끼며 심한 허탈감에 시달렸다. 그러면서도 뒤가 급한 강아지처럼 연신 안절부절못했다. 그럼에도 여덟째는 그 광경을 냉소를 머금은 채 지켜보기만 할 뿐이었다.

북경을 온통 떠들썩하게 만들던 여덟째가 부임한 지 10일째 되는 어느 날이었다. 그는 이날 이른 아침 입궁하자마자 강희에게 인사를 올리고는 곧바로 형부로 달려갔다. 그리고는 심문실에 자리를 잡았다. 그가 미처 숨을 돌리기도 전에 그의 집 집사인 채씨가 들어와 아뢰었다.

"아홉째, 열째, 열넷째 마마께서 오셨습니다."

여덟째가 잠깐 놀라는 기색을 내비쳤다. 그러나 곧 보고를 하러 왔던 관리들을 내보내고 아우들을 맞으러 밖으로 나갔다. 아니나 다를까, 아홉째, 열째, 열넷째가 부하들 몇 명을 거느린 채 의문儀門 내의 통로를 따라 산책하듯 두리번거리면서 들어서고 있었다.

여덟째가 반색을 했다.

"한가할 때는 매일같이 찾아와 귀찮게 하더니, 요즘처럼 바쁠 때는 코빼기도 내밀지 않고……! 정말 너무들 하는군!"

여덟째는 기분 좋게 농담조로 말을 꺼내다가 곧 어색하게 얼어붙고 말았다. 얼굴에서는 웃음기마저 완전히 사라지고 있었다. 동생들 틈에 끼어 있는 임백안을 발견한 탓이었다.

"여덟째 형님, 실로 패기가 대단하십니다! 그전에도 형부아문에는 자주 놀러 다녔습니다. 그런데 불과 며칠 사이에 분위기라는 것이 이렇게 변할 수도 있군요. 형부에 있는 관리들은 그 자체만으로 목을 빳빳이 세우고 다니더니……, 자식들도 오늘 보니 별 수 없더군요. 보자補子와 정자頂子를 뜯긴 채 담벼락 모퉁이에 죽은 듯이 웅크리고 앉아 수군거리고 있는 꼴이라니! 그런 것을 보니 이곳이 국가 최고의 사법기관이라기보다는 손오공에 의해 쫓겨난 칠십이 명의 귀신들이 잡혀 있는 수용소 같은 느낌마저 드는데요?"

열넷째가 두 형과 함께 들어서더니 자리에 앉지도 않은 채 낄낄댔다. 마치 처음 오는 것처럼 실내를 두리번거리기도 했다.

"그러게 말이야. 보다시피 저 구린내 나는 인간들을 하나씩 손보려다 보니까 내가 도리어 너무나 힘이 들어. 그래서 은근히 누구 나 좀 도와줄 사람 없나 하고 기다리고 있었다고!"

여덟째가 은근한 어조로 열넷째의 말에 대꾸를 했다. 이어 시녀에게 차를 가져오라고 지시를 한 다음 갑자기 고개를 돌려 차가운 목소리로 임백안에게 물었다.

"자네는 어쩐 일인가?"

임백안은 형제간의 우스갯소리가 당분간 계속될 줄 알고 마음을 느긋하게 먹고 있던 차였다. 때문에 여덟째가 부르자 깜짝 놀라 튕기듯 일어날 수밖에 없었다. 그럼에도 노련한 그답게 재빨리 아홉째 윤당과 시선을 맞추는 것은 잊지 않았다. 그리고는 한 발 앞으로 나서면서 공손하게 책 한 권을 두 손에 받쳐 올렸다.

여덟째가 의아스런 눈길을 한 채 책을 받아들면서 윤당을 쳐다보며 물었다.

"눈길이 부산하게 오가던데……, 뭐하는 거야?"

"여덟째 형님을 도와 몽둥이를 휘두를 사람으로는 제가 적격이죠! 형부의 사건들을 재수사하실 모양인데, 번잡하게 사람을 불러 심문하고 자시고 할 것 없어요. 저에게 물어보시면 달달 외워 드릴 수 있어요. 제 손을 거치지 않은 사건들도 정확히 게재되어 있어요. 이 책에 말이에요!"

방안은 윤당의 말 한마디에 삽시간에 조용해졌다.

갑자기 몰아친 삭풍에 창문이 덜덜 떨리는 소리가 방안 가득 몰려왔다. 여덟째는 그 살 떨리는 추위에 잠시 몸을 부르르 떨더니 방망이에 뒤통수를 얻어맞기라도 한 듯 혈색 하나 없는 얼굴을 들었다. 그리고는 황사가 뒤덮인 창밖을 바라보았다. 마음을 조금이라도 진정시키기 위해서였다. 그러나 그의 마음은 자신의 의지와는 달리 한없이 추락하기 시작했다. 끝이 보이지 않는 마른 우물 속 같은 어둠으로.

열째 윤아가 여덟째의 낭패스러운 얼굴 표정을 처음 본다는 듯 이상야릇한 웃음을 흘리면서 말했다.

"기쁘시죠, 여덟째 형님? 사형수가 대타를 사서 자기 대신 형장의 이슬로 사라지게 만드는 것을 일명 '재백압'宰白鴨이라고 합니다. 설마 그 말을 모르지는 않으시겠죠? 오리를 잡는다는 은어隱語죠. 솔직히 우리 손으로 잡아먹은 오리가 한두 마리가 아니잖아요! 그러나 저는 그런 돈을 단 한 푼이라도 제 손에 만져본 적은 없어요."

열넷째가 윤아의 말을 거들고 나섰다.

"열째 형님은 아주 날 잡아 잡수시오 하고 나오시는데요?"

그러자 윤아가 정답을 맞힌 것이 대견하다는 듯 열넷째의 뒤통수를 쓸어주면서 다시 낄낄거렸다.

"아홉째 형님이 사만 냥을 쓰시고 나머지는 모두 여덟째 형님이 가져다 인사치레를 했으니까요. 여덟째 형님이 한번 떠들썩하게 해보시겠다니 우리들이야 아우된 입장에서 당연히 도와 드려야죠. 지시만 하세요."

여덟째는 그제야 비로소 동생들이 들이닥친 이유를 알 것 같았다. 우리는 공범이 아니냐는 사실을 환기시키면서 물귀신처럼 물고 늘어지려는 것이 분명했던 것이다. 여덟째가 다시 결코 호의적이라고 볼 수 없는 미소를 지은 채 말했다.

"그래, 훌륭한 아우가 따로 있겠는가? 일 도와주겠다고 자진해서 나서는 아우가 제일 기특하지! 임백안, 내가 언제 자네에게 이런 날벼락 맞을 짓을 저지르고 다니라고 했는가? 금세金稅를 받아 챙기고 인삼을 캐내 팔아 모은 돈으로는 모자라서 그러는가?"

"그래서 저도 굉장히 답답합니다. 여덟째마마께서도 아시다시피 소인이 무슨 금 똥 누고 은 오줌 누는 재주는 없지 않습니까? 우리들의 재원財源은 장사해선 번 돈, 금세를 징수한 돈, 인삼 판 돈 등이 전부입니다. 거기에다 황실의 장원莊園에서 매년 의례적으로 받는 돈 몇 푼, 또 육부에서 경비조로 몇 푼 얻어 쓸 뿐입니다. 결코 적은 수입이라고 말할 수는 없으나 쓰임쓰임에 비하면 턱도 없는 실정입니다. 이렇게 말씀드리면 어떻게 들리실지 모르겠으나 다른 사람은 이렇게나마 돈 만드는 재주도 없을 걸요?"

임백안이 머리를 한껏 숙인 채 목소리를 낮춰 조용히 말했다. 자세도 그지없이 공손했다. 그러나 그가 입에 올린 말이 뜻하는 바는 명확했다. '재백압'은 윤당 등이 저지른 짓이기는 하나 그로 인해 얻은 검은 돈은 여덟째가 사용했다는 얘기였다. 시쳇말로 재주는 곰이 부리고 돈은 왕서방이 챙겨갔다는 얘기와도 다를 바가 없었다.

여덟째는 참느라고 참았으나 끝내 폭발하는 화를 어쩌지 못했다. 급기야 윤당이 건넨 책자에 불을 붙여 태워버렸다. 그리고는 한 장씩 말려 올라가면서 타들어가는 종이를 분노에 이글거리는 눈길로 바라보았다.

얼마 후 그가 살의가 가득한 눈빛으로 한줌의 재를 내려다보면서 흥! 하고 콧방귀를 뀌었다. 이어 이를 악문 채 말했다.

"자고로 선에는 선, 악에는 악의 결과가 따른다고 했어. 자네가 이런 빌어먹을 짓까지도 했다 이거지? 왕법도 무섭지 않고 천벌도 두렵지 않다 이거로구먼!"

여덟째의 눈빛에서는 서서히 살기까지 감돌기 시작했다. 분위기는 점점 살벌해지고 있었다.

"결코 용서받기 어려운 죄를 저질렀다는 것을 잘 알고 있습니다. 그러나 하늘로 올라가자니 길이 없었습니다. 지옥에 들어가자고 해도 문이 없었고요. 어찌 됐든 충성을 다해 주인을 섬긴 만큼 죽어도 태산같이 무거운 죽음은 아니지 아닐까 스스로 자위해 봅니다."

임백안이 공손히 허리를 굽힌 채 말했다. 여덟째의 말을 듣는 순간 이미 3000리 밖까지의 일을 생각한 듯한 모습이었다. 설마 나를 어떻게 하겠는가 하는 자신감도 얼굴에 어려 있었다.

그러나 그는 그런 분위기와는 달리 실제로는 바로 무릎을 꿇었다. 이어 머리를 숙였다.

"여덟째마마, 저의 죄를 물어주십시오!"

여덟째는 임백안이 무릎을 꿇는 순간 무섭게 탁자를 친 다음 벌떡 일어났다. 그리고는 가식으로 똘똘 뭉친 임백안을 무섭게 노려봤다. 동시에 이빨 사이로 짜내듯 내뱉었다.

"지금 자네 하나쯤 베어 없애버리는 것은 식은 죽 먹기보다 더 쉬운 일이야! 좋아, 그 소원을 들어주지."

그때였다. 윤당이 자리에서 일어나더니 여덟째에게 다가갔다. 이어 어깨를 가볍게 치면서 의미심장한 어조로 말했다.

"여덟째 형님, 잘 생각하세요. 시위를 떠난 화살은 돌아올 수 없다는 말이 있어요. 천고千古에 길이 남을 실수도 눈 깜짝할 사이라는 말도 있고요."

"여덟째마마께서 소인의 목을 베어 일벌백계의 교훈을 널리 알리는

데 쓰실 것이라면 소인은 백 번 죽어도 여한이 없습니다."

임백안은 조금도 기가 죽지 않고 당당하게 입을 열었다. 자신의 주인이 직접 나서서 바람막이가 되어주자 조금이나마 남아 있던 두려운 기색도 어느덧 사라지고 없었다. 그가 다시 천천히 입을 열었다.

"누가 뒤에서 부채질을 해서 여덟째마마께서 이렇게 하시는 건지 모르겠습니다. 그러나 진정한 여덟째마마의 재산은 바로……, 여덟째마마께서 지금 한 방에 쓰러뜨리려는 그 관리들입니다. 여덟째마마께서는 실무 경험이 다른 황자마마들에 비해 적습니다. 그럼에도 명망은 타의 추종을 불허할 만큼 높으십니다. 그 이유는 바로 여덟째마마의 인덕과 학문, 아량, 식견 때문이 아니겠습니까? 만약 소인의 목을 베어버리시면 이제 누가 여덟째마마를 위해 재물을 끌어 모으겠습니까? 호부의 관리들을 손보시면 그날로 여덟째마마는 곧 넷째마마의 전철을 밟게 될 것입니다……. 이제 죽음을 앞두고 생각하니 소인은 실로 억울하기 그지없습니다. 진정으로 여덟째마마를 위해 목숨 걸고 일한 것뿐인데, 그것이 자살행위였다니……."

임백안의 눈에서는 어느덧 눈물이 흘러내리고 있었다. 마치 진심인 듯 착각을 하게 만들 정도로 그럴싸했다. 그가 잠시 진정을 하더니 다시 천천히 입을 열었다.

"기왕에 결단을 내리시려고 결심하셨다면 가급적 빨리 죽여주십시오!"

여덟째는 임백안의 저돌적인 공격에 순간 눈앞이 아찔해지는 기분을 느꼈다. 그러더니 그만 의자에 털썩 주저앉고 말았다. 그와는 달리 윤당은 자신의 목적을 달성한 만족감이 보통이 아닌 듯 입술을 감미롭게 빨면서 입을 열었다.

"솔직히 저와 열째, 열넷째의 충성을 여덟째 형님이 모르시는 것은 아니잖아요? 하늘이 두 조각이 나도 저희는 여덟째 형님 편이에요. 다 지나간 얘기이기는 하지만 형님은 애시당초 이 불화로를 껴안지 말았어야 했어요! 넷째 형님에게 맡겼다가 그 형님이 수습불능에 빠져 허덕일 때 나섰더라면 인심도 얻을 뿐만 아니라 여러모로 불후의 결작을 남길 수 있었을 텐데 말이에요."

열넷째도 윤당의 말이 끝나기를 기다렸다는 듯 설익은 웃음을 흘리면서 한마디 보탰다.

"여덟째 형님은 단칼에 먹구름을 거둬내려고 하는군요. 그런데 그게 어떻게 가능하겠어요? 현재 상황은 상서방의 세 대신은 제쳐두고라도 그 밑의 문하들과 전, 현직 관리들이 거미줄처럼 얽혀 돌아가고 있어요. 하나를 확실하게 추적하려고 하면 그 끝이 보이지도 않아요. 그 어마어마한 부정부패의 고리를 무슨 수로 잘라버린다는 거예요? 넷째 형님이 무능해서 장부대로 돈만 받으면 되는 것조차 제대로 못한 줄 아세요? 형부의 일을 제대로 손을 보기 시작하면 가장 먼저 다칠 사람은 솔직히 마제와 동국유예요. 그렇게 되면 태자마마와 넷째 형님은 말할 것도 없고 큰형님, 셋째 형님도 결코 형님을 고운 시선으로 바라볼 리가 없을 거예요."

"바로 그거예요! 형님이 형부 관리들을 전부 혁직유임 시킬 때부터 저는 손에 땀을 쥐었어요. 너무 요란하면 폐하께서 오히려 이상하게 생각하실 소지가 있지 않겠어요? '파격적인 움직임으로 짐의 시선을 끌어 점수를 따려는 것은 아닐까' 하시면서 오해를 하실 수도 있다고요. 자고로 사람은 평소 하지 않던 짓을 하면 죽을 날이 가까웠다고 했어요!"

윤아가 갑자기 무릎을 탁 치면서 훈계하듯 말했다. 이어 고개를 돌려 임백안을 쳐다보면서 호통을 쳤다.

"이 후레자식아! 눈치는 도대체 떼어다 개를 준 거야, 뭐야? 어서 일어나지 않고 엎드려서 뭘 어떻게 하겠다는 거야? 다른 사람들이 보면 뭐라고 하겠어?"

여덟째는 좌중의 황자들과 임백안의 말이 구구절절 일리가 있다고 생각했다. 또 모든 사건이 최종적으로는 자신과 관련되어 있다는 사실을 인정하지 않을 수도 없었다. 그는 순간적으로 몸서리를 쳤다. 자신과 윤당 쪽 황자들은 이미 떼려야 뗄 수 없는 관계가 돼 있다는 생각이 든 것이다.

사실 임백안을 죽였다가 동생들이 벌떼처럼 달려드는 날에는 감당하기가 쉽지 않을 터였다. 윤상보다 더 비참한 꼴이 되지 말라는 법도 없었다. 거기에까지 생각이 미치자 그는 아령아와 장덕명의 말도안 되는 주장에 놀아난 자신을 원망하는 수밖에 없었다.

얼마 후 그가 한바탕 심리전을 치른 것이 무척이나 힘겨웠는지 마지못해 웃음을 흘리면서 말했다.

"임백안, 이제 그만 일어나게. 홧김에 내가 너무 지나쳤던 것 같네. 그러나 이 바닥에서 몇 년째 굴러먹고 있는데, 아직도 일을 주먹구구식으로 그렇게 하고 그러나? 사람이 어려우면 이것저것 다 내다 팔수도 있어. 그러나 어찌 사람 목숨까지 사고팔고 할 수 있다는 말인가! 이런 실수는 한 번으로 족하네."

좌중의 사람들은 그제야 안도의 숨을 내쉬었다. 윤당이 다시 얼굴에 웃음을 머금으면서 말했다.

"저희들은 앞으로도 여덟째 형님을 위해 고민해야 할 일이 한두 가지가 아닐 거예요. 당장 장오가의 재백압 사건은 장오가 하나로 끝나도록 임백안이 다 조치해 놓았어요. 그러니 너무 걱정하지 마세요."

"임백안의 머리가 어디 보통 머리라야 말이지. 베어버리려고 해도 칼날이 먼저 무디어지지 않을까?"

윤아도 크게 웃으면서 자리에서 일어나더니 임백안의 뒤통수를 쓸어내리면서 말했다. 그리고는 윤제 일행을 데리고 밖으로 나갔다.

좌중에는 졸지에 여덟째와 아홉째 둘만 덩그러니 남게 됐다. 그러나 둘이 미처 말을 주고받기도 전에 허리에 보검을 찬 윤상이 장화 소리를 요란스럽게 내면서 몇몇 호위들을 데리고 들어섰다.

"무슨 비밀 얘기를 하고 계셨던 모양이네요. 궁금한데 저에게도 좀 들려주시죠!"

여덟째가 아홉째와 황급히 눈을 맞춘 다음 부랴부랴 자리에서 일어나 윤상을 맞았다. 동시에 미소 띤 얼굴로 물었다.

"열셋째 아우, 호부 일만으로도 바쁠 텐데 여기는 어쩐 일인가?"

"호부에 무슨 쥐뿔이나 할 일이 있어야지요! 방금 양심전에 가서 폐하께 사표를 내고 오는 길이에요. 폐하께서도 흔쾌히 승낙하셨어요. 그러면서 이제부터는 형부에 자주 들락거리면서 여덟째 형님을 도와주라고 말씀하셨어요. 그래서 이렇게 달려왔지 뭐예요."

윤상이 말을 마치고는 잠시 멈췄다 다시 덧붙였다.

"방금 열째 형님과 열넷째 아우가 데리고 나가는 사람이 꼭 아홉째 형님의 집에 있던 임백안인가 지랄인가 하는 자식 같던데……, 맞죠?"

여덟째와 아홉째는 강희가 이미 윤상을 자신들의 곁에 심었다는 데에 적지 않게 놀라던 차였다. 그런 상황에서 윤상이 임백안을 잘 알고 있는 것처럼 얘기를 하니 더욱 놀랄 수밖에 없었다. 급기야 벌떡 일어서기까지 했다. 두 사람은 한참 동안이나 서로를 마주보는가 싶더니 계면쩍은 표정으로 다시 자리에 앉았다.

윤당이 먼저 짐짓 딴청을 피웠다.

"임백안이라니? 그놈은 인간이 말종이어서 내가 찍어 파내버린 지가 언제인데! 아니야. 아, 열째의 집에 징그럽게 비슷하게 생긴 놈이 하나 있어. 맞아! 맞아! 그자가 틀림없는 것 같아."

윤당의 말이 끝나자마자 세 사람은 마치 약속이라도 한 듯 찻잔을 들어 입가에 가져갔다. 윤상은 여덟째와 아홉째가 당황하는 모습을 보고는 피식 웃었다.

셋은 잠시 아무 말도 하지 않았다. 그러나 당연히 서로의 속내는 뻔히 점치고 있었다. 특히 임백안의 존재로 인해 기선을 제압당한 윤사와 윤당은 더욱 그럴 수밖에 없었다. 윤상이 무슨 눈치라도 챌세라 전전긍긍하기도 했다. 그래서였을까, 두 사람의 이마와 콧등에서는 어느덧 식은땀이 송골송골 배어 나오고 있었다.

23장
심기일전을 위한 강희의 순행

강희의 성대한 대가大駕는 음력 10월 6일 동직문東直門을 통해 자금성을 빠져나왔다. 이번 그의 순유는 우선 승덕承德 이궁離宮의 준공을 기념하는 의미가 있었다. 또 처음으로 동서 몽고의 왕들을 한데 모이게 하는 자리를 마련한다는 목적도 가지고 있었다. 그래서 대가의 행렬은 어느 때보다 성대할 필요가 있었다.

새로 형부의 업무를 맡게 된 여덟째는 바로 이 행렬을 준비하는 일도 도맡았다. 실제로 장황자를 불러 도움을 받았을 뿐 아니라 예부, 이번원의 관리들까지 동원하는 노력을 기울였다. 그 덕분에 출발 당일 새벽녘에야 비로소 아슬아슬하게 경양종景陽鐘을 울려 마무리를 알릴 수 있게 됐다.

북경의 백성들은 이틀 전부터 순천부에서 내려 보낸 헌유憲諭를 받아놓은 상태였다. 때문에 날이 밝기 전부터 집집마다 경쟁적으로 향을 사르고 폭죽을 터트리면서 황제의 순유 성공을 기원하였다. 그리고는 이른 새벽부터 집 밖으로 나와 정양문正陽門의 관제묘關帝廟에서 동직문東直門에 이르는 길가에 줄지어 섰다. 거리는 그야말로 인산인해였다. 천자의 발밑에 산다고는 하지만 한 번도 강희의 얼굴을 가까이에서 본 적이 없었던 백성들은 더욱 호기심들이 동했던 것이다.

이윽고 진시辰時 정각이 됐다. 동서 고루鼓樓에서 일제히 북소리가 울려 퍼지기 시작했다. 천안문에서도 음악소리가 진동을 했다. 사람들은 너 나 할 것 없이 학처럼 목을 길게 빼들었다.

천안문 쪽에서부터 하늘을 온통 채색으로 물들인 노란 우산과 깃발 대오가 물결치면서 움직이는 모습이 보였다. 강희의 행렬에서 가장 먼저 눈에 띈 것은 길게 늘어선 가마들이었다. 이어 아홉 마리의 누런 용이 살아서 꿈틀대는 것 같은 네 대의 수레가 모습을 드러냈다. 또 그 뒤로는 각양각색의 덮개를 한 수레들이 엄숙하게 뒤따르고 있었다. 곧이어 깃발의 대오가 나타났다.

그러자 과거 젊었을 때에 친정親征을 나선 강희를 따라 전쟁터에 참여했던 경험이 있는 노인들이 무릎을 꿇은 채 목소리를 낮추고 자기들끼리 대화를 주고받았다.

"저것은 수자선壽字扇이라는 거지. 또 저것은 황룡쌍선黃龍雙扇과 적룡쌍선赤龍雙扇이야. 저기 우보羽葆도 있군……."

수백 개의 용기龍旗가 바람에 휘날리고 있었다. 깃발마다 큼직큼직하게 쓰여 있는 글씨는 교효표절教孝表節(효를 가르치고 절개를 드러내게 함), 명형필교明刑弼教(형법을 밝게 함으로써 오륜의 가르침을 도움), 행경시혜行慶施惠(기쁜 일을 행하고 은혜를 베품), 포공회원褒功懷遠(공을 기리고 원대한 뜻을 품음), 부문진무敷文振武(문을 널리 펼치고 무를 떨침), 납언진선納言進善(간언을 잘 받아들이고 진언을 잘함) 등의 내용들이었다.

용기의 뒤로는 온갖 상서롭다는 동물은 전부 그려 넣은 또 다른 깃발을 실은 수레가 한동안 이어졌다. 봉황鳳凰, 상란翔鸞(난새), 선학仙鶴, 공작孔雀, 황곡黃鵠(누런 고니), 백치白雉(흰 꿩), 적조赤鳥(붉은 봉황), 두루미, 천마天馬, 천록天鹿, 붉은 곰, 누런 곰, 전갈, 사자, 기린…… 등 그야말로 그 수를 다 헤아리기도 어려울 정도로 많은 깃발이 지나갔다.

그리고 나서야 드디어 강희가 탄 금수레와 태자가 타고 있는 은수레가 차례로 모습을 드러냈다. 큰황자 윤제, 여덟째 윤사, 아홉째 윤당, 열째 윤아 등 네 사람은 빨간 실을 드리운 어마御馬에 탄 채 황포黃袍를 입고 요도腰刀에 손을 얹고 있었다. 길을 안내하고 있는 듯했다. 또 어전시위인 악륜대, 덕릉태, 유철성, 소륜 등 40명의 이등 시위들은 양 옆에서 호위를 하고 있었다.

그 뒤로도 어림군御林軍들의 행렬이 끝이 보이지 않을 정도로 길게 이어졌다. 군사들은 각각 다른 성과의 경계를 드나들 때 쓰는 깃발이라든가 오색금기五色金旗를 비롯해 햇살에 눈부신 빛을 발하는 절월節鉞(손도끼), 대도大刀, 등고燈鼓, 활, 표미창豹尾槍, 조총鳥銃 등을 쥔 채 강희를 뒤따랐다.

백성들은 이루 말할 수 없이 화려하고 엄청난 규모의 행차에 온통 흥분의 도가니에 빠졌다. 일제히 무릎을 꿇은 채 파도를 집어삼킬 듯한 소리로 만세를 연호했다.

"황제 폐하 만세! 만세! 만만세!"

셋째 윤지와 넷째 윤진은 같은 수레에 앉아 어림군들의 뒤를 따르면서 거의 광란에 가까운 환성을 지르는 창밖의 인파를 물끄러미 내다보고 있었다. 그러나 그 어떤 말도 하지 않았다.

윤진이 입을 연 것은 동직문을 겨우 빠져나가고 접관정接官亭을 지

낮을 때였다. 그가 숨을 길게 내쉬고는 입을 열었다.

"여덟째가 이걸 준비하느라 고생 많았겠습니다. 형부 일도 바쁠 텐데 언제 이렇게 주도면밀하게 준비를 했을까요?"

"솔직하게 말하면 숨은 공로자는 큰형님이야. 지금 큰형님과 여덟째는 어깨를 나란히 한 채 말을 타고 웃고 있어. 그러나 속으로는 둘 다 이가 갈리도록 상대가 미울 거야. 큰형님은 행사 준비는 자신이 죽어라 했는데도 '공로'는 고스란히 여덟째에게 돌아가게 생겼다고 하더군. 나한테 와서 억울해 죽겠다고 하면서 얼마나 징징거렸는지 알아? 또 여덟째는 여덟째대로 큰형님이 어른답지 못하게 한참 아래 아우인 자기를 시기한다고 하소연을 했다고…… 완전 난리통이 따로 없어. 명색이 형제간이라는 사람들이 남들의 이목도 있는데 뭐하는 짓인지 모르겠어!"

셋째가 차가운 웃음을 머금은 채 윤진의 말에 길게 설명을 늘어놓았다. 윤진은 자신이 말을 꺼내기 무섭게 마치 준비라도 해놓은 듯 말을 이어가는 윤지에게 경계 어린 시선을 던지지 않을 수 없었다.

그러나 아무런 대꾸도 하지 않았다. 그저 먼지투성이인 관도官道만을 뚫어지게 바라보고 있을 뿐이었다. 하지만 그는 속으로는 오사도를 생각하고 있었다.

'오 선생을 미리 승덕에 있는 내 별장인 사자원獅子園으로 보낸 것이 보름 전이지. 지금쯤 도착했는지 궁금하군. 그건 그렇고 지금 태자를 섬기는 시위들이 낯모르는 얼굴들로 바뀔 것이라는 소문이 돌고 있지. 승덕에서는 아바마마를 호위할 시위들도 바뀔 거라고 하고. 이건 태자 형님과 큰형님에 대한 불신을 극명하게 보여주는 거야. 정말이지 사방이 온통 지뢰밭이고 매일매일 사고가 터지는 다사다난한 시기가 맞는 것 같네.'

윤진의 머릿속은 빠르게 돌아가고 있었다. 복잡하게 변하는 정국은 그에게 있어 오사도라는 꾀주머니의 필요성을 갈수록 절실하게 느끼도록 만들었다.

윤지는 사실 승덕행에 나서면서 모처럼 윤진과 속 깊은 얘기를 나누고 싶었다. 그러나 매정하리만치 차가운 윤진의 표정에 곧 질려버렸다. 여간해선 속을 터놓지 않는 윤진 앞에서는 어떤 말도 할 수 없었다. 결국 그저 실소하듯 웃으면서 일반적인 얘기로 화제를 돌려버렸다.

"세상이 어떻게 되려고 이러는지 모르겠어. 진심으로 조정을 위해 일한 사람은 쪽박을 찬 채 나가떨어지는 데 반해 큰 대자로 누워 하늘에서 꿀떡 떨어지기만을 바라던 자들은 손가락 하나 까딱하지 않고 소원성취를 하니 말이야. 시세륜이 떠날 때였지, 아마? 꽤 먼 길까지 환송을 해줬더니 곧바로 이상한 소문이 도는 거 있지? 정말 웃기지 않는가 말이야! 백 년에 하나 탄생할까 말까 한 청백리가 그런 푸대접을 받다니! 어디 그게 될 법한 얘기인가?"

"예? 예……, 그러게요."

윤진이 정신을 차리고는 별다른 말은 하지 않은 채 어색하게 상황을 얼버무렸다. 다른 생각에 잠겨 있다 윤지의 말을 듣는 둥 마는 둥한 것이 분명했다. 그는 자신의 태도가 약간 미안했는지 숨 막히는 분위기를 다소 풀어보려는 듯 윤지를 향해 몸을 돌리고는 말했다.

"소문을 마구 퍼뜨리는 자들의 생리가 그렇죠, 뭐. 그래도 구더기 무서워 장 담그지 못하겠어요? 저는 노자까지 챙겨 보냈는데요."

윤지가 윤진의 말에 탄력을 받은 듯 웃으면서 다시 입을 열었다.

"글쎄, 나무가 아무리 조용하려고 해도 바람이 쉬지 않고 불어 흔들어대면 무슨 뾰족한 수가 있겠어? 세상에는 예기치 못한 일들이 너무나 많잖아! 지난번 열째한테 가서 《황얼사집》黃蘗師集이라는 책을 빌려온 적이 있어. 그게 금서禁書라는 것은 알지? 각 왕조의 흥망과 교체를 점치는 책이잖아. 그때 아랫것들이 알면 좋을 것이 없을 듯해서 내가 직접 갔었다고. 그랬더니 열째가 이죽거리면서 뭐라고 나를 비웃었는지 알아? 나에게 그렇게도 닮을 사람이 없어서 하필이면 넷째 같은 좀팽이에 인정머리 없는 인간을 닮느냐고 하지 않겠어? 자네하고 같이 있는 것을 본 모양이야. 그래서 내가 넷째를 그렇게 보면 큰 실수라고 그랬지. 누구도 그 사람 입장이 돼보지 않고서는 왈가왈부할 수 없다고도 하고. 그랬더니 자네더러 위선자니 뭐니 하면서 더욱 악을 쓰더구먼."

셋째가 한참 열째의 흥을 보더니 잠시 말을 끊었다. 윤진의 궁금증을 동하게 하려는 것 같았다.

그 의도는 들어맞았다. 평소답지 않게 윤진도 다소 놀랍다는 표정을 지으며 궁금해 했다. 그리고는 셋째를 힐끗 쳐다보고는 입을 열었다.

"내가 왜 위선자인지에 대해서는 물어보지 않았어요?"

셋째가 히죽 웃으면서 대답했다.

"너무나 뻔한 것 아니겠어? 매일 우려먹는 것이 그거지. 피서산장이 완성됐을 때 폐하께서 '서늘하지만 춥지는 않고, 따뜻하지만 뜨겁지 않고 참 좋은 곳이다'라고 하시자, 자네가 '아바마마께서는 피서산장에서 가을 같은 여름을 나겠으나 백성들은 도탄에 빠져 있습니다'는 말을 하며 받아쳤다고 하더군. 열째가 늘 주장하는 거 있잖아, 왜!"

피서산장이 완공됐을 당시에 강희와 윤진 부자간에 잠깐 어색한 적이 있었던 것은 사실이었다. 하지만 윤진은 그 당시 열째가 말한 것보다 훨씬 완곡하게 간언을 올렸었다. 그가 그예 코웃음을 쳤다.

"저야 원래 누구 눈치를 보고 사는 사람이 아니잖아요? 그런 말을 하기는 했죠. 폐하께서도 괘씸하신지 며칠 동안 저를 쳐다보지도 않으셨고요. 하지만 저는 틀린 말을 한 것이 아니었어요. 그렇기 때문에 그다지 괴롭지도 않았어요. 그후 폐하께서 먼저 마음을 푸시고 장정옥 편에 여의如意(일이 잘 되기를 기원하는 마스코트 같은 액세서리. 옥등으로 만듦) 하나를 보내셨더군요. 신경 쓰지 않아요. 열째는 여덟째가 포탄을 채워주는 대로 생각 없이 쏴버리기만 하는 친구잖아요."

윤진이 서둘러 말을 마치더니 셋째의 말은 더 들어볼 필요도 없다는 듯 바로 고개를 돌렸다. 이어 창밖을 내다봤다. 그리고는 평소 신중한 언행으로 유명한 셋째가 오늘은 웬일일까 하는 생각도 하고 있었다. 그러자 셋째의 의중을 슬쩍 한번 떠보고 싶은 욕구가 갑자기 그의 마음을 강하게 자극하기 시작했다. 결국 참지 못하고 천천히 입을 열었다.

"저도 전에는 우리 형제들도 다 같은 사람이라고 생각했어요. 일반 백성들처럼 토닥거리지 말라는 법이 어디 있겠느냐고 관대하게 생각해왔죠. 그러나 중추절 저녁에 윤아가 한바탕 뒤엎어버리고 난 다음부터는 어쩐지 무섭더라고요. 그후로는 서로 조심을 하게 되더군요. 열째도 어딘가 든든하게 믿는 구석이 있기에 그럴 수 있었던 것이 아니겠어요?"

셋째가 윤진이 은근히 공을 슬쩍 넘기자 바로 적극적으로 대응하겠다는 자세를 보였다. 그리고는 서두르는 기색 없이 천천히 말했다.

"그렇지. 사람 무섭지 않은 사람이 어디 있겠어? 폐하께서도 당신이 제齊나라 환공桓公의 전철을 밟지는 않을까 두려우실 거야. 일생동안 쌓아올린 영웅적인 업적이 사상누각沙上樓閣이 되는 불행이 오지 말라는 법이 없다는 생각을 하시는 거지. 나는 우리 대청이 구십 몇 년 만에 망해버린 몽고인들의 전철을 밟지 않을까 하고 걱정하고 있어. 오랑캐는 백년의 운이 없다고 지껄인 주원장^{朱元璋}의 말에서 자유로워지기 어려운 것이 사실이 아니겠니. 그런데 우리 대청은 이미 개국 육십 년을 넘어섰잖아!"

윤진이 날카로운 시선을 까마귀 떼가 부산스레 무리지어 오르내리는 마른 풀숲으로 던졌다. 그러더니 한참 후 길게 한숨을 내쉬었다.

"우리가 비록 선천적으로 오랑캐라는 불명예를 안고 있기는 하죠. 그러나 셋째 형님의 우려는 다소 지나치지 않나 생각해요. 여러 가지 문제점이 속출하고 있기는 해도 개국의 기상이 여전히 하늘을 찌르고 있어요. 또 든든한 땅덩어리라는 기반도 있다고요. 이 거대한 땅이 하루아침에 사라진다는 것은 불가능한 것 아니겠어요? 그러니 모레나 글피는 천명에 맡기고 우리는 당장 오늘, 내일만 보고 우리 할 일을 다 하면 되는 거예요."

셋째가 마치 낯선 사람 대하듯 윤진을 한 번 힐끗 바라봤다. 이어 히죽 웃으면서 말했다.

"우리 할 일이라니? 지혜로운 넷째 아우의 입에서 나온 말 같지 않아서 조금은 황당하기까지 하군. 자네 눈에는 지금 조정의 분위기가 심상치 않게 돌아가는 것이 보이지 않는가?"

셋째의 말이 끝남과 동시에 갑자기 수레의 차체가 흔들렸다. 자연스럽게 윤진의 몸도 앞쪽으로 흔들거렸다. 하지만 그는 그에 전혀 개의치 않은 채 이상하리만치 창백한 얼굴로 셋째에게 물었다.

"셋째 형님, 무슨 일이 일어나고 있는 것인지 저에게도 얘기를 좀 해주시겠어요?"

"이번 승덕 행차는 태자 형님에게 대단히 불길하다고! 큰형님과 여덟째는 이미 한 달 전에 사람을 승덕에 보냈어. 혹시 벌어질지 모르는 상황에 대비해서 현지답사에 들어간 것이지. 특히 여덟째는 자신의 고문인 왕홍서와 아령아를 열하로 보냈어. 자네만 모르고 있는 거야. 내가 태자 형님이라면 무슨 일이 있어도 왕섬을 북경에 남겨두고 가는 미련한 짓은 하지 않았을 거야……."

윤지의 그 말은 멀리서 들려오는 천둥소리처럼 들렸다.

"그렇다면, 이번에…… 둘째 형님을……, 태자 자리에서 폐위시킬 수도 있다는 것인가요?"

"폐위까지는 아직 모르겠어. 설사 그렇게 되더라도 어떤 식으로 이뤄질지도 알 수 없는 것이고……."

셋째가 천천히 대답했다. 이어 부연 설명을 덧붙였다.

"요堯 임금은 단주丹朱태자에게 제위를 물려주지 않고 내쳤어. 그리고는 조용히 살 수 있는 곳을 찾아 살 수 있도록 했지. 반면 탕湯 임금은 태갑太甲을 삼 년 동안이나 혹독하게 훈련을 시킨 다음 복위시켰지. 또 당나라의 이세민李世民도 태자에게는 굉장히 혹독하게 했다고. 하지만 명성을 중요하게 여기시는 폐하께서 이세민의 전철을 밟으시지는 않을 것 같아."

윤진은 윤지의 말에 상당한 충격을 받은 듯했다. 갑자기 머릿속이 하얗게 변하는 것 같았다. 그는 윤지의 말이 전혀 이해되지 않는 듯 고개를 갸웃거리면서 물었다.

"일반 관리를 파면시키는 것도 아닙니다. 그렇게 큰일을 할 경우에는 대개 그럴싸한 명분이 있어야 하지 않겠어요? 얼마 전에 태자 형님을 뵈었을 때만 해도 아무런 걱정 근심이 없어보였어요. 편안하게 담소도 즐기던데요? 폐하께서 만약 그런 기미를 조금이라도 내보이셨다면 아무리 도량이 깊은 사람이라도 그렇게 담담할 수는 없을 텐데요. 이런 얘기는 민감한 사안이니 만큼 함부로 입에 올리지 않는 것이 좋겠어요."

윤지가 윤진의 말에 동의하지 않는다는 표정을 한 채 웃었다. 이어 장황하게 다시 말을 늘어놓았다.

"정신 좀 차려! 큰형님과 여덟째, 아홉째, 열째가 폐하를 에워싸고 돌아가는 모습이 보이지 않는다는 거야? 어전시위들이 꿰다 놓은 보릿자루라는 말이야? 그리고 이번에도 우리 둘만 덩그러니 호가대護駕隊에서 제외됐다고! 그러니 지금 이런 호사豪奢도 누리는 거잖아. 척하면 알아차려야 하지 않겠나? 사람들 눈에 우리 둘은 '태자당'으로 비쳐진다는 얘기라고! 아까 명분이 어쩌고저쩌고 했지? 그러나 태자 형님이 지금껏 제대로 해놓은 것이 뭐가 있어? 우선 이치吏治가 엉망이야. 국고도 텅 비었어. 이 사실들은 아무리 덮고 감추려고 해도 감출 수 없는 명백한 사실이야. 만천하에 드러난 태자 형님의 패정敗政이라고. 또 치적治績이라는 것도 입에 올리기가 뭐할 만큼 변변치 못해. 태자로서 나라에 전혀 도움이 안 됐다고 봐야 하잖아. 태자를 실각시키기 위한 명분으로 이보다 더 확실한 것이 어디 있나! 요즘 들어 폐하께서는 세 번씩이나 색액도의 모반謀反에 대해 통분해 하셨어. '색액도는 조정 제일의 죄인'이라는 사실을 누누이 강조하셨다고. 색액도의 죄가 뭐야? 태자를 확실하게 세운 다음 비정상적으로 보위하려 든 것이 아닌가?"

윤진은 셋째의 말을 되새김질하면 할수록 마음이 심란해지는 기분을 떨치지 못했다. 그러나 모든 잘못을 한 사람의 책임으로만 돌리는 것은 부당하다는 생각도 없지 않았다.

그때 셋째가 다시 입을 열었다.

"아직 몰랐지? 태자가 약을 넣고 다니다 이덕전과 형년에게 들켰다고 하던데?"

"약이라뇨? 독…… 독약 말이에요?"

윤진이 흠칫 놀라더니 더듬거리면서 물었다.

"폐하께서도 처음에는 그런 줄 알고 놀라셨다고 해. 그러나 태의원에 의뢰해 검사해 보니 어처구니없게도 춘약이었다는군. 그 당시 내가 마침 양심전에 있었어. 폐하의 표정이 그렇게 무서워 보일 수가 없었다고! 내가 애써 막고 나서지 않았다면 그날로 아마 큰일이 일어났을 거야."

윤지가 냉소를 흘리면서 말했다. 순간 윤진은 두 손에 땀을 흥건히 쥔 채 예전에 주천보가 몰래 했던 말을 떠올렸다.

'태자마마의 서육궁西六宮 출입을 좀 자제시켜 주십시오. 태자마마께서 마음대로 다니시지 못할 곳은 물론 없습니다. 그러나 아무래도 남녀가 유별하고 신분도 서로 다르지 않습니까. 굳이 참외밭에서 신발 끈을 동여매실 필요는 없지 않겠습니까?'

윤진은 등에서 식은땀이 흘러내리는 것을 느꼈다. 태자가 벌건 대낮에 춘약이나 숨기고 다니다니! 그것도 태감들을 통해 강희에게까지 덜미를 잡혔다고 하지 않는가.

물론 감히 넘어서는 안 될 행동반경을 벗어나지 않았다면 당분간 수군거리다 마는 것으로 끝날 수 있을 터였다. 하지만 만에 하나라도 강희의 비빈 중 한 명을 범했을 경우에는…….

윤진은 더 이상 생각하기조차 두려워졌다. 그예 그가 한숨을 내쉬면서 합장을 한 채 말했다.

"아미타불! 이제야 조금 알 것 같군요."

셋째가 윤진의 말에 웃음을 지어보였다.

"그래서 큰형님이 지금 주제파악도 못한 채 저렇게 들떠 있잖아! 될 것을 바라야 하는 것 아닌가? 자고로 태자는 적지와 장자가 아니면 현명한 아들을 세운다고 했다고!"

셋째가 말하고자 하는 바는 분명했다. 태자가 뿌리째 흔들리고 장황자도 이미 물 건너갔으니 남은 것은 자신과 형제라는 의미보다는 정적政敵에 더 가까운 여덟째뿐 아니겠느냐는 얘기였다. 나아가 그의 말은 '넷째, 너는 이 셋째 형님을 밀어줄 의사가 있느냐'고 묻는 것이었다. 셋째는 에둘러 얘기를 하기는 했으나 막판에 자신의 의중을 완전히 드러내면서 윤진에게 분명히 그렇게 신호를 보내고 있었다.

그러나 윤진은 셋째와 비교할 때 절대 능력이나 의지가 떨어지는 인물이 아니었다. 그럼에도 일부러 순진하다 못해 바보인 척하면서 웃음 띤 얼굴로 화답했다.

"하늘이 점지해 주시는 대로 따르는 수밖에요! 그러나 태자 형님과의 군신관계에서 여태 쌓아온 정도 생각해야 합니다. 유사시에는 일단 태자 형님을 보위할 거예요. 바라지는 않으나 진짜 태자 형님이 일사천리로 추락을 한다면 당연히 셋째 형님을 따라야죠. 인력으로는 회생이 도저히 불가능하다면 말이죠. 그러나 큰형님과 여덟째도 결코 호락호락하지는 않을 거예요. 잘못하면 자손대대로 기 펴지 못하고 살 수도 있을 테니 신중하셔야겠어요!"

그는 셋째에게 찬물을 끼얹는 어리석은 말은 하고 싶지 않았다. 그래서 윤진은 윤지에게 적당하게 아부를 했다. 그러나 속생각은 완전히 달랐다. 내심으로는 그도 여덟째를 점찍고 있었으니까.

날씨가 점점 흐려졌다. 강희의 순행 행렬이 밀운密雲을 지났을 때는 진눈깨비까지 내리기 시작했다. 수천 명에 달하는 사람들은 의장儀仗 (천자나 왕공 등 지위가 높은 사람이 행차할 때 위엄을 보이기 위하여 격식을 갖추어 세우는 병장기나 물건)과 제사^{祭祀} 행사에 필요한 무거운 짐들을 끌면서 질척질척한 산길을 따라 힘들게 걸을 수밖에 없었다. 때문에 장장 7일 동안이나 강행군을 해서야 겨우 승덕에 도착할 수 있었다.

승덕에는 내몽고와 외몽고 각 부족의 왕공들이 이미 열흘 전부터 도착해 있었다. 각자 자신들에게 배정된 행궁에 머무르면서 천자의 대가^{大駕}를 기다리고 있었던 것이다.

강희 22년 현지답사에 들어가 43년에야 비로소 어느 정도의 규모를 갖춘 피서산장^{避暑山莊}은 웅장하고 화려하기 이를 데 없었다. 안에는 행궁^{行宮}이 자그마치 열두 곳이나 마련되어 있었고, 서북쪽으로 금산^{金山}, 동북쪽으로 흑산^{黑山}이 자연병풍을 이루고 있었다. 남쪽으로 중려^{中麗}, 덕회^{德匯}, 봉문^{峰門} 3개의 산문^{山門}이 있었고, 자연병풍과 산문으로 둘러쳐진 안쪽은 바로 금원^{禁苑}이었다.

이 산장은 특별히 외이^{外夷}들이 상주할 수 있는 곳으로 지정되어 있었기 때문에 내몽고, 외몽고의 왕공들을 비롯하여 청해성^{青海省}과 서장^{西藏} 지역의 라마교^{喇嘛教} 교주 및 조선^{朝鮮}의 사절단들이 저마다 이곳에 행궁을 지었다. 또한 물 좋고 경치 좋은 곳을 골라 이들이 지어 놓은 별장들도 부지기수였다. 자연히 장사치들도 거미줄 같은 상업망을 드리워 놓았다. 불과 10년 사이에 황무지에 불과하던 이곳 열하^{熱河}는 규모 있는 신흥도시로 탈바꿈했다.

승덕의 왕공들은 강희의 대가가 오랜 기다림 끝에 드디어 모습을 드러내자 일제히 무릎을 꿇은 채 강희를 맞이했다. 순간 풍악소리가 진동했다. 또 폭죽의 불꽃도 현란했다. 길거리에는 갖은 색깔의 등롱^{燈籠}도 내걸렸다. 완전히 대낮이 따로 없었다. 향불을 사를 때 피어나는 향기 역시 순식간에 공기를 가득 채우고 있었다.

오는 길 내내 긴장을 풀지 못한 어림군들은 승덕에 도착해서도 강희를 호위하느라 여념이 없었다. 연파치상재煙波致爽齋에 가서 여장을 풀자마자 바로 안전대책을 강구하기 시작했다.

장정옥과 마제도 마찬가지로 바쁘게 움직였다. 둘 다 영시위내대신을 겸하고 있었으므로 황제와 태자를 시중들어야 할 뿐만 아니라 북경에서 동국유가 보낸 상주문을 정리하기도 해야 했던 것이다. 두 사람은 모든 준비가 거의 끝나자 파김치가 돼 쓰러졌다.

그러나 강희는 사뭇 달랐다. 숙면을 취했는지 이튿날 아침에는 기분이 날아갈 듯 가벼워 보였다. 아침 일찍부터 몽고 왕들도 불러들였다. 오후에는 성대한 연회를 베풀어 태자와 함께 자리마다 다니면서 직접 술을 권하고 노고를 치하하기도 했다. 술시戌時가 되자 연회를 마치고 자리로 돌아가서는 상주문도 읽어보고 자시가 돼서야 잠자리에 들었다.

강희는 다음날 아침에도 새벽같이 일어났다. 그리고는 황자들을 데리고 청서산관淸舒山館 앞에 모이라고 태자에게 명령을 내렸다. 이어서 하루 종일 명승고적을 두루 돌아보면서 천혜의 절경에 흠뻑 도취돼 시간 가는 줄 모르고 즐겼다. 저녁에 거처로 돌아와서는 곧바로 내일 사냥터에 갈 준비를 서두르라는 지의도 내렸다.

열하의 위장圍場(사냥터)은 보전甫田이라는 곳에 자리를 잡고 있었다. 만수원萬樹園과 인접한 곳이었다. 산장에서 볼 때는 동북쪽이었다. 사냥터답게 숲이 우거졌을 뿐 아니라 풀도 무성했다. 게다가 지세가 험준하고 호수가 많아 천혜의 조건을 이용할 수가 있었다. 사슴, 사향, 곰, 호랑이, 표범, 승냥이 등의 동물들을 수도 없이 넣어 기른 것은 바로 그 때문이라고 할 수 있었다.

원래 그곳은 어떤 묵객墨客이 지나가다 별 생각 없이 '총월'叢越이라는 이름을 붙였다. 그러나 강희가 동순東巡을 하면서 봉천奉天에 들러

다녀간 이후로는 장정옥에 의해 '보전'이라는 이름이 붙여졌다. 오로지 천자 전용의 사냥터라는 얘기였다. 그 뒤로 그곳은 명실공히 황실의 금지禁地가 됐다.

강희는 다음날 사시巳時에 수레에 탄 채 보전에 모습을 드러냈다. 그러자 미리부터 와서 옹성甕城의 전루箭樓에서 대기 중이던 왕공귀족들과 패자, 패륵, 친왕, 군왕들은 저마다 흥분에 찬 모습이었다. 잔뜩 기대에 부풀어 있기도 했다. 황제 앞에서 용맹을 과시하고 눈도장을 확실히 찍을 수 있는 경우는 좀체 오지 않는 기회였기 때문이다.

강희가 그들의 인사치례가 끝나기를 기다린 다음 곧이어 그중의 몽고의 왕들 가운데 몇 명에게 말했다.

"자네들은 몇 번 데리고 다녀봐서 실력을 다 알고 있으니, 오늘은 술상이나 차려놓고 즐기면서 구경이나 하는 것이 낫겠어. 짐의 아들들 실력이 어떤지 눈요기나 하도록 하자고. 왕세자들은 좋을 대로 해주고 말이야."

강희의 말에 사람들은 황자들의 기량을 한눈에 볼 수 있는 아슬아슬한 볼거리가 생긴다는 기대감이 드는 모양이었다. 한껏 기대에 부푼 모습이 얼굴에 다들 드러나고 있었다.

황자들을 불러 모은 후에 강희가 말했다.

"몽고 왕공들이 다들 자리해 지켜보는 마당이니 짐의 체면을 살려줘야겠어. 이곳은 야성에 불붙는 맹수들만 있는 곳이야. 안전에 각별히 주의하는 선에서 최선을 다해 일등을 하도록 해."

강희가 말을 마치고는 통쾌하게 웃었다. 그러더니 이덕전의 손에 받쳐져 있는 커다란 보석이 박힌 옥여의玉如意를 가리키면서 덧붙였다.

"나이를 불문하겠어. 용감하게 싸워 노획물을 가장 많이 가져오는 사람에게 이 여의를 상으로 내릴 거야!"

장내는 한바탕 흥분의 도가니에 빠졌다. 강희가 하사하려고 하는 여의는 보통 여의가 아니었다. 색깔이 밝은 황색에 가까운 물건이었다. 그래서 줄곧 건청궁의 제일가는 보물로 여겨져 온 터였다. 선제인 순치가 강희에게 상으로 내린 물건이기도 했다. 그런데 바로 그것을 강희가 다른 황자에게 상으로 주려고 하는 것이다.

윤잉은 강희의 옆에 앉아 있다 말고 이름 못할 불안감에 흠칫 몸을 떨었다. 윤아는 금세라도 달려들어 덮칠세라 여의를 눈여겨보고 있는가 싶더니 아홉째의 옷자락을 몰래 잡아당겼다. 그러자 윤당이 얼굴에 이상야릇한 미소를 흘렸다. 윤상도 팔꿈치로 윤진을 건드리면서 목소리를 낮춰 말했다.

"큰형님 좀 봐요. 침이 석 자나 흘러내려왔어요! 이거야말로 태자 형님 체면을 살려줄 절호의 기회라 생각하고 열심히 뜁시다."

그러나 윤진은 윤상의 말을 듣는 둥 마는 둥 했다. 대신 태연자약한 여덟째를 힐끗 쳐다보더니 무릎걸음으로 조금 앞으로 나서면서 머리를 조아리며 아뢰었다.

"아바마마! 외람된 말씀이오나 이 옥여의는 신하된 저희가 소장하기에는 대단히 부담스러운 존재이옵니다. 다른 물건으로 교체하실 수는 없겠사옵니까?"

"그래?"

강희가 고개를 갸웃거리면서 다소 의외라는 반응을 보였다. 이어 한참 후에 웃음 띤 얼굴로 다시 덧붙였다.

"그렇다고 우리가 일반 백성들처럼 재물을 두고 겨룰 수는 없지 않겠나? 태자가 참여하지 않으니 평등한 사이인 자네들끼리는 그다지 눈치 볼 것도 없이 괜찮을 것 같은데."

강희는 말을 마치자마자 곧바로 행동을 개시하라는 지시를 내렸다. 그러자 삽시간에 사방에서 호각소리가 울려 퍼졌다. 또 수천 명의 선박영 병사들이 청, 홍, 흑, 백 네 가지 깃발을 들고서 네 모퉁이에서 흔들어댔다. 그리고는 허공을 향해 대포를 쏘고 북소리를 울리면서 분위기를 끌어올렸다.

곧 숲속에서 낮잠을 자던 맹수들과 힘이 약해 보이는 짐승들이 깜짝 놀랐는지 허둥지둥 뛰쳐나오는 모습이 보였다. 그리고는 엉켜 돌아가기도 하고 사방으로 줄달음질치기도 했다.

본격적으로 사냥이 시작될 조짐이 보이자 강희가 차가운 시선으로 차마 고개를 들지 못하고 있는 윤잉을 힐끗 쳐다봤다. 이어 나지막이 한숨을 쉬면서 옆에 앉은 객이심 왕에게 말머리를 돌렸다. 뭔가 대화를 나누면서 답답한 마음을 풀고 싶은 모양이었다.

"군자가 푸줏간에 들어가지 못하는 것은 동물의 애처로운 울음소리가 들리는 것 같아서라고 하오. 그런데 막상 고기를 먹을 때는 그와는 달리 예쁘게 잘라지지 않은 것은 먹지도 않는다고 하니! 그런 걸 두고 소위 인간의 인의仁義라고 주장하면 너무 웃기지 않소?"

강희가 객이심 왕과 그런저런 말을 두어 마디를 주고받고 있을 때였다. 갑자기 동쪽에서 십여 명이 말을 달리면서 뛰쳐나왔다. 북쪽에서는 무려 백여 명이나 되는 무리가 사냥터로 뛰어들었다. 말들은 심상치 않은 분위기를 느꼈는지 몹시 흥분하여 길게 울부짖었다. 그리고는 허리를 넘는 마른 풀 속을 종횡무진 잘도 누비고 다녔다. 그 말들의 발굽에 채여 뿌리 뽑힌 풀들은 허공에 걸린 채 춤추듯 하고 있었다.

강희는 눈을 부릅뜬 채 사냥 현장을 바라봤다. 동쪽에서는 윤상, 북쪽에서는 장황자 윤제가 한판 대결을 선언한 듯 강세를 보이고 있었다. 특히 윤제는 이미 단단히 준비를 마친 듯 황손과 자신의 문하

및 친병들을 이끌면서 활시위를 팽팽하게 당기고 있었다. 그러는가 싶더니 어느새 장검을 무섭게 휘두르기 시작했다.

맹수들은 갑작스런 수난에 정신을 잃은 듯 힘을 쓰지 못했다. 윤제 무리로부터 포위 공격을 받고는 비참하게 푹푹 쓰러져갔다. 동북쪽에서는 어느새 윤당과 윤아가 닥치는 대로 맹수들의 귀를 베고 있었다. 그리고는 바로 말 엉덩이에 있는 꼬챙이에 꿰었다. 둘은 맹수들을 추격하고 퇴로를 차단하는 각자의 역할을 아주 잘 수행하고 있는 듯했다. 게다가 윤상과 장황자가 쓰러뜨리고 미처 수습하지 못한 채 방치한 맹수들도 빠뜨리지 않고 챙겼다.

강희는 그런 윤아의 비겁한 모습을 보자 속으로 고소를 금치 못했다.

"저런, 저 자식, 정말 치사하군!"

나중에는 자신도 모르게 비난하는 말을 터트리고 말았다.

다른 황자들은 그처럼 신이 나서 사냥을 했으나 사냥터 서쪽 지역을 떡하니 지키고 있던 윤진과 셋째 윤지는 완전히 달랐다. 전혀 미동도 하지 않았다. 그저 시종일관 뒷짐을 진 채 한 발자국 뒤로 비켜 서 있기만 했다.

윤지는 다른 꿍꿍이속이 있었겠으나 윤진으로서는 그럴 수밖에 없었다. 독실한 불교신자인 탓에 무분별한 살생을 할 수 없었던 것이다. 때문에 홍시, 홍주, 홍력 세 명의 세자와 강아지, 송아지 등은 서북쪽을 지키고 선 채 제 발로 뛰어드는 짐승들을 생포하는 것으로 만족해야 했다.

사냥터에서는 하늘과 땅을 뒤흔드는 말발굽 소리와 사람들의 함성, 맹수들의 울부짖음 소리로 한바탕 난장판이 이어졌다. 그러다 해질녘이 되면서 비로소 서서히 안정을 찾아갔다.

강희는 약속대로 황자들의 사냥 성적을 따졌다. 예상대로 윤당과 윤아가 사냥감을 가장 많이 획득했다.

"짐이 약속했지? 사냥 성적이 가장 뛰어난 사람에게 이 물건을 하사한다고."

강희가 웃음 띤 얼굴을 한 채 여의를 윤아에게 내밀었다. 이어 칭찬의 말을 덧붙였다.

"윤아! 보기보다 용맹하더군. 약삭빠르게 잘도 챙기던데? 아무튼 대단해. 자, 받아라!"

윤아가 강희의 말에 공손한 어조로 입을 열었다.

"저는 오로지 공정한 겨룸을 통해 얻을 수 있는 것을 얻고자 하는 욕심 외에는 없었사옵니다. 아홉째 형님이 열 마리를 공짜로 주시는 바람에 덕을 좀 봤사옵니다. 그러나 아무튼 아바마마께서 하사하시는 것이니 고맙게 받겠사옵니다."

윤아가 말을 마치고는 히히 웃으면서 앞으로 다가갔다. 이어 옥여의를 받았다. 그때 윤상이 갑자기 윤아의 앞을 가로막고 나섰다.

"열째 형님, 이 옥여의를 받으면서 전혀 양심의 가책을 느끼지 않는다면 큰 소리로 '내가 일등이다!' 하고 외쳐 보세요. 그러면 제가 순순히 물러날게요!"

"나는 일등이야!"

윤아가 눈썹을 한데 모은 채 크게 소리를 질렀다. 그리고는 냉소를 흘리면서 되받아쳤다.

"왜, 아직도 나를 괴롭힐 것이 더 남아 있어? 명심해, 여기는 호부가 아니야!"

윤아가 악의에 찬 말을 토해내더니 바로 윤상을 향해 퉤! 하고 침을 뱉었다. 순간 윤상이 격한 반응을 보였다. 그러자 여덟째 윤사가 황급히 나서서 둘을 뜯어말렸다.

"두 사람 다 별것도 아닌 것을 가지고 왜 또 이래? 열째 아우에게 증거물이 있는데 인정할 것은 인정해야지, 열셋째!"

강희가 윤사의 말이 끝나기 무섭게 분노를 터트렸다.

"병서를 몇 수레나 읽었다는 윤상, 너 왜 그래? 사냥은 전쟁이나 마찬가지야. 주먹보다는 머리로 승부를 거는 수가 더 많다는 것을 명심하라고!"

윤상이 강희의 힐책에 뜨끔 했는지 말을 못하고 마른 침만 꿀꺽 삼켰다. 그때 셋째가 손바닥으로 목을 베는 시늉을 하면서 그에게 애타는 표정으로 눈치를 보냈다. 가만히 있으라는 얘기였다. 그러나 윤상은 끝내 강희의 말을 되받아치고 말았다.

"도둑질한 것도 유효한 줄 알았더라면 저는 애초부터 이 시합에 참가하지 않았을 것이옵니다!"

"감히 지금 짐의 말에 토를 다는 건가? 무릎 꿇지 못하겠어? 그리고 스스로 따귀를 때려!"

강희가 몹시 화가 난 표정을 삭이지 못하고 냉소를 터트렸다. 윤상은 안색이 하얗게 질린 채 화를 주체하지 못해 몸을 부르르 떨었으나 강희의 명령을 거역하지는 못했다. 바로 털썩 무릎을 꿇었다.

순간 그의 눈에서는 눈물이 주르르 흘러내렸다. 호부의 일이 흐지부지 끝나버린 이후부터 쌓였던 온갖 억울하고 분하고 야속한 감정들이 한순간에 북받치는 모양이었다. 그가 어느새 눈물범벅이 된 얼굴을 한 채 흐느끼면서 말했다.

"저는 아무래도 영원히 사라져주는 것이 나을 것 같사옵니다. 목숨이 붙어있을 뿐 사는 재미는 하나도 없사옵니다. 이대로 가겠사옵니다. 부디 옥체를 잘 보존하시옵소서, 아바마마!"

윤상은 말을 마치자마자 바로 칼을 뽑아들었다. 그야말로 눈 깜짝할 찰나였다. 순간 유철성과 덕릉태가 덮치듯 달려들었다. 그리고는 아슬아슬하게 목까지 다다른 칼을 겨우 빼앗았다.

바로 그때 픽! 하는 소리가 들렸다. 강희가 담벼락을 향해 있는 힘껏 옥여의를 던져버린 것이다. 당연히 여의는 산산조각이 나고 말았다.

24장

욕정에 흔들리는 태자

　윤진의 돌아오는 길은 마냥 우울하고 괴로웠다. 모처럼 그동안의 번뇌를 사냥터에서 모두 떨쳐버리고 홀가분하게 즐기고 오려던 당초 계획과는 모든 것이 반대로 돌아갔으니 그럴 만도 했다. 그러나 자신의 입장만 생각할 일이 아니었다. 그보다 더 고통과 절망에 빠져 허덕이는 윤상을 위로하기도 해야 했다.

　마침내 윤진은 사자원으로 돌아오면서 내내 깊은 생각에 잠겨 있던 표정을 풀고는 윤상에게 위로의 말을 건넸다.

　"못나게 굴지 말라고. 그까짓 것 가지고 화를 낼 것 같았으면 난 진작에 화병으로 몸져누웠을 거야. 불교에서는 탐욕과 분노, 어리석음을 버리면 번뇌가 사라진다고 했어. 너는 이익은 탐하지 않았으나 공로에 너무 집착한 나머지 번뇌를 자청했던 것이라고. 폐하께서 오늘 그 옥여의를 박살내 버렸으니 망정이지 열째가 가졌더라면 너는 어쟀을 것 같아?"

"목숨을 걸고 한바탕 붙었겠죠, 뭐!"

"하기야 그러지 않으면 윤상이 아니겠지! 하지만 너는 성질을 좀 죽여야 해. 참을성도 키우고 말이야. 져주는 것이 곧 이기는 것이라는 여유와 배포도 키워야 해. 앞으로도 계속 성질나는 대로 걷어차고 갈아엎고 할 거야? 네가 무슨 건달이냐? 우리는 인간세상의 연화煙火를 먹고사는 평범한 인간이지 결코 신선이 아니야. 때문에 성인들처럼 욕심을 벗어던지고 비워버리는 것을 잘 못하지. 그러나 억제는 얼마든지 할 수 있지 않겠어? 장정옥을 좀 따라 배우라고. 그 사람은 만 마디의 옳은 말보다 한 번의 침묵이 더 값지다는 것을 신조로 삼고 자신을 다스리는 사람이야. 잘 생각해봐. 조정의 대신들 중에서 장정옥처럼 시종일관 자신의 목소리를 내고 자신만의 색깔을 고수하면서 그렇게 오랫동안 영총榮寵(황제의 은총)을 받는 사람이 어디 있는지? 유가儒家에서는 그것을 신독愼獨의 공부功夫라고 부르지……."

윤진이 말 위에서 천천히 입을 열었다. 윤상은 경전에 나오는 말들까지 들먹이면서 장시간에 걸쳐 이어진 윤진의 훈계를 말없이 듣고만 있었다. 그러다 갑자기 피식 웃음을 터트렸다.

"넷째 형님, 아무리 그래도 저처럼 호부니 형부니 떠돌아다니면서 뼈 빠지게 일해주고 나중에는 오줌바가지나 뒤집어쓰는 개 같은 팔자는 없을 거예요! 요즘 들어 처음으로 죽음의 유혹에 빠져봤어요. 그런데 오늘 형님 얘기를 들어보니 죽을 용기로 힘차게 살아가는 것이 더 나을 것 같네요."

윤상의 '상태'는 윤진의 격려에 조금 호전되기 시작했다. 그러자 이번에는 윤진이 우울해졌다. 중이 제 머리 못 깎는다고, 그럴싸하게 윤상을 설득했으면서도 정작 자신은 가슴 가득한 우려와 초조함을 지울 수가 없었던 것이다.

그가 한참 고개를 숙이고 생각에 잠겨 있는 듯하더니 가벼운 한숨을 내쉬면서 물었다.

"너, 음력으로 시월 팔일 생이지?"

느닷없는 윤진의 질문에 윤상이 어리둥절한 표정으로 대답했다.

"저는 강희 이십오 년 시월 초하루 생이에요. 귀신이 설을 쇠고 난 날에 태어나서인지 더럽게도 재수가 없어요!"

"미안하다. 요즘 정신이 없어서 생일도 못 챙겨주고."

윤진이 진심으로 미안한 표정을 지었다. 이어 다시 서글픈 마음이 드는지 한숨을 내쉬면서 덧붙였다.

"우환이 들끓을 때 태어나 안락하게 죽어가는 것도 그다지 나쁘지는 않아. 나는 요즘 들어 부쩍 너에게 제대로 된 정실부인 한 명을 골라 주고 싶다는 생각이 들어. 지난번에 다섯째가 그러더군. 비양고費揚古의 조카딸이 여러모로 보아 썩 괜찮다는 것 같고. 네가 괜찮다면 내일이라도 당장 가서 알아보마."

윤상이 갑작스런 윤진의 엉뚱한 말에 고개를 숙였다. 이어 한참이나 생각에 잠겼다. 그리고는 마침내 처녀처럼 수줍음을 타면서 입을 열었다.

"저는 이미……, 마음에 담아둔 여자가…… 있어요."

"그래?"

윤진이 깜짝 놀라면서 윤상을 향해 고개를 돌렸다. 그리고는 한참 윤상의 얼굴을 들여다보더니 천천히 입을 열었다.

"만주족? 한족?"

"한족 여자예요."

"안 돼!"

"사람이 좋아요. 그래서 정신없이 정이 가는데 무슨 만주족, 한족을 따져요? 그 여자는 게다가 아직 낙호樂戶 호적에 있는 걸요!"

"그건 더더구나 말도 안 돼! 너, 왜 그렇게 황당한 짓을 저지르고 다니는 거야?"

윤상과 윤진이 거의 동시에 말고삐를 잡아당겼다. 이어 바로 멈춰 섰다. 그러자 뒤따르던 80여 명의 왕부王府의 호위들도 즉각 움직임을 멈췄다. 두 형제 사이에 무슨 일이 있는지 궁금해하는 눈치였다.

윤진은 납덩어리 같이 무거운 잿빛 구름이 드리워진 하늘을 올려다봤다. 어느새 흰 종이를 갈기갈기 찢어놓은 것 같은 굵은 눈발이 날리기 시작했다.

먼저 윤상이 천천히 입을 열었다.

"넷째 형님도 아실 거예요. 강하진에서 우리에게 구출된 아란……."

윤진이 윤상의 말을 듣자마자 눈을 지그시 감았다. 그리고는 연신 머리를 가로저었다.

윤상이 윤진을 설득하려고 급히 말을 이었다.

"제가 돈을 주고 사오겠어요. 그러면 넷째 형님이 내무부에서 문서를 만들어 기적旗籍에 넣어주세요. 안 될까요?"

"아우, 가법家法이라는 것이 얼마나 무서운지 모르는가? 세상에는 비밀이라는 것이 없어. 오죽하면 세상 사람들이 모르게 하려면 그 일을 하지 않는 것만이 유일한 방법이라는 말이 다 있겠는가. 게다가 자네가 하려는 일은 여덟째의 눈을 결코 피해갈 수 없는 것이야! 세상에 좋은 여자가 얼마나 많은가. 그런데 자네는 하필이면 천민의 딸에게 발목이 잡혀 그러는가. 안 돼!"

윤진의 표정은 어두웠다.

"천민이라뇨? 제가 알기로는 그리 멀지 않은 과거에 우리 형제들

중에서도 그런 경우가 있었던 것으로 기억하는데요? 마음이 부처님 같던 어떤 황자마마가 한족 여자와 사랑에 빠졌다더군요. 그러나 둘은 어느 누구에게도 축복받지 못하는 사랑을 했다고 하더군요. 말하자면 생과 사의 줄다리기를 한 셈이죠. 그러다 그 여자는 자신의 부족 사람들에 의해 감나무 밑에서 불에 타 죽었고요. 죽어가는 여자의 마지막 눈빛을 영원히 잊을 수 없는 황자는 이후로 현실에 대해 냉담한 태도로 일관했죠. 급기야 마음이 철석같이 굳어버렸다는 후문까지도……."

윤상이 사정없이 윤진의 말허리를 자르며 차갑게 말을 쏟아놓았다.

순간 윤진의 얼굴이 사색이 되면서 눈물이 잠깐 어리는 듯했다. 그러나 곧바로 갑자기 무서운 표정을 지으면서 윤상의 뺨을 있는 힘껏 후려갈겼다. 윤상의 말이 채 끝나기도 전이었다. 이어 이성을 잃은 채 마치 집어 삼킬 듯이 마구 소리를 질렀다.

"꺼져! 사자원으로 돌아가! 한 번만 더 그 일을 거론했다가는 그날로 우리 사이는 끝장인 줄 알아!"

윤진이 말을 마치고는 곧바로 말에 박차를 가하며 내달려 저만치 도망치듯 가버렸다. 윤상은 한 대 얻어맞았음에도 마음은 훨씬 가벼워졌는지 바로 그의 뒤를 따랐다.

두 사람이 사자원으로 돌아왔을 때는 유시酉時 시작 무렵이었다. 토끼 꼬리 같은 겨울 해는 자취를 감추고 삭풍이 울부짖었다. 눈발은 점점 거세져만 갔다.

저 멀리 고복이 세 명의 세자와 함께 초롱불을 들고 나와 기다리고 있는 모습이 보였다. 그 옆에는 기러기 모양의 보자補子를 달고 모자에 청석靑石 정자頂子를 드리운 관리가 서 있었다.

윤상은 그가 대탁인 것을 알아보고는 윤진을 향해 큰 소리로 말했다.

"저기 대탁이 왔네요!"

윤진이 흠칫 놀라 뭐라고 입을 열려고 할 때였다. 어느새 대탁이 달려와서는 머리를 조아렸다.

"신 대탁이 넷째마마, 열셋째마마께 문안을 올립니다!"

"대탁! 이런 아첨꾼 같으니. 창주彰州에서 맡은 일이나 열심히 할 것이지, 누가 보자는 사람이 있다고 여기까지 찾아온 거야? 다들 지쳐서 비실비실하는데 혼자만 기름기 번지르르 해가지고! 뭐 쉽게 죽지는 않겠군."

윤상은 윤진의 아픔을 들추어내는 마지막 방법까지 씀으로써 아란에 대한 묵시적 동의를 얻어낸 후였다. 그러기에 기분이 좋아진 듯 반색한 얼굴로 말하고는 말에서도 가볍게 뛰어내렸다.

윤상은 어려서부터 옹친왕부에서 거의 살다시피 했다. 때문에 대탁과는 주종 사이를 초월하는 끈끈한 정이 있었다. 대탁 역시 그 점에서는 크게 다를 것이 없었다. 역시 반가운 기색을 드러내 보이는 윤진과 잠시 시선을 맞춘 다음 바로 윤상의 농담에 맞장구를 쳤다.

"열셋째마마께서 이렇게 건강하신데 제가 아쉬워서 이승에서 발걸음이 떨어지기나 하겠습니까? 열셋째마마께서 왕으로 봉해지신 다음 복진을 맞으시고 세자를 보실 때까지는 두 눈 부릅뜨고 이 악물고 살아야죠. 그래야 마음 놓고 염라대왕을 만나 뵈러 갈 것 같은데요?"

윤진이 대탁의 말이 끝나기도 전에 윤상과의 대화에 끼어들면서 그를 나무랐다.

"자네도 앞으로는 열셋째마마께 정중하게 예의를 갖췄으면 해. 그래 내가 보낸 서찰은 받았는가?"

"예, 받았습니다. 소인은 시월 칠일에 북경에 도착했습니다. 가서 보니 넷째마마께서는 이미 떠나신 뒤였습니다. 그러나 넷째마마의 명령대로 준화遵化에 있는 장원을 둘러보았습니다. 그리고 북경에 다시 돌아와서 연갱요가 북경에 와 있다는 사실을 알았습니다. 아마도 자신의 직무에 대한 보고를 하기 위해 온 것 같았습니다. 때마침 연갱요 역시 넷째마마를 뵙고 싶다고 해서 같이 오게 됐습니다. 오는 내내 길이 얼마나 험하던지……."

대탁이 정색한 얼굴을 한 채 황급히 대답했다. 윤진은 대탁의 말을 뒤로 하고 발길을 안으로 옮겼다. 그러나 윤상은 여전히 대탁에게 이것저것 물어가면서 함께 사자원 동북쪽에 있는 범청각梵淸閣으로 들어갔다. 대탁의 말대로 연갱요가 밖에 나와 대기하고 있었다.

오사도는 의자에 앉은 채로 윤진과 윤상을 맞이했다.

"두 분 황자마마의 표정으로 미뤄보니 오늘 성적이 썩 괜찮았나 봅니다?"

오사도가 웃으면서 얼굴로 말했다.

"그렇다면 좋게!"

윤진이 바로 대답했다. 말에는 웃음기가 전혀 없었다. 이어 윤진이 이어 대탁과 연갱요를 자리에 앉게 하고는 한숨을 내쉬었다.

"말도 말게. 오늘 하마터면 열셋째를 보전 사냥터에서 영영 잃어버리고 올 뻔했어!"

윤진은 곧 좌중의 사람들에게 사냥터에서 있었던 일의 자초지종을 자세하게 들려줬다.

오사도는 순간순간 날카로운 눈빛을 반짝이면서 열심히 귀를 기울였다. 그러나 윤진의 말에 끼어들어 자르지는 않았다. 대신 연갱요가 대탁과 시선을 부딪치는가 싶더니 입을 열었다.

"폐하께서 하필 그 소중한 옥여의를 들고 나오신 이유가 어디에 있었든 오늘 여러 황자마마들께서는 저마다 폐하의 의중을 짚어내느라고 안간힘을 쓰셨겠습니다."

드디어 오사도도 딱딱한 어조로 입을 열었다.

"겉보기에는 장황자마마와 열째마마께서 점수를 딴 것 같습니다. 그러나 여덟째마마께서 폐하를 천하의 성군인 요순堯舜에 비유했다는 사실이 예사롭게 들리지 않습니다. 폐하께서 요순과 같은 성군이라면 자신은 순 임금의 후계자인 대우大禹라는 말과 다를 바 없지 않겠습니까?"

윤진이 오사도의 말에 웃으면서 화답했다.

"나는 내 품에 들어오는 놈이나 가둬 잡았으나 큰형님은 장난이 아니던데? 눈에 아주 쌍심지를 켰더라고. 셋째 형님은 끝까지 손을 놓고 있었고. 그게 상책인지도 모르지!"

이번에는 연갱요가 나섰다.

"셋째마마는 글에는 능하셔도 칼 휘두르는 데는 실력이 조금 모자랄 겁니다. 하지만 폐하께서 그 특이함을 좋아하실 수도 있습니다. 그런데 열째마마께서는 조금 의외였던 것 같습니다."

오사도가 다시 껄껄 웃으면서 말했다.

"나는 아무리 생각해봐도 열셋째마마께서 한 번 뒤흔들어 놓기를 잘하신 것 같다고 생각합니다. 그 바람에 여덟째마마의 감춰진 속내를 살짝 엿볼 수 있지 않았습니까? 열째마마가 부정을 저질렀음에도 그를 위해 항변하는 그 마음 말입니다."

윤진이 갈수록 커지는 창밖의 눈꽃에 시선을 고정시킨 채 멍하니 생각에 잠겨 있는가 싶더니 길게 한숨을 내쉬었다.

"태자마마가 있는데도 형제들이 그처럼 따로 놀고 있어. 그런데 만에 하나 무슨 일이 있기라도 하면 어떻게 하지? 후유…… 무서워, 정말! 오늘 연파치상재로 갔더니 마제가 그러잖아. 형부에 들어온 지 불과 한 달 만에 여덟째가 폐하의 기대 이상으로 잘해냈다나? 폐하께서도 사람들이 모두 있는 데서 큰물에서 크게 놀 인물이라고 여덟째를 아주 극찬하셨다고 하더군. 자칫 나중에 몇 파전이 벌어질지 모르겠어. 정신 차리고 근신하지 않으면 고래싸움에 새우등 터지는 꼴이 될 수도 있겠어……."

윤진이 말을 마치자마자 앞으로 내려온 머리채를 뒤로 넘겼다. 그때 윤상이 손가락 마디를 부러뜨리면서 딱딱 소리를 냈다. 이어 냉소를 터트리면서 말했다.

"못된 송아지 엉덩이에 뿔난다더니, 그 인간들이 허황된 춘몽春夢은 잘 꾸지! 무슨 비밀이 그렇게도 많은지……. 사실 형부 살림은 여덟째 형님이 모두 주관하고 저는 뒤치다꺼리나 하는 입장이기는 해요. 그러나 장오가의 가짜 범인 사건처럼 흐지부지 대충 얼버무린 채 끝내버리는 의심스러운 사건이 얼마나 많은데요! 이유 없이 나를 괴롭히려 들었다가는 그냥 확 다 불어버리고 말거야."

오사도가 뭔가 할 얘기가 있는 듯 입을 열려 할 때였다. 갑자기 강아지가 다급히 들어오더니 인사도 하지 않고 직접 윤진에게 다가가 귀엣말을 했다. 그리고는 뒤로 물러나 명령을 기다렸다.

"태자마마께서 오셨네! 아무도 없이 혼자 오셨는데, 나와 단둘이 독대하고 싶다고 하셨다는군!"

윤진이 안색이 하얗게 질린 채 실눈을 뜨고는 가물거리는 촛불을 바라보면서 말했다. 이어 뭔가 짐작한 듯 심각하게 미간을 찌푸렸다. 그리고는 오사도를 힐끗 쳐다보았다. 그러다 한참 후 결단을 내린 듯 천천히 입을 열었다.

"자시子時가 다 됐지? 내가 과친왕果親王 숙부에게 가서 만취한 것으로 하지. 지금은 인사불성이니 내일 아침에 인사 올리러 간다고 해야겠어. 고복에게 나가서 태자마마께 그렇게 아뢰라고 해. 오늘은 그냥 돌아가시라는 말이지. 알겠는가? 나는 만취한 거야!"

강아지가 알겠노라고 하면서 달려 나가려고 했다. 그때 오사도가 황급히 그를 불러 세웠다.

"잠깐만!"

오사도가 강아지를 불러 세운 다음 잠시 생각을 정리했다. 그런 다음 다시 천천히 입을 열었다.

"자정이 넘은 야심한 시간에 다른 분도 아닌 태자마마께서 직접 오셨다는 것은 뭔가 심상찮은 사건이 터졌다는 것을 의미합니다. 그런데 어찌 그냥 돌려보낼 수가 있겠습니까? 넷째마마, 열셋째마마로 하여금 대신 만나보게 하는 것이 어떻겠습니까?"

윤진이 오사도의 말에 깨달은 바가 있는 듯 숨을 들이마시면서 대답했다.

"좋아! 열셋째, 자네가 나가보게. 다만 던지는 것을 받기만 해야 한다는 것을 명심해야 하네!"

오사도가 윤진의 말에 황급히 한마디를 덧붙였다.

"받기는 하되 바로 놓아버리십시오. 속마음을 비치거나 약속을 하셔서는 절대 안 됩니다."

"알겠네!"

윤상이 벌떡 일어났다. 이어 강아지를 앞세우고 밖으로 나갔다.

방 안에는 순식간에 정적이 감돌았다. 눈발이 창문에 부딪히는 소리만 단조롭게 들릴 뿐이었다. 불길한 예감이 공기마저 무겁게 짓누르고 있었다. 도대체 무슨 일이기에 이 눈 내리는 야밤에 태자가 아무도 없이 홀로 어둠을 가르고 나타났다는 말인가? 그렇게 절박한 사연이 도대체 무엇이란 말인가?

오사도가 좌중을 둘러보고 나서 멍한 표정으로 앉아 있는 윤진을 향해 말했다.

"넷째마마, 저하고 같이 가셔서 병풍 뒤에 숨어서 엿들어 보는 게 좋겠습니다."

윤진이 오사도의 말에 애써 진정을 하는 것 같았다. 그리고는 불안 감이 역력한 얼굴로 말했다.

"열셋째 혼자서도 잘할 거야."

오사도는 윤진이 황자의 체면에 엿듣는다는 것이 스스로 용납이 되지 않아 그런다는 것을 너무나도 잘 알았다. 그러나 지지 않고 지 팡이를 세운 채 계속 자신의 주장을 피력했다.

"큰일을 앞두고 작은 일이라는 것은 있을 수 없습니다. 저는 직접 목소리도 들어보고 표정도 살펴야 제대로 된 판단을 할 수 있을 것 같습니다. 저 혼자만이라도 가겠습니다."

오사도는 말을 마치기 무섭게 가벼운 지팡이 소리를 내면서 밖으로 나섰다. 곧 그의 눈앞에 하얀 눈밭이 펼쳐졌다.

윤잉은 과연 양서헌養瑞軒에서 윤진을 기다리고 있었다. 그의 몸에 는 미처 녹지 않은 눈이 묻어 있었다. 또 뭔가 속이 타는 일이 있는 듯 뒷짐 진 손은 팔목을 으스러지게 움켜쥐고 있었다. 윤상이 잠시 숨을 고르는가 싶더니 바로 다가가서 인사를 올렸다.

"눈 내리는 밤에 홀로 어둠 속을 거닐다니요? 태자마마, 이렇게 낭 만적인 분이신 줄은 정녕 몰랐습니다. 그것도 직접 이곳 사자원까지 오시다니 말입니다."

"열셋째, 자네로군!"

윤잉이 윤상의 갑작스런 등장에 화들짝 놀랐는지 안색이 파리해졌다. 윤상은 그런 윤잉을 보는 순간 자라 보고 놀란 가슴 솥뚜껑 보고 놀란다는 말을 떠올랐다. 윤잉이 크게 놀란 듯 가슴을 쓸어내리면서 물었다.

"자네 넷째 형은?"

윤상이 짐짓 웃음을 지으면서 물었다.

"평소에는 술을 입에 대지도 않는 분이지 않습니까? 그런데 오늘은 일곱째 삼촌한테 가서 잡혀버렸습니다. 극성스러운 숙부님 성화에 못 이겨 다소 과하게 마셨나 봅니다. 왝왝거리면서 다른 사람은 다 깨워놓더니 지금은 혼자 신나게 주무시고 계십니다. 그런데 태자마마, 밤길 오시느라 지나치게 긴장을 하셨나 봅니다. 안색이 너무 좋지 않으십니다. 여봐라, 거기 누구 없나? 송아지 있는가? 빨리 태자마마께 따뜻한 찻물 한잔 올려라. 흑설탕과 생강 좀 섞어서, 알았지?"

윤잉은 아무것도 모른 채 덜렁거리는 윤상을 초조하고 불안한 시선으로 바라봤다. 그리고는 한숨을 내쉬었다. 이어 고복에게 시녀와 태감들을 잠시 물러나 있도록 하라는 명령을 내렸다.

윤상이 뭔가 큰일이 발생한 것은 분명하다고 생각하고는 마음을 다잡으면서 떠보는 말투로 물었다.

"그런데 아까 말씀드린 것처럼 무슨 걱정이 있으신 것 같습니다. 넷째 형님이 저렇게 인사불성이니 저에게라도 털어놓을 수 있는 일이라면 말씀해보십시오. 같이 고민했으면 좋겠습니다. 아니면 내일 아침 일찍 제가 넷째 형님을 모시고 청서산관으로 찾아뵈어도 되고요."

윤상이 계속 압박을 가했다. 윤잉도 한참이나 아래인 동생이 그렇게 나오자 어쩔 도리가 없는 듯했다. 몇 번이나 입을 열려고 했으나 한숨을 내쉬다 말고는 도로 입을 다물어버렸다.

한참이나 망설이던 윤잉은 결국 고개를 숙인 채 눈을 지그시 감았다. 이어 기운 없이 입을 열었다.

"열셋째, 솔직하게 대답해 주기를 바라. 평소에 태자인 이 형님이 너한테 어떻게 대해줬다고 생각해?"

"도대체 그게 무슨 말씀입니까? 당연히 태산 같은 은혜를 입고 있고 늘 감격하면서 살죠! 저와 넷째 형님이 태자 형님과 불가분의 관계라는 것을 모르는 사람은 없을 겁니다. 태자 형님께서는 제가 어려서부터 커오는 것을 모두 지켜보셨습니다. 또 다른 형님들의 괴롭힘에서 많이 보호해주시지 않았습니까! 태자 형님과 넷째 형님이 계시지 않았더라면 저는 벌써 이 세상 사람이 아닐 겁니다."

윤상이 얼굴 가득 의아하다는 표정으로 대답했다. 그러자 윤잉이 붉은 치맛자락을 나풀거리면서 춤추는 듯한 촛불을 오랫동안 바라보더니 눈물을 주르륵 흘렸다. 눈물은 순식간에 볼을 타고 방울져 흘러내렸다.

순간 크게 당황한 윤상이 황급히 다가갔다.

"태자마마! 왜 그러십니까?"

"아니야. 자네와는 무관한 일이야."

윤잉은 말을 마치고는 손수건을 꺼내 눈물을 닦아냈다. 윤상이 다시 황급히 말했다.

"주인의 근심은 신하의 굴욕입니다. 또 주인이 모욕을 당하면 바로 신하의 죽음이라고 했습니다. 태자마마께서 이렇게 상심하시는데, 저하고 무관한 일이라니요?"

밖에서 잠깐 사르륵사르륵 하는 소리가 들렸다. 윤잉은 순간 두려움에 몸을 소스라치게 떨며 움츠렸다. 곧이어 유난히 요란스럽게 들리는 자명종 소리가 열두 번 울렸다. 윤잉이 몸을 바르르 떨면서 공포에 질린 눈을 지그시 감더니 갑자기 의자에서 미끄러지듯 떨어졌다. 그리고는 윤상의 발밑에 쓰러져 무릎을 꿇었다.

"세상에! 세상에! 태자마마!"

윤상이 사색이 된 얼굴을 한 채 황급히 무릎을 꿇고는 마주앉았다. 이어 윤잉을 똑바로 쳐다보면서 다그쳤다.

"하늘이 무너져 내리든 땅이 꺼져버리든 좋습니다. 도대체 무슨 영문인지 이유나 좀 말씀해주십시오!"

윤잉이 공포와 불안 때문에 한껏 구겨진 얼굴을 들었다. 그러나 한참 동안 윤상을 바라보기만 했다. 한참 후 그가 간신히 이빨 사이로 짜내듯 더듬더듬 말했다.

"아우, 나에게 큰 재앙이 찾아왔어! 이제 나는 태자 자리에 더 이상 있을 수 없게 됐어!"

윤잉의 자질 문제가 사람들의 입방아에 오래 전부터 오르내린 것은 사실이었다. 그러나 윤상은 그런 현실을 받아들일 준비가 돼 있지 않았다. 그래서였을까, 그는 눈앞이 가물거리고 귓전이 어지러워지는 기분을 느꼈다. 가슴이 터져버릴 것만 같았다. 금방이라도 숨이 멈출 것 같기도 했다.

관자놀이가 무섭게 뛰고 경악을 금치 못하는 윤상을 쳐다보면서 윤잉이 덧붙였다.

"다름이 아니라 내 가족을 부탁하고 싶네. 넷째는 차갑기가 돌덩이 같지만 빈틈은 없잖아. 그리고 자네는 욱하는 성질이 있지만 마음만은 누구보다도 따뜻한 사람이야. 자고로 폐위당한 태자들의 운명은 크게 다르지 않았어. 바로 죽음과 직결됐지. 나는 죽는 것이 두렵지는 않아. 다만 세자가 아직 너무 어려서……."

윤잉이 더는 말을 잇지 못했다. 그래서 그런지 목젖도 세차게 오르내리고 있었다.

"제발 부탁입니다. 도대체 무슨 일입니까?"

윤상이 다시 간절하게 물었다.

"너무 억울하고 마음이 복잡해서 한마디로 말할 수가 없어. 폐하의 성총을 믿고 나에게 마수를 뻗친 소인배가 있다는 것만 알아둬. 당장 크게 화가 나신 폐하께 뭐라 해명할 수도 없고 죽겠어. 언제인가는 눈 속에 묻힌 시체처럼 저절로 진실이 밝혀지겠지만 말이야. 아우, 자네와 넷째만은 절대 나를 버리면 안 되네!"

윤잉의 말은 여전히 아리송했다. 그렇다고 윤상으로서는 쉽게 말을 못하는 사정을 캐기 위해 더 이상 태자를 다그칠 수도 없었다. 급기야 그가 윤잉을 일으켜 주면서 말했다.

"우리는 엄연한 군신君臣 사이입니다. 태자마마를 위해서라면 목숨이라도 선뜻 내놓을 수 있는 저희들입니다. 무슨 일이 있더라도 끝까지 지켜드리겠습니다. 태자비와 세자에 대해서는 절대로 걱정을 하지 마시고 저에게 맡겨주십시오."

윤잉의 처량한 눈에 또다시 눈물이 가득 고였다. 그야말로 공포에 떠는 절망적인 모습이었다. 그가 단조롭게 움직이는 시계바늘을 오래도록 주시하더니 입을 열었다.

"이제 가봐야겠어. 떠나야지……. 가야지, 이제는……."

태자는 잠꼬대를 하듯 중얼거리면서 밖으로 발걸음을 옮겼다. 그의 몸은 몹시 비틀거리고 있었다. 그러나 쓰러지지는 않은 채 솜 무더기 위를 걷듯 위태롭게 다리를 옮겨놓으면서 눈밭으로 사라졌다. 이름 모를 공포에 사로잡혀 그대로 굳어버린 윤상을 뒤로 한 채.

윤상은 눈을 가득 뒤집어쓴 채 멍하니 윤잉이 사라진 곳을 바라보고 있었다. 갑자기 차가운 바람이 몰아쳤다.

그가 몸을 떨면서 방으로 들어가려 할 때였다. 등 뒤에 오사도가 서 있는 모습이 보였다. 그가 물었다.

"넷째 형님은?"

"같이 오지 않으셨습니다. ……다 들었습니다. 열셋째마마, 저의 주문을 잊어버리셨던 것 같습니다. 들어주시는 걸로 끝났어야 했었는데……."

오사도의 말은 얼음처럼 차갑고 냉정했다. 그 속에는 자신의 말을 들어주지 않은 것에 대한 아쉬움이 물씬 묻어나고 있었다. 이어 그가 몸을 돌리면서 덧붙였다.

"갑시다. 가서 넷째마마하고 같이 고민해 봅시다."

윤상이 애써 웃으면서 오사도와 어깨를 나란히 한 채 걷기 시작했다. 어둠 속에서 얼굴은 똑바로 쳐다볼 수 없었으나 그의 눈에 들어온 오사도의 눈빛은 예리하게 빛나고 있었다. 윤상은 그와 함께 걸어가는 내내 입을 꼭 다물었다. 그러나 부지런히 머리는 굴리고 있었다.

'이 절름발이가 과연 무슨 생각을 하고 있을까?'

얼마 후 범청각의 돌계단 위에서 초조하게 기다리는 윤진의 모습이 보였다. 윤진이 두 사람을 방으로 안내하면서 고복에게 강경한 어조로 특별히 지시를 내렸다.

"집안사람들을 불러 분명히 일러두게. 오늘 저녁 일을 조금이라도 발설했다가는 구족九族을 멸할 것이라고 말이야!"

고복이 혼비백산한 표정으로 연신 대답을 하면서 물러갔다. 연갱요와 대탁 역시 상황이 심상치 않다고 생각한 듯 문 앞으로 가서 직접 망을 보기 시작했다.

윤진은 윤상으로부터 자초지종을 다 전해들었다. 역시 윤상처럼 마음이 몹시 심란한 듯했다. 그가 미간을 찌푸린 채 말했다.

"한밤중에 찾아왔으면 말이라도 시원하게 해주고 가야 지켜주든가 말든가 하지. 끝까지 의혹만 남겨놓고 가면 어떻게 하라는 말이야. 폐위당해도 왜 당하는지를 알아야 할 것 아니야!"

윤진의 반응은 다소 신경질적이었다. 그러나 오사도는 달랐다. 고개를 뒤로 젖혀 크게 웃기까지 했다. 그가 천천히 입을 열었다

"넷째마마도 참! 뻔할 뻔자 아닙니까? 뭘 물으십니까?"

윤상이 오사도를 놀란 표정으로 쳐다봤다. 이어서 약간은 비아냥거리는 어조로 물었다.

"그러는 오 선생은 뭐 신선이라도 되는 거야? 남의 속을 꿰뚫는 특이한 재주라도 있다는 말인가?"

오사도가 여전히 웃음을 머금은 채 대답했다.

"신선은 아닙니다. 그러나 현상을 보고 판단할 수는 있습니다. 폐위당하는 것은 보통 역모의 죄를 범했거나 심궁深宮을 범했을 경우에 이뤄질 수 있습니다. 그런 경우라야 이토록 갑작스럽게 이뤄지는 겁니다. 그러나 이곳에서 태자마마가 역모를 꾀할 수는 없습니다. 그러려면 사전에 열셋째마마와 충분한 상의를 해야 합니다. 따라서 그건 불가능하다고 봐야 합니다. 제가 보기에는 분명히 후자 쪽입니다."

오사도는 확신에 찬 모습이었다. 윤진은 턱을 괸 채 조용히 오사도의 말을 몇 번이나 곱씹으며 생각에 잠겼다. 그러다 고개를 저으면서 천천히 입을 열었다.

"설령 그런 일이 있었다고 해도 국가의 근본이 뒤흔들릴 정도는 아니야. 나도 얘기는 어느 정도 들었어. 정춘화라는 귀인과 무슨 문제가 있다고 했어. 그러나 그녀는 흔하디흔한 귀인 중의 한 명에 불과해. 그런 여자 때문에 태자의 지위를 버린다니, 그게 어디 될 법이나 한 얘기야?"

오사도가 윤진의 항변에 그렇지만은 않다는 듯 히죽 웃음을 흘리면서 말했다.

"그게 전부는 아닐 수도 있습니다. 그러나 적어도 도화선이 됐을 가능성은 크다고 생각합니다!"

연갱요가 윤진의 말에 꼬박꼬박 대꾸하는 오사도가 못내 눈에 거슬렸는지 순간적으로 눈썹을 일그러뜨렸다. 주인이 스승으로 섬기는 사람이므로 대놓고 뭐라고 할 수도 없고 성질만 났기 때문이었다. 하지만 결국 얼마 후에는 더 이상 못 참겠다는 듯 입을 열었다.

"그럴 리는 없겠으나 오 선생은 꼭 태자마마의 횡액을 즐기시듯 말씀하십니다? 아시겠지만 태자마마는 넷째마마에게 있어 산 같은 존재입니다. 태자마마께서 잘못 되시면 넷째마마에게도 좋을 것은 하나도 없습니다."

"연 어른! 《역경》에 이르기를 '궁하면 변하고, 변하면 통하고, 통하면 오래 간다'窮卽變 變卽通 通卽久라는 말이 있지 않습니까? 그 산이 빙산이라면 없는 것보다 못하지 않겠어요? 지금은 우리끼리 이러고 입방아 찧을 때가 아닙니다. 격변을 준비해야 할 비상시기인 것이 확실해요."

오사도가 말을 마치자마자 씩 하고 웃었다. 수척한 얼굴에 걸린 자신만만한 한 가닥의 미소였다.

"둥지가 통째로 땅에 떨어지면 그 속에 온전한 알이 남아 있을 리가 없지 않겠는가!"

윤진이 연갱요와 오사도의 설전에 끼어들면서 말했다. 그 역시 고민이 되는지 한숨이 깊어지고 있었다.

얼마 후 신경을 곤두세우고 대안을 마련하느라 깊은 생각에 잠겨 있던 오사도가 몸을 뒤로 젖힌 채 말했다.

"다행히 우리는 먼저 실태를 파악했습니다. 때문에 아직은 대처할 시간이 충분히 있습니다. 일단 태자마마께서 전에 넷째마마 앞으로 보낸 서찰은 전부 태워버려야겠습니다. 또 연 어른은 오늘 저녁에 사자원에 머무르시지 말고 바로 돌아가셨으면 합니다. 밖에서 군사를 이끌고 계시기 때문에 만에 하나 불필요한 의심을 받을 수 있습니다. 또 이곳의 주둔군은 전에 열셋째마마 지휘 하에 있던 고북구古北口의 병사들인 만큼 지금 이후로 군관들의 면담 역시 절대 사절해야겠습니다. 그리고 다른 황자들과의 접촉도 피하는 것도 좋겠습니다. 불에 데지 않으려면 물러나 있는 것이 상책입니다. 사태를 조용히 주시하고, 경우에 따라서는 어부지리를 얻는 것도 나쁠 것은 없습니다. 하늘이 군자에게 역경을 내리는 것은 바로 군자에게 복을 주는 것과 마찬가지라고 했습니다. 이것은 천고불변의 진리입니다. 오늘 저녁에 뭔가 다른 소식도 있을 텐데……."

오사도의 예상은 정확히 맞아떨어졌다. 그의 말이 채 끝나기도 전에 고복이 달려 들어와 헐떡거리면서 아뢰었다.

"두 분 황자마마! 덕룽태 군문께서 밀지密旨를 전하러 오셨습니다!"

좌중의 사람들은 약속이라도 한 듯 일제히 자리에서 튕기듯 일어섰다. 그리고는 서로를 번갈아 쳐다보면서 시선으로 대화를 주고받았다. 그때 오사도가 웃으면서 말했다.

"그러면 그렇지! 연 어른, 대탁! 우리는 그만 물러갑시다."

오사도의 말에 긴장으로 인해 안색이 다소 창백해진 연갱요와 대탁이 기계적으로 머리를 끄덕였다. 그리고는 다른 방으로 들어가서 창밖을 내다봤다.

과연 '연파치상煙波致爽'이라는 글씨가 새겨진 초롱불을 든 사람들이 두 줄로 나뉘어 걸어오는 모습이 보였다. 그들 중에서 가장 먼저 작고 다부진 몸매에 다리가 약간 밖으로 휜 덕릉태가 장화 발에 밟혀 뽀드득 소리를 내는 눈밭을 헤치고 성큼성큼 다가와서는 범청각에 들어섰다. 이어 우비를 벗고 남쪽으로 다리를 모으고 서더니 윤진과 윤상을 향해 말했다.

"사황자 윤진, 십삼황자 윤상에게 지의가 계십니다!"

"성훈聖訓에 귀 기울이겠사옵니다!"

윤진과 윤상이 무릎을 꿇고는 머리를 조아린 채 우렁차게 대답했다.

덕릉태는 원래 몽고 씨름판의 제일가는 영웅이었다. 강희의 눈에 들어 황실로 뽑혀온 것도 힘이 장사였기 때문이었다. 하지만 그는 한어가 짧은 것이 흠이라면 흠이었다. 곧 그가 칙서勅書 없이 더듬거리면서 강희의 구유口諭를 외워서 말하기 시작했다.

"오늘 이 시간 이후부터 '체원주인'體元主人의 인새印璽를 전면 사용 중지한다. 태자의 인새도 마찬가지이다. 장황자 윤제를 총령행궁숙위總領行宮宿衛, 삼황자 윤지를 총령열하주군행영포방사總領熱河駐軍行營布防事로 임명한다. 그리고 짐의 친필 수유手諭 없이는 어느 누구라도 군사를 동원할 수 없다는 사실을 분명히 하는 바이다. 이번에 수행한 모든 시위와 친병, 선박영 병사 및 주둔군은 장황자 윤제, 삼황자 윤지, 사황자 윤진 및 상서방 대신 마제의 명령하에 움직여야 한다. 황태자 윤잉은 건강상의 이유로 잠시 요양이 필요하기 때문에 신하들이 찾아가서 인사하는 것조차 방해가 된다. 그러니 잠정적으로 중단해주기를 바란다!"

"예……, 폐하! 지의를 정성껏 받들겠사옵니다!"

"그리고…… 윤제, 윤지, 윤진, 윤사를 친왕으로 추가로 봉한다. 또 원래의 호칭을 사용한다. 모든 황자는 지금 당장 계득거戒得居로 가서 지의를 기다리라!"

덕룽태가 이어 말했다.

"예, 폐하! 성은이 망극하옵니다!"

윤진이 다소 어리벙벙한 표정을 짓는가 싶더니 황급히 머리를 조아렸다. 그러자 윤상도 따라서 머리를 숙였다.

윤상은 고북구에서 군사훈련을 한 경험이 있기 때문에 오래 전부터 덕룽태를 잘 알고 있었다. 어떻게 보면 덕룽태는 윤상의 사람이라고 해도 좋았다. 그랬기에 윤상은 물러가려는 덕룽태를 붙잡고 히히 웃으면서 말을 걸었다.

"덕룽태! 뭐하는 거야, 개폼을 다 잡고! 이제는 내가 시시해서 알은체하기도 싫다 이거야? 서둘러 가봐야 끼고 잘 여자도 없을 텐데! 그러지 말고 우리 술이나 한잔 할까?"

"열셋째마마! 저는 목이 마르지 않으면 술을 마시지 않습니다. 바로 냉향정冷香亭으로 가봐야 합니다."

덕룽태가 사정하듯 가련하게 인상을 찌푸린 채 씩 하고 웃어보였다. 이어 덧붙였다.

"태자마마에 대해 궁금한 것을 물어보려고 그러시는 줄 잘 압니다. 방금 셋째마마께서도 알려달라시는 것을 모른다고 딱 잡아뗐습니다."

윤진은 스스로 비밀을 술술 털어놓는 덕룽태의 바보 같은 순수함에 피식 웃지 않을 수 없었다. 윤상이 그런 순진한 덕룽태를 붙잡더니 기어이 술잔에 술을 따라주었다. 그리고는 연이어 세 잔을 건배했다. 이어 묘한 웃음을 지으면서 물었다.

"이게 간이 배 밖에 나왔나? 천하의 열셋째마마까지 속이려고 드는 걸 보니! 냉향정에는 태자마마도 계시지 않는데, 거기는 뭐하러 간다는 거야?"

덕릉태는 윤상의 말에 비로소 자신의 실수를 뒤늦게 깨닫는 듯했다. 경황없이 공수拱手를 해보이고는 황망히 자리를 떴다.

그때 오사도가 윤상의 등 뒤에서 멀어져 가는 덕릉태 일행의 뒷모습을 바라보면서 물었다.

"냉향정에 누가 머무르고 있는지 알고 계십니까?"

윤상이 대답했다.

"몰라."

그러자 윤진이 우울한 얼굴을 한 채 쓸쓸한 어조로 말했다.

"나는 알지. 정 귀인, 즉 정춘화가 있지. 오 선생, 자넨 정말 귀신이야!"

25장
태자의 몸부림

　윤잉은 자신의 거처인 청서산관으로 돌아왔다. 눈을 너무 많이 맞아 완전히 눈사람이 따로 없었다. 그래도 그는 눈을 털 생각도 하지 못했다. 하루 종일 마치 긴 악몽을 꾸는 것처럼 마음고생이 이어졌으니 손가락 하나 까딱할 기운도 없었다.

　그는 사냥터에서 돌아오자마자 바로 연파치상재로 가서 강희의 잠자리 시중을 들었다. 이어 숙소로 돌아와서는 주천보와 바둑을 뒀다. 그리고는 귀신에 홀린 듯 냉향정으로 달려가 정춘화와 운우의 정을……

　그 모든 것은 그야말로 순식간에 일어났다. 기억이 잘 나지 않을 정도였다. 실제로 윤잉은 의식이 흐릿해지고 있었다. 그는 강희의 고른 숨소리를 분명히 들었다. 깊이 잠든 모습을 보고 나오지 않았는가. 그런데 한밤중에 냉향정으로 뒤따라와서는 망을 보던 태감을 쥐도 새도 모르게 죽이고 현장을 덮치다니…….

모든 것이 꿈만 같았다. 거짓말 같았다. 그러나 현실이었다. 소름 끼치는 강희의 웃음소리와 경멸에 찬 냉혹한 눈빛이 아직도 너무나도 생생하고 공포스러웠다……. 눈에 흠뻑 젖은 온몸이 쉴 새 없이 떨렸다. 추위 때문인지 공포 때문인지 알 수가 없었다.

저 멀리 절에서 두드리는 종소리가 눈발을 뚫고는 은은히 들려왔다. 그제야 윤잉은 자신이 청서산관의 수화문垂花門에 있다는 사실을 깨달았다. 그렇게도 악몽이기를 바라던 모든 일이 사실이라는 것이 고통스럽게 느껴졌다.

당황한 김에 넷째를 찾아가기는 했으나 그것은 활활 타오르는 불에 대접으로 물을 떠서 끼얹는 일이었다. 전혀 소용없는 짓이었다. 윤잉은 그 사실을 뒤늦게 깨달았다.

그가 그런 생각에 잠겨 있을 때 태감 하주아가 다가오더니 눈을 털어주면서 아뢰었다.

"장정옥 어른께서 서재에서 태자마마를 기다리신 지 오래 됐습니다. 난각으로 건너오라고 할까요? 아니면 태자마마께서 그리로 가시렵니까?"

"그래? 그래!"

윤잉이 흠칫 놀라면서 난각으로 향하던 발길을 다시 꺾어 서재로 돌렸다. 장정옥이 윤잉의 인기척을 듣고는 문어귀로 나오면서 인사를 올렸다. 진가유와 주천보도 무릎을 꿇었다.

윤잉은 그들이 모두 자리에 앉기를 기다렸다 갑자기 큰 소리로 웃으면서 말했다.

"정옥, 자네는 이제 그놈의 테지테보 자리를 그만 두게 돼서 속이 다 후련하겠는 걸?"

진가유와 주천보는 장정옥과 함께 태자를 기다리면서 어떻게 해서든 그가 찾아온 이유를 캐내려고 했다. 유도질문도 해보고 넘겨짚기도 하고 심지어 대놓고 물어보기까지 했다. 하지만 장정옥은 끝내 입을 다문 채 윤잉을 찾아온 이유를 말하지 않았다.

그러던 중 난데없이 윤잉의 말이 터져 나온 것이다. 두 사람은 삽시간에 그 자리에 굳어지고 말았다.

그때 장정옥이 가볍게 미소를 지으면서 대답했다.

"한번 태자태보는 영원한 태자태보 아니겠습니까? 저는 끝까지 태자마마를 보호해드릴 겁니다. 태자마마께서는 명석하신 분이니 스스로를 아낄 줄 아실 것으로 믿어마지 않습니다."

장정옥이 말을 마치고는 바로 남쪽을 향해 다리를 모으고 돌아섰다. 이어 천천히 입을 열었다.

"태자 윤잉에게 지의가 계십니다!"

"신 윤잉 경청하겠사옵니다……."

윤잉이 부들부들 떨면서 누군가에게 관절을 걸어 채인 듯 털썩 무릎을 꿇었다. 순간 그의 머릿속은 헝클어진 실타래처럼 혼란스럽게 변했다. 냉향정의 일을 어떻게 아뢸까 하는 생각이 우선 떠올랐다. 이어 진가유와 주천보가 자신이 저지른 사건을 어떻게 받아들일지에 대한 걱정도 몰려왔다.

그때 장정옥이 지의에 따라 강희 대신 물었다.

"구월 십육일, 자네는 탁합제托合齊, 경색도耿索圖, 능보凌普, 도이陶異, 윤진允晉, 노지변勞之辯 등의 사람들을 불러 술을 마셨다고 하더군. 그곳이 어디인가? 무슨 얘기가 오갔는가?"

"폐하께 아뢰옵니다. 신의 문하인 그들은 술직述職을 하기 위해 북경에 왔을 뿐이옵니다. 그러다 탁합제가 마련한 조촐한 술자리에 초대를 받아 갔사옵니다. 별다른 얘기는 없었사옵니다."

윤잉이 머리를 조아린 채 대답했다.

"그 자리에서 자네는 삼황자의 문하인 맹아무개가 머물러 있는 곳을 물었나, 묻지 않았나?"

윤잉은 강희의 추궁이 다행히 자신이 걱정했던 사안을 아슬아슬하게 비껴가는 것을 느꼈다. 서서히 긴장이 풀렸다. 그가 안도의 한숨을 내쉬면서 천천히 대답했다.

"삼황자의 문하인 맹광조라는 자가 약재를 구입하러 다닙네 하면서 도처에서 사사로이 외관을 사귀고 다닌다는 말이 있었사옵니다. 또 조정에 좋지 않은 언행을 일삼고 다닌다는 현지 총독의 보고도 받은 사실이 있었사옵니다. 그러던 차에 마침 그곳에서 신의 문하가 왔사옵니다. 그래서 사실 여부를 확인한 것뿐이옵니다. 당시 신은 거짓과 사기로 조정에 불이익을 가져다주는 일이 발생하기 전에 그자를 미리 북경으로 압송하는 것이 셋째 아우에게도 이로울 것이라고 말했을 따름이옵니다."

장정옥은 지의에 따라 물어볼 수는 있으나 답변을 강요하거나 반박할 권한은 없었다. 그래서일까, 그가 잠깐 머리를 끄덕이더니 다시 물었다.

"'나는 팔자도 기구해. 어쩌면 40년 동안이나 황태자밖에 못할까?'라는 말을 과연 한 적이 있느냐?"

장정옥은 애써 온화하게 말하고 있었다. 하지만 내용은 그렇지 않았다. 마치 서슬이 퍼렇게 선 칼날이 목을 겨누는 것 같았다. 주천보와 진가유는 오금이 저려 거의 기절할 지경이었다.

"폐하께 아뢰옵니다. 아들은 맹세코 그렇게 말하지 않았사옵니다. 태자가 된 지도 어언 40년인데, 그동안 국록만 축냈다, 자리만 지켰을 뿐이다, 이룩한 것이 아무것도 없다, 폐하의 기대에 미치지 못하는 것이 너무나 안타깝다……. 그렇게 말했을 뿐이옵니다. 게다가 이 말은 술김에 저도 모르게 내뱉은 말이옵니다. 절대 불신不臣의 마음은 없었사옵니다. 그러나 태자로서의 체통에는 어울리지 않는 말이옵니다. 뼈아프게 뉘우치고 있사옵니다. 폐하께서 절대로 용서하실 수 없으시다면 그 죄를 달게 받겠사옵니다."

윤잉이 완전히 사색이 된 얼굴을 한 채 떨리는 목소리로 대답했다. 이어 연신 머리를 조아렸다.

장정옥은 몰골이 말이 아닌 윤잉을 측은하게 바라보면서 속으로 가만히 한숨을 토해냈다. 그리고는 다시 입을 열었다.

"더 중요한 것이 있다. 자네는 오늘 저녁 십삼 황자 윤상을 만난 적이 있나? 솔직하게 답하라!"

윤잉이 놀란 사슴처럼 장정옥을 바라봤다. 오늘 밤에 동분서주하며 살길을 모색한 자신이 강희의 감시망 안에서 한 치도 벗어나지 못했다는 것을 알게 되었으니 그럴 수밖에 없었다. 그가 한참 후 다시 입을 열었다.

"만났사옵니다. 하지만 일상적인 얘기만 오갔을 뿐이옵니다. 바로 헤어졌사옵니다."

"능보가 군사 이천 명을 인솔하고 사사로이 행궁으로 달려왔다. 이 사실을 알고 있는가?"

윤잉은 깜짝 놀랐다. 그것만큼은 자신도 전혀 모르는 일이었다. 서재에는 갑자기 죽음의 기운이 몰려온 듯 으스스한 정적이 감돌았다. 그야말로 기상천외한 화불단행禍不單行(화는 홀로 오지 않는다는 의미)이었다.

'냉향정 사건만 해도 엄청난 일이라 감당하기 어려워. 그런데 어떻

게 그런 일이……. 이 정도 되면 누군가가 나를 아주 매장시켜버리려고 작정을 한 것이 아닌가!'

윤잉은 자꾸만 불길한 생각이 들었다. 온몸이 마비가 되는 듯 감각도 자꾸만 무뎌지고 있었다. 그가 한참 후에야 겨우 입을 열어 강희에게 묻듯 질문을 했다.

"과연……, 과연 그게 사실이라는 말씀입니까?"

"그렇습니다."

"아신兒臣은 모르는 일이옵니다!"

"그러나 능보에게는 태자마마의 수유手諭가 있었습니다!"

"수……유라니? 무슨 내용이었습니까?"

"폐하께서는 태자마마 본인의 대답을 듣고 싶어하십니다!"

"장 대인! 폐하께 이 한마디만 전해주게. 그것은 음모라고! 나는 무능한 탓에 일을 그르치고 행동에 부족한 점이 많아. 또 아들로서의 도리를 다 못한 것도 사실이야. 그러나 소인배들이 작당하고 대역죄를 덮어씌워 아들을 모함한다면 나는 죽어도 절대 눈을 감지 못할 것이라고 말이야!"

윤잉이 자신도 놀랄 정도의 큰 목소리로 외치듯 부정했다. 절망의 낭떠러지에서 필사적인 몸부림을 치는 사람이 따로 없었다. 장정옥이 강희의 지의에 의거해 질문을 마친 다음 길게 숨을 내쉬었다.

"그만 자리하십시오. 신의 불경不敬을 용서해주십시오. 어지御旨를 받은 몸이라 어쩔 수가 없었습니다. 어려서부터 성인 교육을 받아오신 태자마마가 아니옵니까. 신도 태자마마께서 인간적으로 간혹 작은 실수는 하실 수도 있을 것이라고 생각합니다. 그러나 병력을 동원해 궁중을 협박하는 일은 하지 않았을 것이라고 믿어마지 않습니다. 이 일에 대해서는 태자마마께서 폐하를 찾아뵙고 침착하게 말씀을 올리는 것이 좋을 듯합니다. 성명하신 폐하께서는 소인배의 작당에 놀아나실 분이 절대 아닙니다. 신도 돌아가서 태자마마를 위해 적극 변호하겠습니다."

"누가 자네에게 변호를 해달라고 했는가! 내가 지금 당장 연파치상재로 가서 직접 나의 결백을 주장할 거야! 믿어주시지 않아도 좋아. 그래봤자 죽기밖에 더하겠어? 죽는 거, 그거 별것 아니야!"

윤잉이 갑자기 내뱉듯 고함을 질렀다. 이어 횡하니 밖으로 나가려 했다. 그러자 이번에는 주천보가 악을 바락바락 쓰기 시작했다.

"형신衡臣(장정옥의 호) 대인, 말씀해주세요. 도대체 어떤 빌어먹을 놈이 부자 사이를 이간질해서 우리 태자마마를 이 지경으로 내몰았는지 말이오."

장정옥도 마음이 아프기는 주천보와 크게 다를 바 없었다. 난처한 기색이 역력했다. 그가 한참 후 긴 한숨을 지으며 대답했다.

"황당하고 분한 것은 이해하겠으나 자네와 진가유처럼 동궁을 떠나지 않고 지키고 있는 사람들도 모르는데, 내가 어찌 알겠는가? 태자마마, 잠시 기다려 보십시오. 지금 밖에는 선박영의 병사들이 지키고 있어 나가실 수 없을 겁니다. 폐하께서는 심기가 극도로 불편하십니다. 그러니 잘 생각해보시는 것이 좋을 듯합니다. 꼭 가셔야 겠다면 신이 계득거까지 동행하겠습니다. 폐하께서 황자마마들은 모두 계득거에 대기하라고 지의를 내리셨으니 반드시 그곳으로 움직이실 겁니다."

장정옥은 말을 마치자마자 바로 밖으로 나왔다. 이어 처마 밑에 멈춰 서더니 누군가를 불렀다.

"유철성!"

눈밭에 늘어선 호위들이 옆으로 계속 장정옥의 말을 건넸다. 한참 후에 유철성이 달려왔다.

"장 대인, 부르셨습니까?"

유철성은 안으로 들어서자마자 바로 윤잉을 발견했다. 곧 서둘러 예의를 갖춰 인사를 올렸다. 장정옥이 그에게 명령을 내렸다.

"자네는 여기 남아서 모든 서류와 상주문을 챙겨 연파치상재로 안전하게 옮겨놓도록 하게. 이곳의 태감과 관리들은…… 가두지는 말고 대신 절대 궁 밖으로 나가서는 안 된다고 못을 박아 두게."

"예!"

장정옥이 지시를 마치더니 다시 윤잉에게 눈길을 돌렸다.

"태자마마, 신의 수레가 저쪽에 있습니다. 같이 가시죠."

윤잉이 장정옥의 제안에 말 잘 듣는 아이처럼 기운 없이 머리를 끄덕였다. 그리고는 하늘을 올려다봤다. 누군가가 솜을 뜯어 내다버리는 것처럼 커다란 눈꽃이 끊임없이 내리고 있었다.

그는 다시 주위를 둘러봤다. 온 세상이 너무나도 낯설었다. 모두가 자신과는 다른 세상에서 사는 사람들 같았다. 곧 병사들이 줄지어 다가와 황제의 처소에 버금가는 청서산관을 빙 둘러싸기 시작했다.

윤잉이 천천히 수레 쪽으로 발길을 옮기는가 싶더니 갑자기 미친 듯이 웃어대기 시작했다.

"폐위 당한다는 것이 바로 이런 거로구나. 나도 세상을 헛살지는 않았어! 폐위까지 당해보고! 하하하하……."

계득거는 보전의 사냥터에서 연파치상재로 가는 길목에 있었다. 황제가 사냥에 지쳤을 때 잠깐 쉬어가도록 하기 위해 만든 곳이었다. 따라서 다른 곳에 비해서는 초라하고 다소 볼품이 없었다. 때는 해뜨기 직전의 어둠이 가장 짙은 때였다. 게다가 사나운 광풍마저 귀가 찢어지는 것 같은 소리를 지르면서 미친 듯 몰아치고 있었다.

강희는 자그마한 종잇조각 한 장을 손에 든 채 후전後殿의 따끈따끈한 온돌에 앉아 차를 마시고 있었다. 흥분한 눈빛은 형형하게 춤추는 촛불을 뚫어지게 노려보고 있었다. 무슨 생각을 하는지 얼굴에는 표정 하나 찾아보기 힘들었다.

그 앞에는 전신 무장을 한 채 허리에 장검을 찬 숙연한 표정의 장황자 윤제가 셋째 윤지와 나란히 서 있었다. 셋째는 시름에 겨운 듯 미간을 잔뜩 찌푸리고 있었다.

윤제와 윤지의 맞은편에는 안색이 죽은 사람의 그것을 방불케 하는 상서방 대신 마제가 고개를 숙이고 있었다. 강희로부터 하사받은 붉은 관포를 입은 채 따뜻한 난롯가에 앉아 있으면서도 몸이 끝없이 움츠러드는 모양이었다. 냉향정에서 있었던 일은 아직 모르고 있기는 했으나 자그마치 2000명의 병사를 거느린 능보가 태자의 수유를 들고 나타난 것이 대단한 충격으로 다가온 듯했다.

'폐하의 눈에 띄어 운 좋게 시위의 반열에 오른 장오가라는 젊은이가 미리 발견하고 알려주지 않았더라면 나는 지금쯤 형구를 찬 죄수로 전락했을 거야. 그러나 태자는 역모를 꿈꿀 만한 배짱은 없는 사람이야. 그런데 수유에는 분명히 '육경주인'毓慶主人이라는 인새가 찍혀 있다고 하지 않는가. 도대체 어떻게 된 일일까? 당연히 사람들을 불러 일일이 필체를 확인시키기는 했지. 심지어 태자의 태감인 하주아에게까지 보였어. 모두 '비슷한 것 같다'라는 말밖에 할 줄 몰랐어.'

마제는 계속 머리를 굴렸다. 골치가 아팠다. 물론 그는 어렴풋이 진실을 알 것도 같았다. 수유에서 애써 태자의 필체를 모방하려 한 흔적이 역력한 열셋째 윤상의 필체를 얼핏 본 듯도 했던 것이다.

그는 상서방의 밥을 먹은 세월만 무려 6년이었다. 이미 강희의 아들들을 너무나도 잘 알고 있었다. 어느 누구 하나 쉬운 상대가 아니었다. 사람 위의 사람이라는 사실을 자부하지 않는 이들도 없었다. 그만큼 태자의 수유 사건은 교묘하다고 할 수 있었다. 조금 더 깊이 파헤쳐 들어가면 열셋째의 필치를 모방하면서 어설프게 태자 수유까지 위조해 낸 음모 속의 음모일 가능성도 없지 않았다.

마제가 그렇게 생각하고 있을 때 윤지가 지독하게 무거운 침묵을 깨면서 조용히 입을 열었다.

"아바마마······."

"왜?"

"열하에 도착한 지 벌써 엿새째이옵니다. 그동안 왕공들을 접견하시랴, 산장을 시찰하시고 사냥터에 나가시랴 너무 바쁘셨사옵니다. 또 저녁에는 북경에서 날아온 상주문을 읽어보시지 않았사옵니까······. 아들이 가까이에서 지켜보기에 아바마마께서는 너무 지쳐 보이시옵니다. 어제 새벽부터 지금까지 한숨도 주무시지 못한 것으로 알고 있사옵니다. 미꾸라지가 물을 흐리는 재주는 있어도 집채 같은 파도를 일으킬 수는 없지 않사옵니까? 소인배들의 음모는 백일하에 드러났사옵니다. 구중九重을 울리는 폐하의 위력으로 그것들을 쓸어버리는 것은 식은 죽 먹기이옵니다! 아바마마께서도 이제는 춘추가 가볍지 않으시니 용체龍體에 각별히 신경을 쓰셔야 할 것이옵니다. 장정옥이 아직 오지 않고 있으니 그동안 잠깐이라도 눈을 붙이셨으면 하옵니다. 아들이 안마를 해드리고 당시唐詩를 읊어드리겠사옵니다······."

윤지의 목소리에는 살짝 눈물이 젖어 있었다. 아부의 기운이 다분했으나 진심인 듯한 분위기도 전혀 없는 것은 아니었다.

그러나 그순간 장황자 윤제는 윤지와는 전혀 다른 생각을 하고 있었다. 북경을 떠나 승덕으로 온 이후부터 자신의 위상이 눈에 띄게 높아진 것 같아 기분이 몹시 설레었던 것이다. 더구나 시위들을 총괄하는 영시위내대신이라는 자리는 아무리 생각해도 예사롭지 않은 자리였다. 어디 그뿐인가. 큰일을 앞두고 화복을 점치기 어려운 이 시점에서 황제가 자신의 진가를 알아주기 시작했다는 것이 신기하기만 했다. 당연히 기분이 하늘을 나는 듯 좋을 수밖에 없었다. 그는 당장이라도 콧노래가 눈치 없이 흘러나올 것 같아 걱정스럽기까지 했다.

그런 장황자였기에 속으로는 셋째가 아부를 떤다고 비웃으면서도 그가 혼자 점수 따는 것이 배가 아픈 듯 한마디 거들고 나섰다.

"아바마마, 셋째의 말이 지당하다고 생각하옵니다. 저와 셋째가 폐하를 굳게 지켜드릴 테니 모든 시름을 털어버리시고 푹 주무시옵소서. 그것이 폐하를 위한 길이자 우리 아들들의 복일 것이옵니다!"

강희 역시 시간이 흐를수록 쌓여만 가는 울분을 토해내야겠다는 듯 길게 한숨을 내쉬었다. 그리고는 이를 악문 채 말했다.

"짐은 화가 난 것이 아니야. 짐은 이 세상에 두려운 것이 하나도 없어. 여덟 살에 즉위해 산전수전 다 겪으면서 지켜온 자리야. 세 차례씩이나 친정을 나가는 등 피바다를 헤엄쳐 나왔어. 그런 짐에게 그까짓 능보라는 놈쯤이야 까불어 봤자 한주먹감밖에 더 되겠어? 하지만 짐이 보기에 능보 역시 누군가의 작당에 놀아난 것 같아. 짐이 속상한 것은 바보가 아닌 이상 윤잉이 어쩌다 저 모양이 됐는지 모르겠다는 거야! 악귀가 들러붙은 건지 아니면 무엇에 홀린 건지 모르겠어. 그렇지 않고서는 나름대로 괜찮았던 아이가 어찌 저럴 수 있는 것인가? 도무지 믿을 수가 없어!"

강희의 음성은 격정에 사로잡힌 듯 가볍게 떨렸다.

"……그 아이가 태어난 이후 짐이 쏟아 부은 정성은 이루 말할 수가 없어. 엄마 없는 설움도 큰데 밖에서까지 행여 상처를 입지 않을까 무작정 감싸고돌았지. 스승 하나를 선택할 때도 얼마나 신중했다고. 웅사리, 탕빈湯斌, 고팔대顧八代에서부터 지금의 왕섬에 이르기까지 누구 하나 이 시대의 석학이 아닌 사람이 있는가? 성인군자의 표상이 아닌 사람이 있냐고? 그런데 어디에서 저런 소인배나 저지르는 짓을 배운 것일까?"

강희가 신경질적으로 머리를 흔들었다. 윤잉과 정 귀인의 부적절한 관계를 떠올리기조차 싫었던 것이다. 그가 그래도 계속 괴로운 기분이 사라지지 않는지 두 손으로 얼굴을 쓸어내렸다. 급기야 눈가에 눈물이 그렁그렁 맺히기 시작했다.

"······저런 아이에게 어떻게 짐이 일생동안 심혈을 기울여 이룩한 이 강산을 넘겨줄 수 있겠는가? 그렇다고 폐위시키면 저 세상에 있는 태황태후마마와 황후에게 미안해서 어떻게 하나······."

강희는 진심으로 괴로워하고 있었다.

마제는 오랫동안 그를 곁에서 지켜봤으나 그토록 괴로워하는 모습은 처음이었다. 곧 자신도 참을 수가 없는지 고개를 숙여 눈물을 떨어뜨렸다. 윤제와 윤지는 서로 눈길이 부딪치는 순간 황급히 눈길을 피했으나 애써 우는 시늉은 했다.

그때 장정옥이 윤잉에게 지의를 전달하고 돌아왔다. 그러나 분위기가 축 가라앉았다는 것을 눈치 챘는지 잠시 주춤거렸다. 그리고는 잠시 멈칫하다가 조심스레 여쭈었다.

"폐하, 어디가 편찮으시옵니까? 안색이 너무 좋지 않사옵니다!"

"괜찮네! 그래 뭐라고 지껄이던가?"

강희가 태감이 건네준 물수건으로 얼굴을 문지르면서 물었다. 장정옥은 기다렸다는 듯 청서산관에서 있었던 윤잉과의 대화 내용을 자세하게 들려줬다. 그리고는 덧붙였다.

"태자마마와 같이 왔사옵니다. 태자마마께서는 지금 계득거 서각西閣에 자리하고 계시옵니다. 다른 황자마마들은 정전正殿에서 대기 중이시고요. 지금 황자마마들께서 계시는 계득거는 난로를 피우지 않아 너무 춥사옵니다. 또 이곳은 너무 건조한 것 같사옵니다. 그러니 폐하께서는 아무래도 연파치상재로 돌아가시는 것이 좋을 듯하옵니다. ……충분히 휴식을 취하신 다음에 다시 사건의 전말을 조사해도 늦지는 않을 듯하옵니다."

강희가 장정옥의 말을 귀 기울여 듣다 바로 냉소를 터트렸다.

"짐이라고 연파치상재로 가는 것이 싫어서 이러고 있겠나? 신변보장이 안 될 것 같으니까 그렇지. 자네, 조금 전에 황자들 있는 곳이 춥다고 했는가? 자네는 짐의 의중을 읽으려면 아직 멀었네. 형년, 자네가 가서 황자들은 전부 눈밭에 무릎을 꿇고 있으라는 짐의 명령을 전하게!"

장정옥은 황제와 황자들 모두를 위해 한 자신의 말이 오히려 강희의 화를 더욱 돋우었음을 알고 무릎을 풀썩 꿇었다. 그러나 자신의 고집을 꺾지는 않았다. 오히려 더욱 간절하게 말했다.

"아니 되옵니다, 폐하! 금지옥엽인 황자마마들을 어떻게……."

"걱정 붙들어 매게! 저 자식들은 몇 날 며칠을 저러고 있어도 끄떡없을 인간들이니까! 가당치도 않은 욕망에 불타는 저놈들을 구해주는 길은 눈 녹은 물이 스며들도록 엎드려 있게 하는 거야!"

강희가 소름끼치는 웃음을 지어보이면서 이를 악물었다. 장정옥이 황급히 다시 입을 열었다.

"소인은 달리 걱정하는 것이 아니옵니다. 폐하께서는 용체龍體를 보존하시고 용의 자손들을 아끼셨으면 하는 마음에서 그런 것이옵니다!"

장정옥의 그 말에 강희는 다시 한 번 냉소를 흘렸다.

"그 자식들 중에 누군가는 짐의 후계자가 될 것이니 후환이 두렵다 이건가? 그런 걱정은 천천히 해도 괜찮을 텐데? 여봐라! 가서 윤잉도 똑같이 눈밭에 엎드려 있으라고 전하라. 제까짓 것이 뭔데 난각에 떡하니 앉아 있어!"

"예, 폐하!"

형년이 바로 대답했다. 이어 지의를 전달하러 나갔다. 셋째가 그런 형년을 바라보다 조심스럽게 강희에게 다가가서 말했다.

"아바마마, 가까이에서 폐하를 시중드는 것도 좋으나 다 같은 혈육으로서 다른 형제들이 눈밭에 무릎을 꿇고 있는데 이러고 있으려니 실로 좌불안석이옵니다. 큰형님만 남아 있게 하시옵소서. 이 아들은 같이 나가 있었으면 하옵니다. 아들이 필요하시면 부르시는 대로 달려오겠사옵니다. 허락해주시옵소서!"

"그럴 것 없어. 너는 마제, 장정옥과 같이 짐 곁에 있어. 꼭 당시가 아니더라도…… 아무거라도 읽어주든가……!"

강희가 셋째의 말에 다소 여유를 찾은 듯했다. 곧 얼굴을 돌려 윤제에게도 한마디 했다.

"자네의 어깨가 무거워. 짐의 안전은 자네와 셋째에게 전적으로 달려 있어. 그러니 매사에 유의하고 조심해야겠어."

장황자 윤제는 셋째처럼 멋있는 말을 하지 못한 자신에게 은근히 짜증이 나 있던 차였다. 그 짜증은 티가 날 정도로 얼굴에 드러나고 있었다. 그러나 강희의 말을 듣는 순간 바로 돌변했다. 그가 황급히 비굴한 웃음을 지어보이면서 대답했다.

"아들이 데면데면하고 둔하기는 하나 소홀하게 할 일이 따로 있지

어찌 감히 폐하의 안전에 추호도 소홀함을 보일 수가 있겠사옵니까! 지금 당장 나가 한 바퀴 돌고 오겠사옵니다. 그 사이 폐하께서는 아무 걱정 하지 마시고 숙면을 취하시옵소서! 셋째, 그러면 부탁하네. 잠들기에 좋은 시를 목소리 낮춰 읊어드리라고."

윤제가 말을 마치고는 바로 조심조심 밖으로 나갔다. 강희는 마제가 여전히 무릎을 꿇고 있는 것을 보고는 손짓을 보내 일어나게 했다. 이어 자리에 드러누웠다. 마제와 윤지는 촛불 두 개만 남겨놓고는 향과 궁등을 껐다.

그런 다음 마제가 목소리를 낮춰 형년에게 말했다.

"하주아가 안마를 시원하게 잘한다는 것 같더군. 들어와 시중을 들라고 하게."

강희를 잠들게 하기 위한 모든 준비는 끝났다. 곧 하주아가 희미한 불빛 아래에 앉은 채 강희의 발을 만지기 시작했다. 바깥은 삭풍이 몰아쳤으나 실내는 아늑한 기운이 감돌고 있었다. 곧 윤지가 기억을 더듬어가면서 문장을 읊기 시작했다.

당신은 산중에서 왔어도 아침저녁으로 싱싱한 기운이 넘치네.

내 방의 남쪽 창문 밑에 오늘은 국화꽃이 소담하구나,

장미가 고사리 같은 손을 내미니,

가을난초가 뒤질세라 향기를 발하는구나.

……

서호西湖에서 삼삼오오 어울리면서 낚싯대 드리우던 그 시절이 그리워라.

피리소리 은은한 갈대밭에 백조가 줄지어 날아오르던 그곳이 정녕 그립구나…….

윤지가 속삭이듯 읊고 있을 때였다. 어느새 강희의 숨소리가 고르게 들려오기 시작했다.

그럼에도 하주아는 조심스럽고 끈기 있게 안마를 계속했다. 하기야 그로서는 그렇게 해야 할 이유가 있었다. 태자가 냉향정에 가는 것을 막지 못했다는 사실만으로도 직무에 충실하지 못한 죄를 뒤집어쓸 판이었다. 그러던 차에 강희에게 그런 식으로나마 점수를 딸 일이 생겼으니 말이다. 그가 궁중에서 대대로 시중을 들어온 태감의 자손답게 안마를 계속하는 사이에 강희는 완전히 깊은 잠에 곯아떨어졌다.

그 상태로 시간이 얼마나 흘렀을까. 갑자기 밖에서 사람들의 어수선한 말소리가 들려왔다. 이어 목소리가 갈수록 커졌다.

장정옥이 크게 놀랐는지 눈을 휘둥그렇게 떴다. 귀 기울여 들어본 목소리의 임자가 윤잉이었던 것이다.

"야, 이 새끼야! 네가 뭔데 나를 못 들어가게 하는 거야? 뒈지고 싶어?"

태자의 욕설에 이어 장오가의 목소리가 들렸다.

"태자마마, 제발 부탁입니다. 폐하께서 지금 막 주무시기 시작했습니다. 이렇게 막무가내로 들어가시면 안 됩니다."

장정옥이 안 되겠다는 생각을 하면서 막 자리에서 일어나려고 할 때였다. 갑자기 찰싹! 하고 뺨 때리는 소리와 함께 차마 입에 담지 못할 윤잉의 욕설이 다시 떠들썩하게 들렸다. 장오가의 간절한 애원은 완전히 그 소리에 묻혀버리고 말았다.

"들여보내게!"

깊은 잠에 곯아떨어진 줄 알았던 강희가 갑자기 벌떡 일어나 앉은 채 말했다. 이어 하주아를 저만치 밀쳐버리고는 신발을 신고 내려섰다. 그리고는 곧바로 문께로 다가가서는 홱! 하고 거칠게 문을 열어 젖혔다.

찬바람이 눈발을 휘감은 채 전각 안으로 몰아쳤다. 마제와 장정옥은 흠칫 하면서 찬 기운에 몸을 떨었다. 그러나 강희는 전혀 아랑곳하지 않고 엄하게 꾸짖었다.

"장오가, 어떤 자가 감히 짐의 휴식을 방해하는 것인가?"

비록 미관말직에 불과하나 착하고 온유한 성품으로 강희의 총애를 한 몸에 받고 있는 장오가가 강희에게 허둥지둥 달려갔다. 이어 무릎을 꿇은 채 더듬거렸다.

"죽을죄를 지었사옵니다, 폐하! 모두 소인의 불찰이옵니다. 태자마마께서 오신 지 오래 됐사옵니다……."

강희가 빨갛게 충혈이 된 두 눈을 무섭게 떠 보이면서 밖을 향해 소리쳤다.

"아하! 누구신가 했더니 난동을 부린 자가 바로 자네였군! 그런데 이 야심한 밤에 웬일인가? 군사를 동원하자니 짐의 옥새가 필요해서 온 건가?"

"아바마마……!"

"들어와!"

강희가 내뱉듯 말하면서 자리로 돌아가 앉았다. 그리고는 부들부들 떨리는 손으로 장화를 당겨 신었다. 곧 악에 받친 목소리로 버럭 소리를 질렀다.

"들어오라니까!"

윤잉이 주춤주춤 안으로 들어섰다. 그리고는 넋이 나간 듯 지켜보는 장정옥과 마제를 힐끗 쳐다봤다. 석고상 같은 윤잉의 얼굴은 차마 마주볼 수가 없을 정도로 창백했다.

"아바마마! 아들이 죽을죄를 지었음을 잘 알고 있사옵니다. 그래서 아들은 극형에 처해 주십사 하고 부탁을 드리기 위해 아바마마를 찾아 이곳에 왔사옵니다."

윤잉이 땅에 엎드려 머리를 조아렸다. 강희가 윤잉의 말에 송곳처럼 날카로운 웃음을 터트리면서 일갈했다.

"자네가 죄를 지었다고? 오래 살다보니 별일도 다 많구먼! 자네만큼 효도하는 아들이 어디 있다고 그래? 짐이 공연히 호들갑 떨고 연파치상재로 못 들어가서 그렇지. 너무 효성이 지극해 조만간 좌가장左家莊 화장터로 실려 가지나 않을까 걱정이 되기도 하고! 그런데 짐이 한 가지 일러둘 것이 있어. 놀고 싶으면 크게 놀라는 말이야! 그까짓 이천 명 가지고 까불지 마. 안 됐지만 짐은 이미 낭심狼瞫의 삼만 철기병鐵騎兵을 이곳으로 불렀어. 자기 스스로 무덤을 판 작자의 장렬한 최후를 지켜보는 재미도 쏠쏠하지 않겠어?"

강희의 날카로운 언변은 원래부터 정평이 나 있었다. 그러나 장정옥은 그의 독설을 그다지 많이 들어보지 못했다. 심지어 윤잉에게 한 말은 그가 상서방에 들어온 20년 동안 처음 접하는 것이었다. 마제 역시 강희의 칼날 같은 독설에 소름이 돋는지 몸을 오싹 떨었다.

"그것은 모함이옵니다. 아무리 진실을 말씀드려도 폐하께서는 믿어주시지 않을 것이옵니다. 하지만 이미 저지른 용서받지 못할 잘못으로만 봐도 아들은 백 번 죽어 마땅하옵니다. 아바마마께서 부디 자비를 베푸시어 다른 사람만 연루시키지 않으신다면 아들은 죽어도 여한이 없겠사옵니다……."

윤잉이 연신 머리를 조아리며 아뢰었다. 그리고는 어깨를 들썩이면서 흐느꼈다. 윤잉이 말하고자 하는 바는 분명했다. 윤진과 윤상만은 괴롭히지 말아달라는 주문이었다.

강희가 피식 냉소를 터트렸다.

"아직까지도 모함 운운하다니, 너는 정말 구제불능이로구나! 네가 작당을 하고 저지른 일들은 신명을 욕되게 하고 조상에게 치욕을 안겨줬어. 짐이 용서한다고 해도 하늘이 결코 가만두지 않을 것이야! 자기 코가 석 자나 빠졌으면서도 주위를 챙길 여유는 있나 본데, 그런 걱정은 하지 마! 참외 심은 밭에 콩이 나는 법은 없으니까. 죄 없는 사람은 네가 대타로 삼고 싶다고 해도 절대 들어주지 않을 테니까!"

강희는 갈수록 흥분이 되는 모양이었다. 이내 얼굴이 벌겋게 상기됐다. 당장이라도 눈앞의 윤잉을 장화발로 걸어차버리기라도 할 것 같았다. 순간 마제가 상황을 그냥 방치해서는 안 되겠다고 생각했는지 다급하게 앞으로 나서서 강희를 자리에 앉히려 했다. 그러나 곧 강희에게 떠밀려 저만치 뒷걸음치고 말았다.

"빌어먹을 자식이나 어서 쫓아내. 구역질이 나려고 해. 다음부터는 지껄일 말이 있으면 장정옥을 통해서 하라고 하게!"

윤제는 이미 주위의 순시를 다 마치고 돌아온 뒤였다. 그러나 강희의 기세에 눌려 차마 들어가지 못하고 밖에 서 있었다. 얼마 후 그가 심호흡을 하고는 안으로 들어가 가식적인 웃음을 지어보였다. 또 윤잉의 팔을 붙잡고 밖으로 끌어내려고 했다.

하지만 죽음을 각오한 윤잉의 입장에서는 겁날 것이 없었다. 바로 뭐 묻은 강아지 쳐다보듯 혐오스러운 표정으로 윤제를 노려봤다. 그리고는 갑자기 그의 얼굴을 향해 주먹을 휘둘렀다. 이어 강희를 향해 머리를 조아린 다음 자리를 털고 일어나 횡하니 문어귀로 걸어갔다.

"거기 서지 못해? 짐의 말을 마저 듣고 가. 워낙에 금이야 옥이야 키운 귀한 몸이니 다른 황자들과 같이 눈밭에 꿇고 있어서야 되겠어? 계득거에 돌아가서 명령을 기다려. 북경에 돌아가는 대로 천지신명께 고하고 명조明詔를 내려 폐위시켜줄 테니까. 그날을 기대하라고……

그렇다고 끊어지지 않는 목숨 억지로 끊으려고 애쓸 것은 없어!"

강희가 무섭게 고함을 내질렀다. 윤잉은 강희의 말에 가타부타 대답도 하지 않고 휭하니 밖으로 나가버렸다.

윤잉이 불경스럽게 나가버리자 강희는 갑자기 윤제와 윤지에게로 시선을 돌렸다.

"너희들도 무릎을 꿇고 짐의 얘기를 명심하고 들어. 윤제, 너는 황자들 단속을 잘 해. 어느 누구든 특별허가를 받지 않은 이상 절대 계득거를 출입할 수 없어. 이를 어겼을 시는 즉각 사형에 처한다고 분명히 못 박아 두게. 윤잉은 더 이상 태자가 아니니 뭐라고 지껄여도 짐에게 대신 상주할 필요조차 없어!"

강희의 눈빛은 완전히 살의로 번득였다. 윤제는 잔뜩 주눅이 든 채 밖으로 나가지 않을 수 없었다. 그러자 강희가 이번에는 장정옥에게 지시했다.

"사흘 후 북경으로 출발할 거야. 그러니 자네는 동국유에게 대가大駕를 준비하라고 일러두게. 또 마제는 빨리 사람을 보내 낭심의 부대가 어디까지 왔는지 알아봐. 낭심이 도착하는 대로 마제 자네는 이곳에 있는 호위들을 데리고 먼저 북경으로 출발하게. 낭심은 오자마자 짐을 찾아와 격식 차리고 할 것도 없이 먼저 팔대산장八大山莊부터 호위하라고 하게!"

북경으로 돌아가기 위한 모든 준비 사항에 대한 강희의 지시가 거의 마무리되고 있을 때였다. 멀리서 닭이 홰를 치는 소리가 들려왔다. 강희가 모처럼만에 얼굴에 혈색이 돌더니 웃음기를 보였다. 그러나 뭐라고 덧붙여 얘기하려다 갑자기 안색이 창백하게 질리더니 의자 모퉁이를 잡았다. 그리고는 스르르 땅바닥에 쓰러져 버렸다.

좌중의 사람들은 너무 순식간에 일어난 황망한 일에 경악하지 않을 수 없었다. 우르르 강희에게 몰려갔을 뿐 어찌할 바를 몰라 했다.

"폐하, 폐하! 어서, 어서 태의를 불러라!"

장정옥이 사색이 된 얼굴을 한 채 연신 고함을 질렀다.

밖에서 시립하고 있던 장오가가 장정옥의 말이 끝나기 무섭게 부랴부랴 달려 들어왔다. 이어 혼수상태에 빠져 있는 강희를 보더니 정신없이 달려들었다. 이어 강희를 끌어안은 채 하염없이 눈물을 흘리면서 울부짖었다.

"폐하……! 눈 좀 떠 보시옵소서. 장오가이옵니다. 폐하께서 사형장에서 구해주신 바로 그 장오가이옵니다……. 흑흑…… 폐하……!"

장오가는 마치 세상의 종말이라도 온 것처럼 절망에 빠져 울고만 있었다. 장정옥이 그런 장오가를 준엄하게 나무랐다.

"자네, 왜 이러는 건가? 자네의 임무는 이곳을 지키는 것임을 모른다는 말인가? 얼른 나가서 자네의 원래 위치에서 지키고 서 있게. 태의가 곧 올 테니 폐하의 안위는 걱정하지 말고!"

장정옥은 장오가를 꾸짖어 내보냈으나 정작 자신은 속이 꺼멓게 타들어가 재가 되는 것 같은 초조함을 이기지 못했다. 급기야 온 방 안을 정신없이 돌아다니다 그만 바닥에 미끄러져 벌렁 나자빠지고 말았다.

26장
장황자 윤제의 야심

강희는 다행히 태의가 도착하기 전에 조금씩 의식을 되찾았다. 천천히 눈꺼풀을 밀어 올리면서 초점 없는 희미한 실눈을 떠 보였다. 핏기 한 점 없는 창백하고 초라한 얼굴은 마치 10년을 뛰어넘은 후의 그의 늙은 모습을 보는 듯했다.

강희가 느릿느릿 시선을 움직여 좌중을 둘러봤다. 그리고는 깊고 긴 한숨을 내쉬면서 맥없이 입을 열었다.

"세월에는 장사가 없어. 짐도 이제는 늙었나봐, 늙었어……."

강희가 이덕전이 건넨 찻물로 우선 입을 적셨다. 이어 무겁게 머리를 저으면서 덧붙였다.

"조용히 쉬고 싶네. 시중드는 사람은 장정옥 하나로도 충분하니 다들 나가보게……."

"폐하……."

장정옥은 조금 전까지 호들갑을 떨다면서 다른 사람들을 울지도 못하게 무섭게 혼을 냈었다. 그런데 이제 와서 정작 자신은 눈물을 참지 못했다. 그러면서 강희의 침대 밑에 털썩 무릎을 꿇었다. 이어 울먹이는 목소리로 말했다.

"부디 옥체를 보존하셔야 하옵니다. 더구나 지금 같은 시국에는……. 조금 전에는 정말 큰일이 나는 줄 알았사옵니다! 폐하……, 제발 옥체를……."

"걱정하지 말게. 당장 죽어나가거나 그러지는 않을 거니까. 짐은 내 육신을 잘 알아. 저기 가죽상자 속에 짐이 만들어 보관한 소합향주蘇合香酒가 있네. 한 잔 따라주게. 짐도 의술에 대해서는 어느 정도 알거든. 《몽계필담》夢溪筆談에 나오는 처방으로 만든 술이야. 가슴이 두근거리는 증상을 진정시키는 데는 완전 특효인 것 같더군! 자네 아버지 장영張英도 아마 짐과 같은 증세가 있었을 거야. 진작 처방전을 보내주고 싶었는데, 요즘 들어 부쩍 깜빡깜빡하네. 까마귀 고기를 먹은 것도 아닌데 말이야……."

강희가 쓸쓸한 웃음을 지은 채 말했다. 농담을 하는 것으로 봐서는 기분이 많이 풀어진 것 같았다.

장정옥은 눈물을 머금은 채 대답 대신 머리를 끄덕였다. 그리고는 약술을 따라주고 강희가 그것을 마시고 나자 조심스럽게 눕혔다.

아니나 다를까, 신기하게도 강희의 안색은 약술을 복용하고 얼마 지나지 않아 평소 모습으로 돌아오고 있었다. 감쪽같다는 말이 과언이 아니었다. 얼마 후 그가 형형한 눈빛을 천장에 고정시켰다. 깊은 생각에 빠져 들어가는 것 같았다.

얼굴 표정으로 봐서는 가슴 터질 듯 장엄했던 자신의 젊은 날의 자취를 더듬는 듯했다. 마치 지평선에 서서히 모습을 드러내면서 높고 높은 하늘에 두둥실 떠오른 태양과 같았던 당당하고 힘찬 모습을 말이다. 그러나 달리 보면 근심스런 표정으로 거미줄처럼 엉켜 돌아가는 시국을 걱정하는 것 같기도 했다.

그렇게 시간이 얼마나 흘렀을까, 강희가 갑자기 실소하듯 웃음을 흘리더니 말했다.

"여보게, 형신! 자네가 상서방에 들어와 맞은 두 번째 설날 때 조하朝賀를 마치고 짐이 자네하고 동국유를 불러 식사를 같이 했던 것 기억나는가?"

"예, 폐하……."

"꿰다 놓은 보릿자루처럼 그렇게 있지 말고 편하게 앉게, 알겠나? 편하게 앉으라고."

강희가 자상한 눈빛으로 장정옥을 바라보면서 말했다. 이어 다시 천천히 입을 열었다.

"그 자리에서 짐이 겁도 없이 당나라의 이세민을 비웃었지. 천추에 길이 빛나는 공적을 쌓은 영웅이면 뭐 하냐고 말이야. 집안 단속도 제대로 못해 태자가 집구석을 말아먹는 골육상잔을 감행한 왕조로 더 유명해지게 생겼다고 짐이 그랬었지? 웃기는군! 색액도는 툭하면 '의붓어머니가 있으면 바로 의붓아버지도 생긴다'는 말을 의도적으로 들려주곤 했어. 생모 잃은 불쌍한 아이의 태자 자리를 누가 뭐래도 지켜주겠다는 오기가 짐에게 생기도록 만들었던 거지. 그런데……, 그 아이가 나한테 어떻게 이럴 수 있는 건가? 짐의 아집과 무지를 비웃을 후손들이 얼마나 많을지……."

장정옥이 강희가 자탄을 하자 황급히 위로를 했다.

"폐하, 그런 말씀 마시옵소서. 폐하께서는 태자에게 인仁과 의義를 다했다고 신들은 입을 모으고 있사옵니다. 오늘 일은 태자마마의 실덕失德이 빚은 나쁜 결과이옵니다. 결코 후세대들에게 폐하의 오명으로 남지는 않을 것이옵니다. 그러나 폐하께서 말씀을 꺼내셨으니 신도 태자마마를 위해 올릴 말씀이 있사옵니다. 신은 결코 태자마마께서 군사를 데리고 들어왔다고는 생각하지 않사옵니다. 그럴 분도 아니옵니다. 아니 그럴 만한 배짱도 없다고 생각하옵니다……. 부디 느긋하게 진실을 파헤치는 여유를 가지셨으면 하옵니다. 부디……."

장정옥이 하고 싶었던 말은 태자를 위한 변명뿐만이 아니었다. 태자가 그렇게 무능하지만은 않다는 사실 역시 진심으로 간하고 싶기도 했다. 그러나 그러기에는 상당한 어려움이 있었다. 그것은 명나라와는 많이 다른 황자들에 대한 청나라의 제도와 관련이 있었다.

'우리 조정에서는 황자가 태어나면 곧바로 그 명의로 채읍采邑을 저마다 분봉分封하지. 그래서 황자들의 경제적인 기반이 튼튼해져. 수중에 권력까지 잡게 되고. 그러니 저마다 실력으로 서로를 견제할 수밖에 없지. 급기야는 태자를 우습게 여기고 궁지에 몰아넣는 지경에까지 이르렀어. 그러나 이는 엄연히 만주족 조상대대로 전해 내려온 제도야. 그것은 설혹 폐하일지라도 뜯어고칠 수가 없지. 팔기八旗 귀족들의 거센 반발이 말도 못할 테니 말이야. 그러니 한낱 한족 신하에 불과한 내가 감히 왈가왈부할 바가 못 되는 것이야.'

장정옥은 생각이 비관적으로 흐르자 공연히 태자를 위한 변명을 했다는 후회가 들었다. 그에 따라 곧 좌불안석의 모습을 보였다. 하긴 그보다 앞에 한 말도 강희의 심기를 건드리지 않았나 하는 불안감이 없지 않았으니 그럴 만도 했다.

그가 그렇게 가슴을 졸이고 있을 때 강희가 고개를 끄덕이면서 말했다.

"자네의 지적에 짐도 공감하네. 하지만 명나라의 제도도 그렇게 성공한 것은 아니네. 태자만 빼고 나머지 황자들은 미련한 개돼지처럼 그저 먹고 자고 여자 품는 것밖에 모르도록 만들어버렸잖아! 목에 빵 주머니를 걸어줘도 꺼내 먹을 줄 모르고 굶어죽고 마는 병신들을 만든 거야. 이자성李自成이 낙양洛陽으로 쳐들어갔으나 복왕福王(남명南明의 1대 황제)이라는 자는 금은보화 가득한 창고를 헐지도 못했어. 병사들의 사기를 북돋아 이자성에게 맞설 엄두조차 못 내지 않았느냐고! 그래서는 곤란하지……."

군신 두 사람이 계속 두런두런 얘기를 주고받고 있을 때였다. 형년이 들어오더니 조용히 아뢰었다.

"태의원의 하 태의가 대령했사옵니다."

강희가 말했다.

"너무 떠들고 다니지 말게. 짐이 태의까지 불러들여 보일 병이 뭐가 있다고……."

장정옥도 강희의 의중을 간파했는지 황급히 형년을 데리고 밖으로 나갔다. 이어 준엄한 어조로 지시를 내렸다.

"자네는 태의를 데리고 동전東殿에서 대기하게. 별일 없으면 더할 나위 없이 좋겠으나 세상의 일이라는 것은 모르는 것이니까."

강희와 장정옥이 대화를 나누는 사이에 눈발의 크기는 많이 작아지고 기세는 약해져 있었다. 땅에는 눈이 세 치(1치는 약 3센티미터)가 넘게 쌓여 있었다. 장정옥은 아직도 눈밭에 무릎을 꿇고 있을 황자들을 떠올리자 마음이 무거워졌다. 어떻게 해야 자연스럽게 강희의 마음을 돌려세울 수 있을까 잠시 고민을 했다.

바로 그때 저쪽 모퉁이에서 장황자 윤제가 모습을 드러냈다. 또 그 뒤로는 윤지, 윤조, 윤우, 윤사, 윤당, 윤아, 열넷째 윤제, 윤례 등이 따르고 있었다. 순간 장정옥은 깜짝 놀라고 말았다. 불길한 예감이 고개를 쳐드는 것을 어쩔 수가 없었다.

　장황자 윤제는 강희의 명령을 받고는 신이 나서 바로 계득거 천정天井(안뜰과 연결된 뜰)에 무릎을 꿇고 있던 황자들을 찾아갔다. 이어서 강희가 그랬듯이 한바탕 윤잉의 죄상을 열거했다. 그런 다음 마치 큰 사명을 완수한 것처럼 홀가분하고 뿌듯한 마음으로 좌중의 반응을 지켜봤다.

　그러나 반응은 기대했던 것과는 많이 달랐다. 의외로 황자들의 표정이 어두웠던 것이다. 모두들 침통한 듯 고개를 숙이고 있었다. 장황자는 그것이 자신들도 두름 엮이듯 태자와 엮이지 않을까 염려하는 줄로 알고 위로의 말을 입에 올렸다.

　"지레 겁먹을 것은 없어. 폐하께서 다른 황자들은 윤잉의 일에 절대 연루시키지는 않겠다고 하셨어. 둘째도 진심으로 잘못을 회개하는 노력만 보이면 중벌은 면할 수 있을 것 같아. 모든 것은 이 큰형이 알아서 할 테니까 자네들은 떡이나 먹고 굿이나 보면 되겠어. 알겠어?"

　윤제는 마치 큰 벼슬이라도 거머쥔 듯했다. 얼굴에는 불그스레하게 열이 올라 있고 그의 태도는 의기양양하기까지 했다. 그의 얼굴만 보고 있으면 어디서 봄바람이 불고 있나 하는 착각을 할 수도 있을 것 같았다.

　아홉째 윤당이 그런 장황자를 곱지 않은 시선으로 바라보면서 목소리를 낮춰 주위의 황자들에게 말했다.

　"여덟째 형님, 열째 아우! 큰형님 좀 보라고. 마치 꿀단지에 빠졌다 나온 것 같지 않아? 솜털보다 가벼워 가지고는. 자신의 꼴이 우스운 줄도 모르고 말이야!"

　여덟째는 윤당의 말에 피식 웃어 보였다. 그리고는 못 들은 척 고개를 외로 꼬았다. 열째 윤아가 비꼬듯 말했다.

"큰형님, 요즘 대단히 잘 나가는 것 같네요. 혹시 태자 자리가 손짓하는 것 아니에요? 아무튼 미리 축하드려요! 그런데 우리는 '겁먹을' 일도 없어요. 연루니 뭐니 하는 단어에도 관심이 없어요. 우리는 그저 지금 너무 추워서 정신이 없을 뿐이에요. 순록가죽 외투가 아니었다면 벌써 얼어 죽었을 거예요!"

윤아가 발을 동동 구르고는 손을 비벼대면서 수선을 떨었다. 그러자 황자들은 기다렸다는 듯이 이구동성으로 얼어 죽겠다면서 야단법석을 떨기 시작했다.

"우리가 불쌍하지도 않아요, 큰형님? 잘 나가시는 큰형님은 저희들의 이 고통을 모르실 거예요. 눈밭에 몇 시간씩 꿇어앉아 삭풍을 맞고 있는 기분이 어떤지 모르죠? 셋째 형님처럼 같이 와서 무릎을 꿇고 동병상련의 고통을 겪지는 못하더라도 옆에다 모닥불이라도 지펴주실 수는 있잖아요. 그만한 폐하의 후광이 있으면 되지 않나요? 이제 곧 동궁東宮으로 입주하실 텐데, 좋은 일 좀 하시면 안 되겠어요?"

윤아가 황자들을 향해 눈을 찡긋하더니 웃음 띤 얼굴로 말했다. 윤제는 야유와 조롱이 한데 섞인 윤아의 말뜻을 모르지는 않았다. 그러나 기분은 날아갈 듯했다. 그가 연신 머리를 끄덕였다.

"그럼, 그럼. 그거야 못하겠어? 진작 말하지 그랬어. 불은 피워줄 테니까 폐하께 들키지 않도록 조심해. 오늘 심기가 많이 불편하시니까 말이야. 둘째의 말도 전할 필요가 없다고 하셨어."

윤제가 입을 쩝쩝 다셨다. 이어 덧붙였다.

"방금 둘째한테 갔더니 모든 잘못은 다 인정할 수 있다고 해. 그러나 역모를 통해 폐하를 어떻게 하려고 시도했다는 것은 말도 안 된다면서 길길이 뛰더군. 나에게 폐하께 자신의 결백을 주장하는 말을 전해줬으면 하더라고. 그렇지만 내가 딱 잘라버렸어."

윤진은 윤잉을 완전히 고립무원에 빠뜨리려는 장황자 윤제의 속셈을 바로 간파할 수 있었다. 그로서는 다시금 이 악물고 윤잉을 보호해야겠다는 의지를 다질 수밖에 없었다. 그가 분노에 떨며 차가운 웃음을 머금은 채 입을 열었다.

"그건 좀 너무하신 것 같군요. 아무리 그래도 같은 피를 나눈 형제가 아닙니까? 혈육이 물에 빠져 허우적거리는 것을 보고 그렇게 매정하게 돌아서면 안 되죠!"

윤상도 바로 장단을 맞췄다.

"권불십년權不十年이라는 말까지 꺼낼 필요도 없어요. 코앞의 일조차 알 수 없는 것이 인간입니다. 나중에 누가 누구의 도움을 받을지 어떻게 알겠어요? 하늘에 구름이 가득해도 도대체 어떤 구름이 비를 품고 있는지는 모르잖아요! 어려운 때일수록 서로 돕고 삽시다. 생판 남도 아니고!"

윤제는 자신의 생각에 빠져 다른 황자들의 생각 따위는 머릿속에 들어오지도 않았다. 그러나 대화를 나누면 나눌수록 아우들이 자신과는 전혀 다른 생각을 하고 있다는 사실을 알아차렸다. 순간 그는 지나치게 많은 속내를 드러내 보인 자신이 너무나 한심스럽고 후회가 되었다. 하지만 애써 아무런 내색도 하지 않은 채 어색한 어조로 변명을 했다.

"나한테 그렇게 따질 문제는 아니야. 나는 폐하의 명령에 따른 것뿐이니까. 정 불만이 있으면 폐하께 말씀드리지 그래?"

"됐어요, 큰형님! 큰형님이면 배포도 크고 그릇도 크고 다 커야죠! 아바마마께서 홧김에 한 말씀을 가지고 뭘 그러세요! 화가 나면 무슨 말을 못하겠어요? 공자님 말씀에 '물에 빠진 사람이면 여자가 손을 내밀어도 그 손을 잡아줘라'고 했어요. 그때는 여자 손을 잡으면 큰일 나는 줄 아는 시절이었는데도 말이에요. 더구나 둘째 형님은 우리들이 섬기던 주인이기도 하잖아요!"

윤아가 괴이한 웃음을 흘리면서 쏘아붙였다. 화살이 사정없이 날아가 윤제에게 꽂혔다. 윤제로서는 평소에는 서로 잡아먹지 못해 안달이던 동생들의 뜻밖의 반응에 어이가 없을 지경이었다. 그로서는 동생들이 자신을 질투한 나머지 작당을 했다고 생각하지 않을 수 없었다. 그럼에도 속 좁게 성질을 부릴 수는 없었다. 그가 터져 나오는 화를 꾹꾹 누르면서 말했다.

"너희들 눈에는 내가 대단히 인정머리 없는 사람으로 비쳐지겠군. 하지만 사실은 그렇지 않아. 나도 그러고 싶지만 지금은 감히 나설 수가 없어. 아직은 뭐가 뭔지 일의 전말이 제대로 밝혀진 것도 없는 단계여서 우리 모두가 의혹에서 자유롭지 못한 처지이기도 해!"

"큰형님이 상주하지 못하겠다면 제가 할게요!"

윤제의 말이 끝나기 무섭게 여덟째 윤사가 대화에 끼어들었다. 그 바람에 윤진도 더욱 용기를 얻었다. 바로 다시 입을 열었다.

"저도 이제는 직접 상주할 수 있는 권한이 있는 친왕입니다. 두려울 것이 뭐가 있겠어요!"

윤진이 말을 마치고는 자리에서 벌떡 일어났다. 더불어 여덟째, 아홉째 등도 분연히 자리를 떨치고 일어나 동조했다.

"그래요, 같이 가서 상주해요!"

윤제는 당초 윤잉의 실각이 셋째와 여덟째에게는 적어도 정적을 제거한 것이나 마찬가지일 수 있을 것이라고 생각했다. 심지어 복음福音으로 들릴 것이라는 생각도 했다. 그러나 반응을 보니 그렇지 않았다. 둘은 예상을 깨고 넷째 윤진과 한편이 돼 돌아가고 있었다.

깜짝 놀란 윤제가 한참 생각에 잠기는 표정을 짓더니 한숨을 지으면서 입을 열었다.

"나는 윤잉과는 귀뚜라미 잡으면서 뛰어 놀던 어린 시절의 추억이 있는 사람이야! 그 당시 자네들은 이 세상에 태어나지도 않았어. 나는 그저 폐하께서 기분이 다소 풀리신 뒤에 천천히 말씀드리려는 거야. 그런데 굳이 다 같이 가겠다니 막을 수도 없고……."

윤제는 말을 마치더니 휑하니 돌아서 걸어 나갔다. 나머지 황자들 역시 부랴부랴 그 뒤를 따라갔다. 그러나 정작 제일 먼저 흥분하고 나섰던 윤진은 윤상의 팔꿈치를 잡은 채 그 자리에 그대로 서 있었다.

장정옥은 갑자기 황자들이 우르르 몰려오자 어이가 없었다. 궁전으로 다시 들어가려던 발길을 돌려 윤제에게 다가가 물었다.

"왜들 이러시는 겁니까?"

윤제가 결코 호의적이지 않은 장정옥의 위엄에 질렸는지 바로 대답을 하지 못했다. 잠시 멈칫하다 입을 열었다.

"그게……, 나는 나갔던 일과 관련하여 보고를 드리러 오는 것이야. 아우들은……, 아마도…… 폐하의 건강이 좋지 않으시다는 말을 듣고 문안차 달려오는 것 같군……."

"갈수록 엉망진창이군."

장정옥이 황자들이 들을 수 없는 낮은 목소리로 중얼거렸다. 황자들의 속셈을 알 것 같았던 것이다. 잠시 후 그가 다시 입을 열었다.

"보고를 올리러 왔건 병문안을 왔건 다 좋습니다. 그러나 지금이 어떤 상황인데 시도 때도 없이 이러는 겁니까? 필요하면 어련히 폐하의 지의가 계시지 않겠습니까? 하물며 못 배운 벽촌의 서민들도 한밤중에는 연로한 부모를 마구잡이로 깨우고 들볶지 않습니다. 그런데 어떻게 황가皇家의 자손들이 이럴 수가 있는 겁니까?"

장정옥이 진짜로 화가 크게 났는지 목소리를 높였다. 윤제는 평소답지 않은 장정옥의 기세에 눌린 나머지 끽소리도 하지 못했다. 윤당이 그런 윤제를 고소하다는 듯 쳐다보더니 한 발 앞으로 나섰다.

"우리는 폐하를 놀라게 해드릴 생각은 추호도 없어. 편찮으시다는 말을 듣고 도저히 무릎 꿇고 그냥 있을 수가 없어서 달려왔을 뿐이야. 그래 폐하께서는 지금은 좀 어떠신가? 문틈으로라도 살짝 들여다 볼 수 있으면…… 마음이 좀 놓일 텐데……."

윤당이 제법 슬픈 표정을 지어보였다. 눈에서는 어느새 눈물도 보이기 시작했다. 곧이어 훌쩍이기까지 했다.

장정옥은 황자들의 행태가 그저 얄밉고 괘씸할 뿐이었다. 그러나 상대가 황자들이니 만큼 성질대로 할 수도 없는 일이었다. 그가 잠시 뭔가 생각을 하더니 단호히 말했다.

"지금은 안 됩니다. 제가 먼저 들어가 살펴보고 올 테니 여기서 잠시만 기다리십시오."

장정옥이 말을 마치고는 어느 누구에게도 시선을 주지 않은 채 바로 안으로 들어가 버렸다.

그러나 잠깐 기다리라고 말한 장정옥은 무려 두 시간이 넘도록 나올 생각을 하지 않았다. 졸지에 밖에서 기다리는 황자들은 살을 에는 새벽 찬바람과 추위에 완전히 얼어 죽을 지경이 될 수밖에 없었다. 일부 황자들은 도저히 못 견디겠는지 눈물을 찔끔찔끔 흘리면서 얼어붙은 손발을 마구 부비기도 했다. 그러나 하염없이 기다리는 것 외에는 별다른 방법이 없었다.

추위와 불안 속에서 지지리도 길었던 밤은 조용히 흘러갔다. 어느덧 새벽이 밝아오면서 궁등을 끄기 위해 다니는 태감들의 모습이 하나둘씩 보이기 시작했다. 윤아가 그 모습을 보고는 얼어붙은 발의 통증을 더는 참지 못하겠는지 먼저 발을 굴렀다. 그러자 황자들 모두 구세주를 만난 것처럼 쿵쿵 소리를 내면서 제자리 뜀뛰기를 시작했다.

강희는 새벽의 고요를 깨는 큰 울림에 그만 잠에서 깨고 말았다. 곧이어 희뿌옇게 밝아오는 창밖을 내다봤다. 그리고는 옆에서 의자에 기댄 채 고개를 끄덕끄덕 하면서 졸고 있는 장정옥에게 말했다.

"벌써 날이 밝았군. 자네는 밤새 한숨도 못 자고 고생 많았겠네. 짐이 너무 오래 잔 것이 아닌가?"

장정옥이 강희의 말에 깜짝 놀라 황급히 일어났다. 이어 강희의 안색을 살피고 이불을 꼼꼼하게 여며줬다. 그리고는 피곤이 역력한 얼굴에 억지로 웃음을 지어보이면서 말했다.

"한 네 시간 동안 맛있게 주무시는 것 같았사옵니다! 눈이 많이 내려 밝아 보일뿐 아직은 이른 시각이옵니다. 폐하, 조금 더 눈을 감고 계시옵소서. 낭심은 축시丑時에 도착했사옵니다. 폐하의 명령대로 알현을 요청하는 글과 군사 배치도만 남기고 갔사옵니다. 조금 있다가 신이 폐하를 연파치상재로 다시 모시겠사옵니다……."

강희가 눈이 많이 내렸다는 말에 나이답지 않게 어린아이처럼 좋아하면서 벌떡 일어났다. 이어 가죽옷을 걸치고 발에 장화를 신으면서 말했다.

"눈이 많이 내려 쌓였다 이거지? 그러면 설경雪景이 기가 막힐 텐데, 그걸 안 볼 수야 있나! 그런데 밖에서 누가 감히 저렇게 떠드는 거야? 태감들이 갈수록 왕법王法의 지엄함을 모르는 것 같아. 여기가 어디라고 감히 발을 굴러대!"

"태감들이 아니옵고 황자마마들께서……. 폐하께 병문안을 올리겠다고 찾아온 것을 소인이 들어오지 못하게 했사옵니다. 또 한바탕 혼을 내기도 했사옵니다."

장정옥이 마른침을 삼키면서 조심스럽게 아뢰었다.

"잘했군!"

강희는 환갑을 바라보는 나이가 되어 가는데도 버리지 못하는 취향이 있었다. 그것은 바로 어린아이처럼 눈을 좋아한다는 것이었다. 아예 최고의 취미로 꼽을 정도라고 해도 과언이 아니었다. 심지어 아무리 바쁜 날이라도 뽀드득뽀드득 눈 밟는 소리를 즐기면서 설경을 감상하기를 좋아했다. 그러나 황자들이 와 있다는 말을 전해 듣는 순간 그는 완전히 다른 사람이 돼버렸다. 잔뜩 기대에 부풀어 있던 어린아이 같은 노인이 아니었다.

그가 삽시간에 기분이 잡친 듯 자리에 돌아가 털썩 주저앉더니 냉소를 터트렸다.

"말이 좋아 문안이지 짐을 아예 죽음으로 몰아넣으려고 작심한 행동이 아닌가. 못된 인간들 같으니라고! 짐이 자네에게 특지特旨를 내리겠어. 오늘 이후로 저것들을 만나도 절대 허리를 굽히고 인사하지 마! 그럴 필요 없어."

강희가 거친 숨을 몰아쉬면서 황자들을 비난하자 장정옥이 달래듯 말했다.

"폐하, 왜 또 그러시옵니까? '예가 아니면 행하지 말라'는 성인의 말씀도 계신데, 제가 어찌 그럴 수가 있겠사옵니까. 오늘 황자마마들을 훈계한 것도 소신이 태자태보라는 신분이었기 때문에 가능했던 것……."

강희는 장정옥의 말에는 아랑곳하지도 않았다. 황자들을 두둔하는 말은 아예 들을 생각이 없는 듯했다. 얼마 후 그가 다시 벌떡 일어나 실내를 거닐었다. 그리고는 고개를 홱 돌리면서 말했다.

"장황자를 들어오라고 하게!"

윤제가 강희의 말이 떨어지기 무섭게 성큼 들어섰다. 이어 숙련된 동작으로 강희에게 인사를 올렸다.

"아바마마, 편히 주무셨사옵니까?"

강희가 더운 물수건으로 얼굴을 닦으면서 버럭 화부터 냈다.

"편히 자고 싶어도 몰상식한 것들이 발을 우레처럼 굴러대는데 어찌 잘 수가 있겠어? 오던 잠도 달아날 지경이구먼. 그래, 윤잉에게 갔던 일은 어떻게 됐어? 뭐라고 하던가?"

윤제가 황급히 대답했다.

"별다른 얘기는 없었사옵니다. 순간적으로 짧은 생각에 일을 저지르지 않을까 싶어 태감 두 명을 붙여주고 왔사옵니다."

윤제가 자신의 처사에 공치사를 하듯 말하고는 다시 한마디를 덧붙였다.

"아바마마, 아우들이 이 추운 날씨에 무릎을 꿇은 채로 새벽을 맞았사옵니다. 뼈저리게 뉘우치고 있을 테니 이제 그만 용서해주시옵소서."

윤제는 말을 마친 다음 잠깐 망설였다. 얘기를 해야 할지 말아야 할지 고민하는 눈치였다. 그러나 곧 결심을 한 듯 윤잉이 자신에게 했던 말을 있는 그대로 강희에게 들려줬다.

강희가 고개를 끄덕이면서 말했다.

"사실 짐도 자신의 결백을 끝까지 주장하는 윤잉의 말을 믿어주고 싶어. 그 아이는 짐에게 그런 짓을 할 용기가 없어. 근본이 그렇게까지 비뚤어진 아이가 아니기도 하고."

윤제가 피곤이 역력한 얼굴을 한 채 한쪽에 말없이 시립하고 있는 장정옥을 힐끗 쳐다봤다. 이어 강희에게 한 발 다가갔다.

"장정옥 어른은 폐하의 팔다리와 같은 최측근 신하이니 철석같이 믿기는 하겠사옵니다. 아들이 아바마마께 긴히 드릴 말씀이 있사옵니다. 괜찮겠사옵니까?"

강희가 갑작스런 윤제의 태도 변화에 심드렁한 표정을 지었다.

"뭘 그렇게 심각한 표정을 하고 그래? 부자父子이자 군신君臣인 사이에 못할 말이 뭐가 있겠어."

윤제는 잠시 머뭇거렸다. 그리고는 단어 사용에 각별히 신경 쓰는 듯한 모습을 보이면서 입을 열었다.

"윤잉에 대한 폐하의 말씀은 정말 지당하다고 생각하옵니다. 아들도 어젯밤 내내 수없이 생각해봤사옵니다. 그런데 이번 승덕에서의 풍파는 아무래도 의심스럽사옵니다. 걱정이 되기도 하고요. 둘째 아우는 병사들을 풀어 궁중을 협박할 정도의 배짱은 없는 것이 분명하옵니다. 문제는 셋째, 여덟째, 열셋째, 열넷째 등 아우들이 따로따로 놀면서도 속내는 전혀 드러내지 않는다는 사실이옵니다. 다들 머리들도 비상하고 말이옵니다. 그런데 머리 좋은 사람들이 나쁜 짓을 하려고 작심을 하면 더 무섭다는……."

윤제의 말은 예사롭지 않았다. 강희 역시 크게 놀라면서 경계하는 듯한 눈빛을 그에게 보냈다.

"그게 무슨 얘기인가?"

"솔직히 북경 일대에서는 몇 년 전부터 태자가 폐하의 총애를 잃었다는 소문이 돌기 시작했사옵니다. 물론 비록 소인배들이 날조한 요언에 불과할지도 모르옵니다. 그러나 황자들이 태자를 모함해 함정에 빠뜨리려 한다는 소문은 예사롭지 않사옵니다. 이번 일만 보더라도 태자 혼자 짧은 시간 내에 그렇게 주도면밀한 음모를 꾸몄다는 것은 조금 이상한 것 같사옵니다."

윤제가 미간을 찌푸린 채 말했다. 강희도 머리를 끄덕이더니 한숨을 지으면서 호응했다.

"짐도 그렇게 생각해. 솔직히 짐은 태자를 폐위시키려는 생각 같은 것은 추호도 없었어. 다 자기 손으로 자기 눈을 후벼 판 격이야. 그러니 짐의 어려운 사정도 이해해 줬으면 해."

윤제는 자신의 말에 강희가 박자를 잘 맞춰주자 더욱 신이 난 듯했다. 활짝 웃으면서 다시 입을 열었다.

"산토끼 한 마리가 어쩌다 마을에 내려오면 사람들은 그걸 잡으려고 혈안이 되어 쫓아다닙니다. 그러면 마을은 텅텅 비게 됩니다. 마을이 안정되려면 누구에게 잡히든 토끼가 잡혀야 합니다. 아우들이 중구난방으로 떠들고 다니니까 갑자기 이런 이야기가 생각나는군요."

장정옥이 윤제의 검은 속셈을 알아차린 듯 흠칫 놀라는 표정을 지었다. 그러나 곧 속마음을 들킬세라 차분하게 표정을 정리하고는 황급히 강희에게 아뢰었다.

"폐하, 북경에서 보낸 상주문이 도착할 때가 됐사옵니다. 신이 먼저 연파치상재로 가서 내용을 요약해서 정리해 놓는 것이 어떻겠사옵니까?"

강희가 대답했다.

"그건 나중에 해도 돼. 그러나 장황자의 명언은 자주 들을 수 있는 것이 아니야. 그러니 조금만 더 있어보게. 그래, 장황자 자네는 어떤 생각을 하고 있는지 좀 듣고 싶네."

"아들은 밤새도록 속이 탔사옵니다. 제 속은 완전히 재가 되는 것 같았사옵니다. 솔직히 폐하와 입장을 바꿔 생각해보기도 했사옵니다. 당연히 폐하께서 얼마나 힘드실지 걱정이 되더군요. 윤잉은 자신의 세력으로 작당을 한 지가 꽤나 오래 되는 것 같사옵니다. 문하들이 전국 방방곡곡에 퍼져 있다고 하옵니다. 따라서 윤잉이 있는 한 조정은 하루도 바람 잘 날이 없을 것이옵니다. 물론 최종 결단은 폐하께서 내리셔야 하옵니다. 하지만 주군의 걱정을 함께 짊어지고 덜어드려야 한다는 신하된 생각과 큰아들된 도리가 있는 것 아니겠사옵니까. 책임을 통감하고 드리는 말씀이옵니다……."

윤제는 갈수록 분위기를 살벌하게 몰아갔다. 옆에서 듣고 있던 장정옥은 자신도 모르게 소름이 끼치는 것을 어쩌지 못했다. 그러나 강희는 아무렇지도 않은 듯 웃음 띤 얼굴로 물었다.

"자네의 뜻은?"

윤제는 속으로 쾌재를 부르고 있었다. 이제는 됐다고 생각하는 것 같았다. 순간적으로 소름 끼치는 미소를 지으면서 이빨 사이로 말을 짜내듯 대답했다.

"큰아들에게 맡겨 주시옵소서. 아들이 나서서 윤잉을 손보겠사옵니다. 제 손에 피를 묻히겠다는 얘기이옵니다. 이 독초만 뽑아버리면 폐하께서는 잠자리 걱정은 하지 않으셔도 될 것이옵니다."

강희가 흠칫 놀라는 표정을 지었다. 윤제가 이렇게까지 노골적으로 피비린내를 풍기는 말을 할 줄은 꿈에도 예상하지 못한 것이었다. 강희는 마치 처음 보는 사람을 대하듯 윤제를 뚫어지게 노려봤다. 이어 한참 후 껄껄 웃으면서 말했다.

"여보게 형신, 장황자가 과연 대단하지 않은가? 목소리에도 쇳소리가 나고 손짓에도 바람이 이는 것이 이제부터라도 주목해야 하지 않겠어? 그런데 윤제, 자네의 그 생각은 너무 잔인한 것 아닌가? 후세들이 뭐라고 평가할지 두렵지 않아? 역사를 쓰는 붓은 쇠와 같아. 또 세 치 혀가 때로는 칼보다 무서운 거라고!"

장정옥이 강희의 말에 때를 기다렸다는 듯 입을 열었다.

"과연 그런 것 같사옵니다!"

그러나 장정옥은 짤막하게 대답하고는 바로 입을 뚝 다물어버렸다. 얼굴에는 뜻모를 웃음이 번지고 있었다. 윤제가 강희의 표정이 그리 어둡지 않은 것을 훔쳐보고는 다시 입을 열었다.

"아들은 맏이로서의 도리를 다할 뿐이옵니다. 아바마마를 위해서라면 천명天命도 두렵지 않사옵니다. 세 치 혀에 찔려죽는 것도 전혀 개의치 않을 자신이 있사옵니다. 솔직히 아들은 아바마마를 위해서는 죽음도 대신할 수 있사옵니다. 그런데 다른 무엇인들 못하겠사옵니까?"

강희는 말이 없었다. 대신 눈에는 늦가을 호수를 방불케 하는 차가운 물결이 가득했다. 그가 천천히 자리에서 일어나 창가로 걸어가더니 돌연 장정옥에게 지시했다.

"장정옥, 밖에 있는 황자들을 들어오라고 하게."

윤제는 자신의 말이 먹혀드는 여세를 몰아 이제는 윤지를 비롯해 윤진과 윤사 등의 위협 요인들까지 한데 싸잡아 짓이겨 버리려고 단단히 벼르고 있었다. 그러나 느닷없이 황자들을 들여보내라는 강희의 말은 그의 생각과는 완전히 반대였다. 그는 그만 멍해지고 말았다.

곧이어 윤지를 필두로 윤기, 윤조, 윤호胤祜 등의 황자들까지 밀물처럼 몰려들기 시작했다.

"두 가지 일이 있어서 자네들을 불렀어. 어제 저녁에 참으로 괴상한 일이 벌어졌어. 누군가가 열하熱河 도통都統인 능보에게 이천 명의 기병을 거느리고 어원御苑으로 들어가 주둔하라는 수유를 보냈어. 당연히 능보는 명령에 따랐지. 그런데 수유의 임자는 자기가 아니라고 하고, 진짜 배후는 아직 나타나지 않고 있어. 정옥, 태자의 수유라는 그 쪽지를 좀 가져다 황자들에게 보여주게."

강희가 담담한 미소를 머금은 채 단도직입적으로 말했다.

"예, 폐하!"

장정옥이 조심스럽게 종이쪽지를 가져다 두 손으로 셋째 윤지에게 건네줬다. 윤지로서는 이미 두 번씩이나 본 수유였다. 그럼에도 그는 열심히 들여다보는 척 연기를 했다. 처음 느낌 그대로 윤잉의 글씨를 애서 모방하려고 한 흔적이 역력했다.

얼마 후 그가 수유를 다시 성실하고 소박한 것으로 정평이 나 있는 다섯째인 윤기에게 넘겼다. 윤기 역시 떨리는 손으로 수유를 훑어보기 시작했다. 수유에는 아주 간단하게 몇 줄이 적혀 있을 뿐이었다.

황태자 윤잉의 수유: 황제폐하의 시위 악륜대 등은 봉천奉天, 직예直隸 쪽으로 이동해 잘 방어를 하도록 하라. 또 열하의 도통인 능보는 친병을 직접 인솔해 와서 산장을 호위하라. 이에 명령을 내린다.

윤기에 이어 윤조, 윤우, 윤사, 윤당이 차례로 수유를 건네받았다. 그리고는 약속이나 한 듯 자세히 살펴봤다. 그러나 다 보고 나서는 어느 누구도 가타부타 말을 하지 않았다.

"어때? 짐이 그 좋은 연파치상재를 놔두고 허둥지둥 계득거로 거처를 옮긴 이유를 알겠는가? 윤제부터 각자 자기 생각을 말해보도록 해."

강희가 바위처럼 위엄이 넘치는 무거운 목소리로 말했다. 윤제는 강희가 자신의 의견을 수용해 윤잉을 제거하겠다는 결심을 한 것이 틀림없다고 지레짐작했다. 당연히 신이 났다.

"아들이 여러 번 눈여겨 본 결과를 말씀드리겠사옵니다. 조작한 흔적 같은 것이 보이기는 하옵니다. 그러나 붓끝의 놀림이나 힘의 강약, 그리고 필체의 원숙한 느낌으로 볼 때 윤잉의 친필이 틀림없사옵니다. 몇 군데 비슷하지 않은 곳은 사람들의 시선을 혼란시키기 위해 일부러 조작한 것이 틀림없습니다……."

윤제는 확신에 찬 목소리로 말하고 나서 갑자기 좌중의 사람들을 슬쩍 둘러봤다. 나름 시선을 의식하는 듯했다. 그래서일까, 그가 말꼬리를 살짝 돌리면서 다시 입을 열었다.

"하오나 다른 가능성도 배제할 수는 없사옵니다. 이를테면 윤잉의 필체에 익숙한 자들이 모방했을 가능성도 있다는 얘기이옵니다. 윤잉이 워낙 정무를 오래 봤으니 그럴 수도 있을 것이옵니다."

"큰형님, 뭔가 잘못 알고 계신 것 같네요. 글씨를 해부해 잘 뜯어보면 이것은 절대 둘째 형님의 친필이라고 할 수 없습니다. 누군가 둘째 형님을 모방하려 했다고요. 그러나 글씨 자체는 모방했을지 몰라도 그 속에 들어 있는 글의 정신이나 인품은 모방하지 못했어요. 철저히 모방에 실패했다고 봐야 하죠!"

윤제가 은근히 윤잉을 몰아세우는 듯하자 셋째 윤지가 바로 반박하고 나섰다. 여덟째 윤사 역시 맞장구를 쳤다.

"둘째 형님 글씨는 그네 타는 여인네의 치맛자락을 떠올리게 하는 멋스러움이 있어요. 그러나 이건 영 아닙니다."

윤지와 윤사가 강하게 나오자 다른 황자들 역시 하나같이 수유의 필체가 윤잉의 것이 아니라고 주장하기 시작했다. 그러자 강희가 의아한 표정을 한 채 물었다.

"그러면……, 누구의 글씨인 것 같아?"

윤제는 그래도 단호했다. 마치 확신하듯 잘라 말했다.

"제가 보기에는 역시 둘째의 필체가 틀림없사옵니다!"

"아니옵니다! 솔직히 폐하께서는 이런 식으로 물어보실 필요도 없사옵니다. 답은 아주 간단하옵니다. 태자 자리에 눈독을 들이고 있는 사람이 바로 원흉이옵니다!"

윤아가 윤제의 강변이 끝나자마자 벌떡 일어서면서 자신의 주장을 펼쳤다. 그리고는 매섭게 윤제를 노려보았다.

그러나 윤제는 여유만만이었다. 자신은 전혀 문제의 쪽지와는 무관하다고 생각하는 표정이었다. 행동에서도 윤아의 말에 일리가 있다고 판단하는 듯한 느낌을 풍겼다. 곧 그가 셋째를 흘깃 쳐다보면서 말했다.

"열째 아우의 말에 일리가 있는가, 셋째?"

윤지는 순간 느닷없이 자신에게 던져진 불덩어리에 다소 당황스럽다는 표정을 지었다. 그러나 얼토당토않은 말로 괜히 긁어 부스럼 만들 필요가 없다고 생각했는지 대꾸할 생각은 전혀 하지 않았다.

윤제 역시 마찬가지였다. 지금 당장 윤지를 물고 늘어져봤자 근거가 부족하다고 판단하는 듯했다. 때문에 그의 대답을 별로 기대하지 않는 것 같았다. 아마도 누워서 침 뱉는 격이 될지도 모른다는 생각을 하는 듯 보였다. 그가 다시 입을 열더니 말길을 돌렸다.

"이 일은 필체만 문제가 되는 것이 아니옵니다. 수유에 찍힌 새인璽印에 대한 의혹 역시 떨쳐버릴 수 없사옵니다. 그게 어떤 직인이옵니까. 옆에서 자주 눈여겨본 가까운 측근이라야 그 정도로 정밀하게 위조해낼 수 있을 것이라고 생각하옵니다."

윤잉의 직인을 거론한 윤제의 말은 드디어 황자들의 공격 대신 공감대를 얻어내는 데 성공하는 듯했다. 열째 윤아가 주위를 두리번거리면서 윤진과 윤상이 없는 것을 확인하고는 단정적으로 말했다.

"제 생각에는…… 열셋째인 것 같사옵니다!"

사실 좌중의 황자들은 수유가 문제가 되기 시작하면서부터 머릿속에 윤상을 떠올리지 않은 것이 아니었다. 그러나 윤진을 의식해서 함부로 말을 뱉지 못했다. 하지만 그 생각이 공론화 되자 분위기는 확달라졌다. 가장 먼저 열넷째가 호응을 하고 나섰다.

"저도 그렇게 생각하옵니다."

열넷째의 말이 용기를 불러일으킨 듯 좌중의 황자들은 마침내 경쟁적으로 입을 열었다.

"간덩이 부어터진 사람이 윤상 말고 또 있사옵니까?"

"태자의 필체를 놓고 열심히 서예 연습하는 광경을 본 적이 있사옵니다."

"육경궁을 제집 드나들 듯 하다 보면 인새가 찍혀있는 빈 공문을 얻기는 식은 죽 먹기 아니겠사옵니까?"

윤상을 비난하는 목소리는 완전히 봇물 터지듯 폭발했다. 국채 환수 때 쌓였던 그에 대한 앙금이 한꺼번에 쏟아져 나오고 있다고 해도 좋았다.

"알았어! 오늘은 이 일에 관해서 여기까지만 얘기하도록 해. 짐이 자네들을 부른 두 번째 이유는……, 방금 장황자가 무릎을 꿇은 채 짐에게는 다소 부담스러운 충성을 표시해서 말이야. 짐이 자식을 죽였다는 오명을 덮어쓰는 것을 우려한 장황자가 장자답게 자신이 직접 윤잉을 죽이겠다고 했어. 집안의 안정을 도모하게 해달라고 특별히 부탁을 하면서 말이야. 너희들의 생각은 어떠하냐?"

강희가 황자들의 주장을 차분하게 듣는가 싶더니 갑자기 화제를 바꿨다. 의외로 상당히 침착한 표정이었다. 하지만 얼굴 근육은 푸들거리고 있었다. 흥분을 억지로 참고 있는 것이 분명했다.

삽시간에 좌중의 사람들은 그 자리에서 얼어붙고 말았다. 경악이라는 말로는 충분하지 않은 너무나 충격적인 얘기였다. 급기야 수십 개의 눈이 땅에서 솟아난 악귀를 쳐다보듯 하는 시선으로 윤제를 바라봤다.

윤제 역시 순간적으로 별로 호의적이지 않은 강희의 어조를 통해 분위기를 파악한 것 같았다. 겁을 집어먹은 표정으로 어쩔 줄 몰라 했다. 벌거벗겨진 채로 인파 속에 던져진 것 같은 곤혹감이 그의 얼굴에 떠올랐다.

"아바마마······!"

윤제가 무겁고 차가운 분위기를 참다못한 듯 머리를 조아린 채 떨리는 목소리로 강희를 불렀다. 이어 변명 비슷한 말을 늘어놨다.

"아들은 진심이었사옵니다······. 맹자 말씀에 '왕조의 사직은 중하고 군주는 가볍다'고 했사옵니다. 무릇 대청의 창창한 앞날에 걸림돌이 되는 것이라면 아들은 도끼에 맞아죽을 각오로 간언해 바로잡을 것이옵니다. ······아바마마께서는 부디 아들의 충심을 헤아려 주셨으면 하옵니다."

"허튼소리 말고 어서 꺼져! 별것도 아닌 것이 사람을 우습게 보고 있어! 아주 데리고 놀려고 하니 말이야! 너 같은 미련한 돼지가 태자가 된다면 그건 곧 말세야 말세! 알아들었어?"

윤제의 변명에 더욱 화가 난 듯 강희가 결국엔 탁자를 힘껏 내리치면서 크게 화를 냈다.

"억울하옵니다. 아들은 맹세코······ 태자 자리에 눈독을 들인 적이 없사옵니다. 맹세코······!"

윤제가 강희의 시퍼런 서슬에 말을 잇지 못했다. 그저 싸늘한 추풍에 떨어지지 않으려고 아슬아슬하게 나뭇가지를 붙잡은 채 바들바들 떨고 있는 나뭇잎처럼 온몸을 떨기만 했다.

27장

사면초가에 빠진 장황자

강희와 장정옥을 제외한 대부분 황자들은 하나같이 장황자의 낭패스런 얼굴을 보면서 쾌재를 불렀다. 셋째 윤지 역시 형이 그 지경이 돼버린 것이 싫지 않았다. 아니 오히려 오랜 목마름 끝에 샘물을 마신 듯 통쾌한 기분을 느꼈다. 자신의 문하인 맹광조를 들먹이면서 자기를 물먹이려 한 것에 대한 앙금이 아직도 꽤나 남아 있던 터였으니까.

하지만 윤지는 그런 기색을 전혀 드러내지 않은 채 강희를 향해 얼굴을 돌리면서 입을 열었다.

"아바마마, 큰형님 때문에 너무 화를 내시면 아니 되옵니다. 건강에 해로우십니다. 당장은 둘째 형님의 일을 처리하는 것이 더 중요하옵니다. 또 어제 아바마마께서 말씀하신 것 중에 문득 생각나는 이상한 일이 있어 아뢰고자 하옵니다……"

"뭔가? 윤잉과 관련 있는 일이야?"

강희가 정색을 하는 윤지의 모습에서 윤잉의 사건과 모종의 관련이 있는 일을 말할지도 모른다는 생각을 하면서 물었다. 윤지도 그런 강희의 마음을 아는 듯 황급히 대답했다.

"강희 사십사 년 이후 큰형님은 여러 번 저에게 와서 책을 빌려갔사옵니다. 《송학산방》松鶴山房이나 《역경전주》易經詮注 같은 책도 있었으나 《황얼사집》을 비롯해《소병가》燒餠歌, 《추배도》推背圖 같은 오행五行과 점성술과 관련한 책도 자주 빌려가 아예 돌려주지 않기도 했사옵니다. 저는 처음에는 별로 개의치 않았사옵니다. 그러나 세상을 구제해야 할 군자로서 그런 책에 매료되는 것이 아무래도 이상했사옵니다. 그에 대해서는 진몽뢰 선생이 주의를 주기도 했사옵니다. 그 다음부터는 어쩐지 조금 이상해 경계심도 가지게 됐사옵니다."

황자들은 윤지의 이야기가 어디로 흘러갈지 몰랐기에 모두들 바짝 긴장을 하기 시작했다.

"이후 큰형님은 옥첩玉牒을 빌리러 오기까지 했사옵니다. 옥첩은 종실宗室 자제들의 생신팔자生辰八字가 적혀 있는 것 아닙니까. 특별한 용도도 없는 것이죠. 그래서 왜 그럴까 하고 궁금해했었사옵니다. 그런데 얼마 뒤 육경궁 총관태감인 하주아로부터 한 가지 충격적인 얘기를 듣게 됐사옵니다……."

좌중의 사람들은 마지막 말에 너 나 할 것 없이 저마다 눈이 휘둥그레졌다. 윤제는 아예 사색이 되기까지 했다. 급기야 윤지 쪽으로 고개를 돌려 집어삼킬 듯 노려보면서 고함을 질렀다.

"셋째! 너…… 너, 생사람 잡지 마!"

"입 닥치지 못해! 윤지, 계속 얘기해봐."

강희가 벌컥 고함을 질렀다.

"예, 폐하."

윤지가 고개를 숙였다. 이어 다시 조심스럽게 아뢰었다.

"어느 날 하주아가 느닷없이 찾아와 저에게 큰형님의 지나치게 잦은 육경궁 출입을 자제시켜 주십사 하고 부탁을 했사옵니다. 무슨 일이 생기면 자신은 감당하기 어렵다는 말도 했사옵니다…… 저는 그때 그자가 황자들 사이를 이간질시키려고 그러는 줄로만 알았사옵니다. 그래서 한참 몰아세웠죠. 그랬더니 그가 어쩔 수 없이 실토를 했사옵니다. 큰형님이 태자마마가 자주 머무는 곳마다 찾아다니면서 자꾸 뭔가를 찔러 넣는 것을 봤다고 했사옵니다, 폐하……."

"그래서? 그런 일이 있었다는 것을 알면서 왜 이제야 말해? 몇 수레나 읽었다는 책은 도대체 어디로 읽은 거야?"

강희가 무섭게 눈을 부릅떴다. 그리고는 탁자를 부서져라 내리쳤다. 강희의 불호령에 겁을 먹은 듯 윤지가 연신 머리를 조아렸다.

"이 일이 사실이라면 엄청난 음모와 계략과 연결될 것이 분명했으니까요. 더구나 제가 두 눈으로 직접 본 것도 아니옵니다. 남의 말만 듣고서는 감히 폐하께 말씀드릴 수가 없었사옵니다. 그뿐이 아니옵니다. 큰형님은 맏이인 데다 왕위에도 저보다 훨씬 먼저 오르지 않았사옵니까. 신분상 따지고 들 수도 없었사옵니다. 어제 폐하께서 '윤잉이 귀신이 붙은 것도 아닐 테고……'라고 말씀을 하셨을 때 비로소 문득 떠올랐사옵니다. 눈밭에서 무릎을 꿇고 있으면서 어떻게 해야 하나 곰곰이 생각한 끝에 비로소 용기를 내서 말씀을 드리는 것이옵니다. 자칫 큰형님에게 억울한 누명을 씌울 수도 있고 해서 솔직히 머릿속이 조금 혼란스러웠사옵니다. 한편으로는 둘째 형님을 궁지에서 헤어 나오게 하는 수도 있을 것 같기도 하고……."

여덟째 윤사가 잠자코 윤지의 말을 듣다 말고 경외심에 가득 찬 눈빛으로 그를 바라봤다. 하나를 고자질 하더라도 오독五毒으로 심장을 관통시켜 즉사하도록 만들면서 자신의 물러날 자리까지 만들어 놓는 그의 수법이 놀라웠던 것이다.

'책을 많이 읽은 자의 머리는 역시 다르구나!'

윤사는 그렇게 생각하고 혀를 내둘렀다.

바로 그때 강희가 거친 숨을 몰아쉬면서 하얗게 질린 얼굴을 한 채 이를 악물면서 말했다.

"그래 과연 황자들답다! 훌륭한 효자들이로고! 윤제, 대답해봐. 윤지 말이 맞는 거야?"

윤제는 빨리 대답하는 대신 속으로 가만히 상황을 정리해 봤다. 순간 상황이 이보다 더 이상 나쁜 지경에 이를 수는 없겠다는 생각이 그의 뇌리를 때렸다. 단호하게 밀어붙이는 것이 역시 최선이라는 결론도 나왔다.

"성명하신 아바마마, 절대 윤지의 엉뚱한 소리를 듣지 마시옵소서! 모든 것이 극악무도한 모함에 불과하옵니다. 아들에 대한 아바마마의 애정이 예전 같지 않으니 아예 이참에 짓이겨 버리려는 것이옵니다! 셋째는 평소 역사책을 죽어라 하고 읽었사옵니다. 그 때문에 어느새 간사하고 교활하기 그지없는 인간으로 전락해버렸사옵니다. 셋째는 자신의 문하인 맹광조를 밖으로 내보내 외관들을 농락했사옵니다. 뿐만이 아니옵니다. 고작 괴인怪人에 불과한 장욱지張郁之를 데려다 집에서 관상을 보거나 점을 치고 있사옵니다. 아무래도 그 저의가 수상하옵니다…… 설사 요술로 태자를 죽이려는 행위가 있었다고 해도 좋사옵니다. 그렇다면 그건 분명 윤지의 소행일 것이옵니다!"

"참 별일도 많네요. 얼굴에 철판을 깔아도 유분수지!"

여덟째 윤사가 묵묵히 듣고만 있다 불쑥 입을 열었다. 끝까지 강 건너 불 보듯 하면서 잠자코 어부지리나 챙기려던 그의 자세가 전혀 아니었다. 그러나 그가 그렇게 나설 수밖에 없었던 이유는 있었다. 윤제가 장덕명의 수제자인 장욱지를 들먹인 탓이었다. 한마디로 자칫하면 불길이 자신에게까지 번질 위험이 있다고 판단한 것이다.

그가 머리를 조아린 채 덧붙였다.

"장욱지라는 자의 신술神術이 대단히 뛰어나다 어쩌다 하면서 말도 되지 않는 소문을 퍼뜨리고 다닌 사람은 큰형님입니다. 그런데 이제 와서 오히려 셋째 형님의 발뒤꿈치를 물다니요! 천벌을 받을 것입니다."

윤당과 열넷째 윤제 역시 가만히 있지 않았다. 장황자 윤제가 자신들을 억지로 끌고 가서는 관상을 보도록 했다는 사실까지 털어놨다. 더불어 진몽뢰와 하주아 등 증인이 될 만한 사람들의 이름도 거론했다. 윤제를 거세게 몰아붙이는 윤사의 용기에 고무된 듯했다.

강희는 황자들의 말에 입을 다물지 못했다. 자신의 기대와는 달리 자식들이 평소에 비천하고 유치한 짓을 하면서 왕래했다는 사실에 다시 한 번 큰 충격을 받은 것이다. 그래서일까, 그의 머리카락이 마치 가을날 갈대꽃이 바람에 이리저리 나부끼는 것처럼 심하게 흔들렸다. 불처럼 화가 치밀어 오르고 있다는 뜻이었다.

옆에서 그 모습을 지켜보던 장정옥이 강희가 홧김에 황자들 모두를 엄벌에 처하지나 않을까 우려가 되는지 황급히 곁으로 다가갔다. 그리고는 조용히 아뢰었다.

"집안 흉은 밖으로 새나가게 해서는 안 된다고 했사옵니다. 이번 사건의 장본인은 장황자가 틀림없는 것 같사옵니다."

강희 역시 일이 크게 번지는 것을 원치 않았다. 그로 인해 나라 안팎이 들썩거린다면 망신도 그런 망신이 없었다. 그는 어떻게 하면 이

난국을 타개할까 하고 부지런히 수습책을 모색했다. 그러다 마침내 냉소를 흘리면서 말했다.

"하나같이 별 볼 일 없는 줄은 알았으나 이 정도로 못난 줄은 정말 몰랐어. 정말 실망이야! 짐은 어리석게도 아직 얼마간은 더 버텨보려고 안간힘을 쓰고 있었어. 그런데도 너희들은 온갖 요술쟁이들을 불러서는 하루라도 빨리 짐을 관 속에 집어넣으려고 발광을 했군! 윤제, 네가 저지르고 다닌 개돼지보다 못한 행각들은 잠시 접어둘 수도 있어. 그러나 윤잉을 해치려 한 죄는 절대로 용서할 수가 없어! 인간에게는 오륜五倫이라는 것이 있어. 너는 충군忠君, 애부愛父, 군신君臣 사이의 대의大義, 혈육의 정, 그 어느 것도 가지지 못했어. 오직 짐승을 능가하는 악랄함과 표독함만 있을 뿐이야. 들판에 내던져줘도 독수리조차 뜯어먹지 않을 더러운 놈……. 하주아, 어디에 있는가?"

하주아는 바깥의 복도에서 문에 귀를 바싹 들이댄 채 안의 대화를 엿듣고 있던 차였다. 그러다 자신을 부르는 소리가 들리자 흠칫 놀라면서 마치 미끄러지듯 문을 밀치고 들어갔다. 이어 바닥에 납작 엎드리고는 닭이 모이를 쪼아 먹듯 연신 머리를 조아렸다.

"폐하! 죽을죄를 지었사옵니다……. 셋째마마의 말씀은…… 전부 사실이옵니다……."

하주아가 더듬거리면서 말하더니 곧 두루마기 끄트머리를 쫙쫙 찢었다. 그리고는 그 속에서 노란 비단수건을 꺼냈다. 이어 고개도 쳐들지 않은 채 두 손으로 받쳐 올리면서 울음 섞인 목소리로 덧붙였다.

"이…… 이것이 바로 장황자마마께서 태자마마의 베개 밑에 넣었던 물건이옵니다……."

장정옥이 황급히 달려가 하주아가 내민 물건을 받아서 강희 앞에 펼쳐보았다.

짙은 먹구름이 일월성日月星을 짓뭉갠 채 무겁게 드리워 있는 수묵화였다. 그림 속에서 윤잉의 모습을 닮은 한 남자가 두 발이 지옥이라고 쓰인 땅속에 파묻힌 채 괴로운 표정을 짓고 서 있었다. 또 호랑이의 그것을 연상케 하는 누렇고 긴 이빨을 징그럽게 드러낸 다섯 악귀들은 죽어라 하고 그림 속의 남자를 잡아당기고 있었다. 오른쪽 맨 위에는 윤잉의 것으로 보이는 생신팔자生辰八字가 적혀 있었다.

계축癸丑 임신壬申 정사丁巳 을해乙亥

그랬다. 틀림없는 윤잉의 생신팔자였다.

강희는 설마 하는 표정으로 그 글을 자세히 들여다봤다. 윤제의 행서체가 확실했다. 순간 강희가 말없이 비단수건을 구기더니 윤제의 얼굴을 향해 힘껏 던졌다. 윤제는 완전히 사색이 된 채 입을 덜덜 떨면서 한마디 변명의 말도 하지 못했다.

반면 하주아는 후환을 불러올 수도 있는 엉뚱한 일에 얽혀 있는 것이 못내 두려운지 혼자서 조용히 중얼거렸다.

"소인은 이걸 보는 순간 생기지도 않은 아이가 떨어지는 줄 알았사옵니다. 폐하께 주청하고 싶었어도 감히……. 태자마마, 장황자마마 모두 소인을 없애버리려고 작정을 하시면 개미 한 마리 밟아 죽이는 것보다 쉬울 게 아니옵니까……."

"꺼져!"

강희가 하주아의 변명에도 화가 풀리지 않는다는 듯 길길이 뛰었다. 그러다가 결국엔 하주아에게 발길질까지 날렸다. 그 바람에 하주아는 마치 헛발질에 나가떨어진 신발처럼 저만치 날아가더니 엉덩방아를 찧었다. 강희가 그래도 화가 풀리지 않는지 계속 거친 숨을 몰아쉬면서 다시 외쳤다.

"유철성, 장오가! 어디 있는가?"

"예, 폐하! 소인들 대령했사옵니다."

"윤제, 이 짐승보다 못한 놈을 끌어내!"

강희가 목에 핏대를 무섭게 세운 채 명령했다.

"윤잉의 바로 옆방에 가둬!"

"예, 폐하!"

"장정옥!"

"신 대령했사옵니다."

"가서 윤진을 들어오라고 하게. 그리고 가서 윤상에게 물어봐. 짐은 평소에 윤상을 상당히 성실하고 썩 괜찮게 봤어. 그런데 짐을 배신하고 사사롭게 군사를 불러들였다니 그 이유가 뭔지 물어봐. 솔직한 답변을 기다린다고 전하게!"

강희가 일사불란하게 지시를 내렸다. 그러나 마음은 괴로운 듯했다. 안색 역시 너무 위태로워 보였다.

"예, 폐하!"

"답변을 받아내고 즉각 윤제와 같이 처넣어버리게!"

강희가 이를 뿌드득 갈았다. 그리고는 다시 말을 이었다.

"또 있어. 요즘 뭘 믿고 그러는지 통 눈에 뵈는 것이 없는 악륜대가 감히 연파치상재 앞에서 술을 마시고 난동을 부렸다고? 즉각 직무를 해제시켜 조봉춘 밑의 참장參將으로 쫓아버려!"

좌중의 사람들은 갑작스런 강희의 말에 뭔가 잘못 듣지 않았나 하고 자신들의 귀를 의심했다. 악륜대까지 처벌 대상이 된 것이 이상했던 것이다. 사람들은 동시에 그가 무슨 죄를 지었는지 궁금한 표정을 지었다.

급기야 열넷째가 슬며시 주변에 이유를 물었다. 그러자 셋째가 귀 엣말로 속삭였다.

"술을 마시고는 폐하의 침궁寢宮 앞에서 오줌을 쌌다고 하는군. 또 그것 때문에 유철성과 한판 붙는 바람에 폐하께서 제대로 주무시지를 못하셨다는 거야. 그래서 이리 뒤척 저리 뒤척 잠을 못 이루신 폐하께서 내친김에 냉향정에 정 귀인을 보러 가셨던 것이고⋯⋯."

열넷째는 셋째의 설명을 듣고서야 비로소 지금과 같은 한 차례의 대풍파가 다름 아닌 악륜대로 인해 야기됐다는 사실을 알게 됐다. 정 국을 뒤흔드는 엄청난 사태는 그와 같이 사소한 일이 발단이 되었던 것이다. 허탈함과 함께 기운이 쑥 빠진 열넷째는 자신도 모르게 등에서 식은땀이 배어 나왔다.

장정옥을 비롯한 일부 사람들이 밖으로 나갔다. 방 안에는 드디어 강희와 황자들만 남게 되었다. 다행히도 강희의 표정은 다소 풀어져 있었다. 얼마 후 강희는 눈앞의 벽에 시선을 고정시켰다. 마치 벽을 꿰뚫기라도 할 것 같았다. 아마도 눈물인지 불빛인지 아른거리는 것을 주위 사람들이 보지 못하게 하려는 것 같았다. 그래서일까, 그는 많이 지쳐 보였다.

그러나 강희는 곧 정상을 되찾았다. 한숨을 내쉬더니 한결 부드러운 목소리로 입을 열었다.

"밤새도록 눈밭에 꿇어앉아 있었으니 이제 그만 일어나⋯⋯. 짐이할 말이 있으니 가까이 와서 앉아."

황자들은 장시간 꿇어앉아 있었던 것이 무척이나 힘들었는지 얼른 일어서지를 못했다. 그 모습이 애처로워 보였다. 그들은 천천히 강희에게 다가갔다.

바로 그때 발이 걷히는 소리가 들렸다. 동시에 윤진이 들어섰다. 유난히 잿빛이 어둡게 내려앉은 얼굴을 조각상처럼 차갑게 굳힌 채였다. 워낙 웃음기 없이 딱딱한 표정으로 주위 사람들에게 너무나도 익숙해진 그이기는 했으나 무언가 큰 충격을 받은 것이 분명했다.

그가 잠시 형제들이 하나둘씩 자리를 털고 일어나 강희에게 다가가는 모습을 멍하니 바라봤다. 그러다 갑자기 뭔가 떠오르는 듯 강희 앞에 무릎을 꿇고는 머리를 조아린 채 하소연했다.

"아바마마! 어떤 자가 앙심을 품고 모함을 했는지 모르겠사오나 방금 장정옥이 윤상을⋯⋯."

"윤상에 관한 얘기라면 일단 접어둬."

강희가 찻잔을 들면서 대답했다. 이어 찻물을 한 모금 마시고 난 다음 덧붙였다.

"일어나서 다 같이 짐의 물음에 대답할 준비나 하라고. 그 옛날 우리 대청이 산해관山海關에 입성할 때였어. 당시 우리 병력이 얼마였나? 또 명나라 한족의 병력이 얼마였지? 누구 아는 사람 있어?"

황자들은 전혀 예기치 못한 물음에 어리벙벙해졌다. 서로를 마주 보면서 머뭇거렸다. 그 와중에 형들이 입을 뗄 엄두를 못 내자 열넷째가 조심스럽게 입을 열었다.

"전에 군사 훈련을 할 때 들은 것 같사옵니다. 그 당시 우리는 갑옷으로 무장한 팔기八旗 병력이 십이만 칠천 명이 있었사옵니다. 또 산해관에서 투항한 오삼계의 군대 사만 일천 명도 있었죠. 모두 다 합쳐 십육만 팔천 명이었던 것 같사옵니다. 반면 이자성의 병력은 직예에만 약 백십만 명이 있었죠. 여기에 각 지역에 흩어져 있던 남명南明의 잔여 세력들까지 합치면 약 삼백만 명 정도 되지 않았을까 싶사옵니다. 정확히 따져보지는 않았지만 말이옵니다."

"그렇지! 십칠만 대 삼백만의 대결이었지. 그래 삼백 만이 십칠 만을 당해내지 못한 이유가 어디에 있다고 생각하나?"

강희가 머리를 끄덕이면서 물었다. 눈길은 자연스럽게 좌중에서는 가장 연장자인 윤지에게로 먼저 향했다. 그러자 윤지가 어쩔 수 없이 다소 움찔거리는 표정을 지은 채 대답했다.

"옛말에 '하늘은 특별히 친한 사람이 없다. 오로지 덕이 있는 자를 돕는다'는 말이 있사옵니다. 우리가 바로 그랬사옵니다. 우리의 입관入關은 이자성이 죽은 명나라 숭정崇禎 황제의 원수를 갚기 위해 의도한 것이옵니다. 또 우리는 하늘의 뜻에 순응하는 자세를 가졌사옵니다. 이것이 천심을 얻었사옵니다. 궁극적으로 그것이 승리의 원인이 되었다고 생각하옵니다."

강희는 윤지의 아부 다분한 말에 무덤덤한 표정을 지었다. 그러자 여덟째가 재빨리 그 표정을 읽고는 황급히 입을 열었다.

"한족들은 천성적으로 게으르고 나약하옵니다. 위기 대처 능력도 떨어집니다. 게다가 쉽게 패배를 인정하는 근성이 있사옵니다. 그에 반해 우리 대청은 인의가 깊사옵니다. 더구나 후덕할 뿐만 아니라 용감무쌍한 정예 부대가 있사옵니다. 이로 인해 완전히 사기 백배하여 전투에 나설 수 있었사옵니다. 그래서 불과 몇 년 사이에 중원을 호령할 수 있었던 것이 아닌가 싶사옵니다."

강희는 그러나 여덟째의 말에도 머리를 절레절레 흔들었다. 이 정도 되면 나머지 황자들도 가만히 있을 수 없는 일이었다. 급기야 저마다 정답을 찾느라 머리를 싸매기 시작했다.

"한족들은 오랜 난리를 겪으며 기력을 잃었사옵니다. 또 훌륭한 군주도 없었사옵니다. 그것이 바로 하늘의 뜻이 우리에게 기운 결정적 원인이 아니었나 생각하옵니다!"

"이자성이 무능하고 아둔했사옵니다. 한족 사대부들을 농락할 줄 몰랐사옵니다. 더불어 오삼계의 심기를 불편하게 했기 때문인 것으로 보옵니다!"

"……"

강희는 그래도 여전히 고개를 저을 뿐이었다. 그러다 드디어 내내 입을 굳게 다물고 있던 윤진에게 시선을 고정시킨 채 물었다.

"자네는 왜 말이 없나?"

"다들 일리가 있는 말이옵니다."

윤진이 잠자코 황자들의 답변과 강희의 표정을 주시하면서 대답했다. 강희가 원하는 정답을 얻었다고 생각한 듯 자신감 넘치는 표정이었다. 그가 애써 웃음을 지은 채 덧붙였다.

"한족들은 머릿수는 많아도 저마다 따로 놀았사옵니다. 구슬이 서 말이라도 꿰어야 보배라고 했사옵니다. 그러나 그들에게는 자신들을 한데 꿰맞춰 이끌어나갈 수 있는 영도자가 없었사옵니다. 그들은 우리가 이자성을 물리치자 박수를 치고 좋아했사옵니다. 이자성을 도와줄 생각은 전혀 하지 않았사옵니다. 오히려 자기들을 위해 정적을 제거해주었다고 생각했사옵니다. 한족들은 그렇듯 스스로 천하의 주인이 되기를 포기한 것이옵니다. 그래서 졌사옵니다. 또 이것이 바로 하늘의 뜻이옵니다."

강희가 윤진을 묵묵히 바라봤다. 이어 눈을 지그시 감은 채 말했다.

"자네의 말이 비교적 정답에 접근한 것 같네. 이자성은 전투를 잘하는 자신의 부하에게 치명타를 입었지. 명나라의 당왕唐王 역시 정령政令이 전혀 먹혀들지 않으면서 패했어. 그런 것을 보면 모두가 스스로 무덤을 판 것이나 다름없어!"

강희가 말을 마치고는 가볍게 한숨을 내쉬었다. 그러더니 갑자기 목청을 높였다.

"그런데 이것이 결코 남의 일만은 아니야. 이런 현실이 짐을 참담하게 만들어. 남의 잘못은 그렇게 잘 아는 사람들이 그래, 엉뚱한 짓이나 일삼고 다녀? 오늘은 이 녀석이 저 녀석의 베개 밑에 뭔가를 집어넣고, 내일은 저 녀석이 자신의 문하를 지방으로 파견해 외관들이나 매수하고 말이야. 또 모레는 내친김에 군사를 풀어 쳐들어오고……. 매사에 그런 짓이나 일삼고 다녀서야 되겠어? 자네들은 지금 자멸의 길로 가고 있어. 그것도 아주 적극적으로 말이야! 알아듣겠어?"

강희의 눈빛에는 살의가 번뜩이고 있었다. 황자들은 그 눈빛에 질린 듯 저마다 무릎을 꿇은 채 머리를 조아렸다. 강희가 황자들을 힐끗 돌아보더니 다시 천천히 입을 열었다.

"한족들을 내 품안에 끌어안기 위해 짐이 얼마나 심혈을 기울였는지 모르지는 않을 테지? 삼번의 난이 열한 개 성을 불바다로 만들었을 때지, 아마. 그때도 짐은 과거시험을 실시했어. 당시 황종희黃宗義와 고염무顧炎武가 입을 나불거리고 붓대를 휘저어가면서 우리를 얼마나 욕하고 다녔어? 그래도 짐은 때로는 주먹을 불끈 쥐었다가도 재빨리 뉘우쳤어. 애써 웃음을 지어보이면서 최상의 예우를 해줬어. 당연히 털끝 하나도 건드리지 않았지. 박학홍유과博學鴻儒科 실시도 그랬어. 전례 없는 대단한 잔치였으나 한족 석학들을 시험장에 모셔 오는 것은 그야말로 하늘의 별 따기였어. 왜 화가 나지 않았겠어! 더러운 파리를 삼킨 것처럼 구역질이 났었어. 모조리 장화발로 짓이겨버리고 싶었다고! 하지만 짐은 자존심이 여지없이 구겨져 내동댕이쳐지는데도 꾹 참았어. 왜일까? 짐은 마지막에 웃는 진정한 승자가 되고 싶었기 때문이야. 그리고 하나같이 별 볼 일 없는 너희 자식새끼들에게 솔선수범해서 깨우침을 주고 싶었던 거야!"

강희는 심하게 흥분한 듯 두 손을 바르르 떨었다. 그리고 눈물까지 흘렸다. 이어 애걸하듯, 간청하듯 말을 이었다.

"한족들은 일억 명도 넘지만 우리는 고작 백만 명밖에 되지 않아. 우리는 뭉쳐야 사는 거야! 그런데 너희들은 어찌해서 총칼을 자기의 집구석을 향해 겨누는 거야? 서로 으르렁대면서 잡아먹지 못해 안달이 나 있나 이 말이야! 언제까지 이럴 거야? 집구석 다 말아먹고 우리 다 같이 만주로 쫓겨 가서 다시 한족들 밑에서 종살이나 할 셈이냐? 그게 너희들 꿈이야? 이놈들아……, 제발 부탁이다. 과거는 흘려보내고 이제부터라도 정신 바짝 차려. 이 애비 주위에 한마음 한뜻으로 똘똘 뭉쳐줄 수는 없겠어?"

강희는 갈수록 기운이 떨어지는 것 같았다. 마지막 말을 할 때는 안색이 창백하기까지 했다. 목소리 역시 점점 가라앉았다. 그동안 가슴 속에 맺히고 쌓인 울분과 고통, 원한이 한꺼번에 몰려오는 모양이었다.

그가 마침내 머리를 한껏 숙인 아들들 앞에서 체통도 버린 채 대성통곡을 하기 시작했다.

"하늘이시여, 하늘이시여! 아들 많은 것도 죄입니까! 저들 간의 불화가 이 지경에까지 이르렀으니……, 어떻게 하면 좋겠습니까!"

강희는 점점 더 주체할 수 없을 정도로 상심에 겨워하고 있었다. 황자들 역시 그랬다. 저마다 흑흑 소리를 내면서 흐느끼기 시작했다. 계득거 후전後殿은 완전히 초상집처럼 되고 말았다.

그때 전전前殿에서 동국유가 보낸 상주문을 가지고 온 상서방 사관司官을 맞이하던 장정옥이 갑작스런 울음소리에 경황없이 달려와서는 물었다.

"폐하……. 어떻게 된 일이옵니까?"

"별일 아니네."

강희가 눈물을 닦으면서 애써 진정을 하려고 했다. 그러다 한참 후에야 마음이 한결 후련해진 듯 입을 열었다.

"우리 부자들끼리 모처럼 가슴속에 있던 얘기를 좀 했을 뿐이네. 걱정 말고 일 보러 가게……. 짐은 이 눈이 녹는 대로 북경으로 돌아갈 거야……."

황자들은 계득거에서 나오자마자 각자 뿔뿔이 흩어졌다. 우선 윤지는 고개를 돌려 자신이 밤새도록 무릎 꿇고 있던 현장을 묵묵히 바라보고는 수레에 올라탔다.

윤사, 윤당, 윤아는 한 패거리라는 사실을 말해주려는 듯 함께 어울려 돌아갔다. 그중 윤사는 뭔가 생각에 잠긴 얼굴을 하고 있었다. 그 모습이 무척 근엄해 보이기까지 했다. 그러나 윤당은 직설적인 성격답게 연신 배가 고프네, 다리가 아프네 하면서 아우성을 쳤다. 나중에는 하인들이 알아서 대충 요기할 것을 챙겨오지 않는다면서 나무랐다.

그러자 두 팔 벌려 빙글빙글 돌아가면서 자유를 만끽하는 것처럼 즐거워하던 윤아가 말했다.

"밥 한 끼 먹지 않는다고 큰일이 나는 것은 아니죠. 오늘 하마터면 뒈지게 얻어터질 뻔했잖아요. 그런데 이렇게 무사히 풀려났어요. 그것만 해도 어디냐고요!"

윤진은 윤사 일행과 약간 거리를 두고 홀로 떨어져 걸었다. 그러나 동생들의 말은 다 들을 수 있었다. 불과 몇 분 전까지만 해도 눈물콧물 쥐어짜던 동생들이 하는 말을 들으니 한심하기 짝이 없었다. 마음도 납덩이처럼 무거워만 갔다.

그는 10월 13일 자신의 생일 때 색다른 음식을 마련해놓고 한번 멋지게 망가져 보자는 약속을 윤상과 한 바 있었다. 그런데 그 윤상이 장황자와 함께 아무런 예고도 없이 하룻밤 사이에 큰 죄인이 되어버렸다.

정말 믿어지지가 않았다. 또 아무리 한 치 앞을 내다볼 수 없는 세상이라고는 하지만 이건 조금 너무하는 것 아닌가 하는 생각도 하지 않을 수 없었다. 물론 태자의 폐위는 시간문제라는 생각을 해왔었기 때문에 그리 충격적이지는 않았다.

"넷째마마, 어서 가십시다……."

어디선가 윤진의 귀에 익은 말소리가 들렸다. 대탁과 고복이 왕부의 시위들을 거느리고 마중을 나온 것이었다. 고복의 손에는 두 개의 여우털가죽 외투도 들려 있었다. 하나는 윤상이 평소에 자주 입던 외투였다.

순간 윤진은 콧마루가 찡해지며 가슴이 아팠다. 불쌍한 것 같으니라고! 그러나 그는 애써 눈물을 감췄다.

이어 말에 올라타자마자 힘껏 채찍을 가했다.

"정말 의외입니다."

오사도가 집에 돌아온 윤진에게 사건의 전말을 전해듣고는 깜짝 놀란 얼굴로 말했다. 그러나 충격까지 받은 것 같지는 않았다. 한참 후 윤진이 깊은 한숨을 토해내면서 말했다.

"이럴 줄 알았더라면 윤사를 따라가 직접 그 수유인가 뭔가 하는 것을 확인했어야 했는데! 윤상의 결백을 적극 주장해 줬어야 했다고. 윤상이 불쌍해 죽겠어! 한심한 것들 같으니라고. 아까 그 자리에서 폐하께서 대성통곡을 하시면서 간절하게 호소하실 때는 눈물을 흘리는 척하더니 밖에 나오자마자 환호성을 지르더군. 그래 놓고도 나더러 감정이 없고 바위같이 차갑다고?"

오사도는 흥분하는 윤진과는 달리 말없이 화롯불을 가만히 뒤적이기만 했다. 대신 윤진이 자신에게 전해준 강희의 말을 계속 곱씹어보고 있었다.

강희의 얘기 중에는 한족 사대부들에 대한 쓴소리가 많았다. 그에게도 껄끄러울 수 있는 말이었다. 그럼에도 윤진은 여과 없이 한족인 그에게 그런 말을 다 들려주었다. 그는 그 사실에 자신을 향한 윤진의 굳은 믿음을 읽을 수 있었다.

감동이 물밀 듯 밀려오는 것을 느끼며 천천히 마음을 가라앉힌 그가 한참 후 먼저 입을 열었다.

"넷째마마께서 보시기에는 그 수유가 누구의 작품인 것 같습니까? 열셋째마마일 가능성에 대해서는 어떻게 생각하십니까?"

윤진이 오사도의 말에 쓸쓸한 미소를 지은 채 대답했다.

"지금은 머리가 하도 복잡해서 솔직히 뭐가 뭔지 잘 모르겠어. 하지만 열셋째가 그렇게 큰일을 저지르면서 나하고 상의를 하지 않았을 리는 없어."

오사도가 머리를 끄덕였다.

"물론입니다. 하지만 더 중요한 것은 열셋째마마께서는 겉으로 드러나 보이는 것과는 다르다는 사실입니다. 그 마마는 절대로 태자마마 편에 서는 태자당이 아닙니다. 굳이 엄밀하게 무슨 당을 논한다면 '사황자당'의 일원이 되기를 원하는 분입니다. 대단히 외람되고 죄송하지만 분명히 그렇습니다. 열셋째마마는 결코 태자마마를 위해서라면 목숨을 걸고 무모한 행동을 하지 않을 분입니다. 이 부분에 대해서는 폐하께서도 잘 아실 겁니다. 그럼에도 다른 사람들의 말만 듣고 다짜고짜 열셋째마마를 감금시킨 이유가 무엇이겠습니까?"

윤진은 오사도의 질문에 말문이 막히고 말았다. 자신은 거기까지는 미처 생각이 미치지 못했던 것이다.

"제 생각에는 남의 필체를 모방해 이런 짓을 저지를 수 있는 사람은 장황자와 열넷째 마마 두 사람뿐일 것 같습니다. 그럼에도 폐하께서는 장황자마마와 함께 열셋째마마를 감금하셨습니다. 아마도 폐하께서는 군신群臣들이 법과 제도 앞에서는 모든 사람이 평등하다는 사실을 깨달아야 함을 강조하기 위해 그러시지 않았을까 싶습니다. 또 탈적奪嫡(서자가 적자의 지위를 빼앗는 것), 다시 말해 태자마마가 폐위될 것이라는 예사롭지 않은 소문을 의식해 일벌백계를 하지 않았나 싶기도 합니다. 이 역시 자식들을 향한 폐하의 자비로운 마음의 발로가 아닌가 합니다!"

윤진이 연신 수긍을 했다. 돌에서도 기름을 짜내는 오사도의 날카로움에 탄복하는 것이 분명했다.

그처럼 두 사람이 상황파악에 여념이 없을 때였다. 갑자기 연갱요가 들어오더니 아뢰었다.

"넷째마마, 폐하의 지의를 받든 마제 대인께서 넷째마마에게 계득거로 가셔서 태자마마와 장황자마마, 그리고 열셋째마마와 함께 시간을 보내주셨으면 한다는 뜻을 전해왔습니다."

윤진은 순간 크게 놀란 듯 고개를 번쩍 쳐들었다. 어느새 안면이 빠르게 굳어지고 있었다. 말이 좋아 '함께 시간을 보내주는' 것이지 '구금'이라는 말과도 상통하는 분위기의 말이었으니 그럴 만도 했다. 그는 실제로 그럴 가능성이 없지 않다는 생각도 하고 있었다.

한참 후 윤진이 비로소 무겁게 입을 열었다.

"나 혼자? 호위도 데리고? 다른 황자들은 어떻게 하라던가?"

연갱요가 당황한 기색이 역력한 윤진을 보면서 황급히 대답했다.

"그것까지는 자세하게 물어보지 못했습니다. 별다른 지의가 없으니 당연히 호위가 따라가야 하지 않겠습니까? 소인이 모시고 가겠습니다. 셋째마마와 여덟째마마도 부르셨다는 것 같았습니다."

"걱정하지 말고 다녀오십시오. 별일이 있는 것은 아닐 겁니다. 솔직히 연 어른도 따라갈 필요는 없을 것 같습니다. 조정의 이품 관리라 오히려 남의 눈에 너무 자주 뜨이는 것도 넷째마마께는 악재로 작용할 수 있습니다. 무슨 일이 있으면 강아지나 송아지 그 아이들을 시켜 알려오도록 하는 것이 좋겠습니다."

오사도가 화살 날아가는 소리에 놀란 새처럼 점점 움츠러드는 윤진을 향해 미소를 지으며 말했다. 윤진은 그의 말에 다소 마음이 놓였는지 홀가분한 표정으로 자리를 털고 일어났다.

졸지에 방 안에는 오사도와 연갱요 두 사람만 남았다. 두 사람은 그대로 각자의 자리에 선 채로 앉은 채로 한동안 마땅히 할 말을 찾지 못했다. 급기야 연갱요가 좀처럼 자리도 권할 줄 모르는 눈치 없는 오사도를 몰래 째려보면서 속으로 욕을 퍼부었다.

'병신의 언행은 제대로 된 것이 없다고 하던데, 꼴에 잘난 척은!'

연갱요는 속으로 욕을 퍼붓고 오사도에 대한 불만을 어느 정도 해소시키자 바로 주전자에서 찻물을 따라 마셨다. 이어서 오사도의 맞은편에 털썩 주저앉았다. 한참 후 오사도와는 눈도 마주치지 않은 채 화롯불만 쳐다보던 연갱요가 입을 열었다.

"오 선생, 무슨 생각을 그리 하오?"

"나 말입니까? 갈수록 시국이 복잡하게 얽혀 돌아갈 텐데 어떻게 응수해야 하나 하고 조금 주제 넘는 고민을 해봤습니다."

오사도가 연갱요의 질문에 깊은 생각에서 깨어난 듯 대답했다. 그러자 연갱요가 걱정도 팔자라는 듯 비아냥거렸다.

"역시 충성심이 대단하시오! 과거, 현재, 미래는 여래如來의 삼세법신三世法身이라 했소이다. 그러니 우리 같은 범인이 어찌 앞날을 예측할 수 있겠소!"

오사도가 연갱요의 말이 마음에 들지 않는지 슬쩍 그를 한번 흘겨 봤다. 이어 입을 열었다.

"인간이 반드시 운명의 굴레에 묶여 속수무책으로 끌려 다녀야만 한다는 생각은 버려야 합니다. 사람이 대비를 잘 하면 하늘을 이기는 수도 있어요."

연갱요도 지지 않았다. 가소롭다는 듯 강력하게 반격을 가했다.

"나는 철학적인 얘기는 죽었다 깨어나도 알아듣지 못하오. 그러니 그만 하는 것이 좋겠소. 나는 말이오, 가끔씩 오 선생에 대해 생각하오. 인품이나 학식, 지모 어느 것 하나 빠지지 않는 사람이 왜 절간에서 시간만 죽이고 있는지 말이오. 그 궁금증을 풀어줄 수 없겠소이까?"

오사도가 연갱요의 비아냥거림을 뒤로 하고 웃으면서 대답했다.

"남들이 보기에는 내가 밥이나 축내고 시간을 보내는 사람으로 보이겠지요. 그렇지만 나는 이래봬도 내 머릿속에 들어있는 보물들을 하나씩 꺼내서 얼마든지 조정을 위해 보탬이 될 일을 할 수 있는 사람이에요! 오행五行과 성명星命을 포함해 의술에도 그리 무지하지는 않아요. 세상만물은 모두 그 존재의 이유가 있는 법입니다."

연갱요가 갑자기 트집을 잡을 꼬투리를 찾았다는 표정을 지었다. 상체를 오사도에게 가까이 기울이면서 물었다.

"오행에 대해서도 잘 안다고 했소? 그러면 넷째마마의 장래를 예측해볼 수는 없겠소?"

"열셋째마마도 전에 똑같은 얘기를 물어보셨습니다. 넷째마마는 용이 기지개를 켜는 모습을 가지고 계십니다. 또 호랑이의 보폭도 예사롭지 않습니다. 매의 위용과 기품 역시 돋보이는 분입니다. 군주가 되면 용천龍泉을 호령해 주위를 잠재울 능력이 있으신 분입니다. 이 뿐만이 아닙니다. 신하로서는 뛰어난 치세의 기술을 자랑하는 뛰어난 인재가 될 것입니다. 이건 두말할 것도 없이 넷째마마를 향한 천명天命입니다!"

오사도가 마치 외운 말을 쏟아내듯 열변을 토했다. 연갱요가 다시 비웃음 그득한 어조로 말했다.

"오 선생, 이제 보니 미사여구로 사람을 현혹시키는 재주도 가지고 있었구려! 군주가 됐을 때와 신하가 됐을 때를 다 대비하는 치밀함도 있고!"

오사도는 연갱요의 비난에도 결코 흔들리지 않았다. 계속해서 평소에 품었던 자신의 생각을 입에 올렸다.

"원래 군신君臣의 운명은 정해진 경우가 없는 법입니다. 덕이 하늘에 닿으면 군주가 되나 반대로 땅에 닿으면 신하가 되는 겁니다. 아직까지 이런 이치도 모르고 살았습니까? 나 역시 연 어른을 무심코 지나치지는 않았습니다. 언제부턴가 넷째마마와 관련이 있는 사람은 유심히 살펴보는 습관이 생겼거든요. 연 어른은 북경에 있을 때는 순한 양처럼 넷째마마를 위해 충성을 다해 일을 하고 복종하는 신하로 비쳐집니다. 그러나 북경만 벗어났다 하면 전혀 다른 면을 보여주고 다니는 것 같습니다. 내 말이 억울하게 들리지는 않겠죠?"

연갱요가 오사도의 뼈 있는 일침에 삽시간에 안색이 흐려졌다. 놀란 그가 황급히 되물었다.

"그게 무슨 뜻이오?"

"연 어른은 덕德을 비롯해 능력, 권위, 모략에 장점을 가지고 있습니다. 또 그 이외에 배짱도 만만치가 않습니다."

오사도가 연갱요를 칭찬하는 말을 하더니 바로 지팡이를 짚고 일어섰다. 그리고는 덧붙였다.

"솔직히 배짱만 놓고 보면 넷째마마의 문하에서 대인을 따라갈 사람은 없을 것 같습니다. 배짱이 큰 것은 좋은 일일 수도 있어요. 그러나 그것이 불장난에 악용돼서는 곤란하지 않겠습니까?"

오사도의 심상치 않은 말이 끝나기 무섭게 연갱요도 벌떡 일어났다. 그리고는 그를 마주한 채 뚫어지게 노려봤다.

"나는 오행에 흥미를 느끼고 있기는 하나 유학에서 강조하는 도리는 엄격하게 지키는 사람이오."

그러나 오사도는 연갱요의 말에는 전혀 아랑곳하지 않고 계속 말을 이어 나갔다.

"아니오! 대인은 그런 것 같지 않습니다. 어려서부터 읽으라는 책은 읽지 않고 애꿎은 서당 스승을 세 명씩이나 몽둥이를 휘둘러 쫓아냈죠. 남경南京의 현무호玄武湖에서는 수군을 훈련시킨다면서 마을 하나를 전부 피바다로 만들어놓은 적도 있지 않았습니까? 그런 찬란한 전력은 제쳐 놓더라도 그렇습니다. 대인 마음대로 섬서 총독인 갈례를 죽여 버리고 뒤늦게 보고를 올린 것에 대해서는 어떻게 설명을 하시겠습니까. 대인은 결코 착한 사람은 못 됩니다."

저 자식이 도대체 무슨 폭탄을 터뜨릴까 싶어 잔뜩 긴장해 있던 연갱요가 오사도의 말이 끝나자 바로 웃음을 터트렸다. 이어 별것 아니라는 듯 웃음 띤 얼굴을 한 채 말했다.

"나는 또 무슨 얘기를 한다고! 그건 이 세상에서 모르는 사람이 없는 사실 아니오? 오 선생은 다 지나간 일을 새삼스럽게 꺼내는 싱거운 사람은 아닌 줄 알았는데?"

"세상 사람들이 모르는 사실도 없는 것은 아니죠."

오사도가 오래도록 연갱요를 쳐다보면서 천천히 말했다. 그러더니 곧 속사포처럼 마구 그를 몰아붙이기 시작했다.

"대인의 입가에 있는 그 주름은 일명 '단살문'斷殺紋이라는 겁니다. 혹시 집안의 노비를 죽이신 적 없습니까? ……말을 못하시겠죠. 또 섬서 총독 갈례는 왜 죽였습니까? 단순히 그 사람이 대인의 식량조달 업무를 방해해서입니까, 아니면 남경 총독 시절, 대인에게 잘못을 했기 때문입니까? 그리고 이번에 승덕까지 따라온 이유는 뭡니까? 넷째마마의 지의에 따라 움직인 것 같지는 않더군요. 대인께서 먼저 술직述職 핑계를 대며 따라온 것 아닌가요?"

연갱요는 눈을 부릅떴으나 등골에서 흐르는 식은땀을 주체할 수가 없었다. 결국엔 천천히 옆구리에 손을 가져갔다. 강력한 살의를 느낀 것이다.

"불장난은 하지 않는 것이 좋습니다."

오사도가 어린아이를 꾸짖듯 연갱요를 제지했다. 그러더니 다시 천천히 말을 이었다.

"대장부는 천지天地 사이에 우뚝 서서 자신이 섬길 주인을 만나 모름지기 혈육의 정을 맺습니다. 그리고는 군신의 의를 다하는 것이 도리입니다. 장애인인 나나 육신이 멀쩡한 연 어른이나 모두 궁극적인 목표는 하나가 아닙니까? 넷째마마의 문하에 들어와 혼신의 힘을 다해 보필하고 충성을 다하기 위해 모인 것 아닙니까? 종묘사직과 넷째마마를 위하는 마음만 변치 않는다면 대인은 반드시 세인에게 칭송받는 훌륭한 장군이 될 것입니다. 반대로 양심과 의를 저버릴 때는 반대가 될 것입니다. 그때부터 대인에게는 지옥으로 가는 것 외에는 다른 길이 없을 겁니다. 넷째마마는 우리가 모든 것을 걸어도 좋을 만큼 훌륭한 주인이니 실수하지 마시기를 바랍니다."

오사도의 사자후에 연갱요의 고개가 눈에 띄게 수그러들었다. 오사도를 만난 이후 처음으로 고개를 숙인 순간이라고 할 수 있었다. 평생 동안 처음이라고 할 수도 있었다. 그는 여태껏 다른 사람에게 진심으로 탄복해 본 적이 한 번도 없었다. 그가 한참 후에야 비로소 고개를 들더니 입을 열었다.

　"오 선생, 버릇없이 굴었던 점은 부디 넓은 아량으로 용서해주시오. 앞으로 그대의 쓴소리에 귀를 기울여 마음과 몸을 모두 갈고 닦도록 노력하겠소. 솔직히 셋째, 아홉째 마마의 문하들과 어울려 다닌 것은 사실이오. 하지만 맹세코 넷째마마를 배신한 적은 없소."

　"그건 나도 압니다. 아예 가망이 없는 사람이었다면 굳이 입 아프게 떠들지 않았을 겁니다."

　오사도가 담담히 웃으면서 연갱요의 어깨에 손을 얹었다. 그때 강아지가 갑자기 달려 들어오더니 얼어붙은 손을 녹이려는 듯 비비면서 말했다.

　"눈 내릴 때는 포근하고 눈 녹을 때는 춥다더니, 진짜 장난이 아닙니다! 넷째마마께서는 아무 일 없이 그저 셋째, 여덟째 마마와 함께 장황자, 태자, 열셋째 마마를 보살피고 있으니 걱정하지 마시라고 전하라 하셨습니다."

　"폐하와 태자마마 사이에는 도저히 끊어버릴 수 없는 정이 있습니다. 그렇게 속상해 하시면서도 누군가 앙심을 품고 태자를 해코지할까 우려돼 세 명의 황자를 딸려 보내신 것을 보십시오!"

　오사도가 강아지의 말에 웃음을 머금으면서 말했다. 그리고는 하늘을 향해 고개를 젖히더니 길게 한숨을 내쉬면서 덧붙였다.

　"연 대인, 곧 북경으로 돌아갈 것 같습니다. 그러나 넷째마마하고 동행하지 맙시다. 우리가 먼저 떠나는 것이 옳을 것 같네요!"

28장

태자의 스승 왕섬의 분투

상서방 대신 동국유는 강희가 10월 16일 사시巳時 무렵 북경으로 돌아온다는 조유詔諭를 받았다. 아직 어느 정도 시간적 여유가 있었다.

그는 자신도 모르게 팽팽하던 긴장감이 다소 누그러지는 것을 느꼈다. 즉시 육부의 상서와 시랑들을 철사자鐵獅子 골목에 있는 자신의 관저로 호출해 대가大駕를 맞이할 준비에 착수했다. 호부와 병부에 명령을 내려 그동안 쌓인 문서들을 요약해 어비御批를 받도록 조치해 놓기도 했다. 특히 예부에 대가를 영접할 준비를 철저히 하도록 명령을 내렸다. 병부에서는 보군통령아문, 순천부 및 낭심이 파견한 참장들과 함께 어가 행렬에 대한 경계 문제를 상의했다.

이 과정에서 낭심의 병사들은 북경 일대의 지역으로 진입하지 않도록 하자는 결정을 내렸다. 그렇지 않아도 복잡한 시국과 백성들의 심적인 부담을 감안한 조치였다.

조정의 관리들도 승덕에서 큰일이 일어났다는 사실은 이미 알고 있었다. 그러나 태자가 얼마만큼의 큰 죄를 지었는지에 대해서는 자세하게 모르고 있었다. 또 그 일로 인해 자신들에게 어떤 영향이 미치게 될지에 대한 정보는 전혀 들은 바가 없었다.

그들은 동국유가 어느 정도 궁금증을 풀어주기를 기대했으나 허사였다. 오히려 민감한 질문에 대해서 요리조리 잘도 비껴가는 그의 대응 때문에 궁금증은 더욱 커지기만 했다. 동국유가 뭐 마려운 강아지처럼 안절부절못하는 그런 관리들을 바라보면서 그예 웃으면서 입을 열었다.

"여러분들이 승덕에서 일어난 일의 자초지종을 대단히 궁금해한다는 것은 알겠어요. 그러나 현재로서는 나 역시 자세한 내막을 모르고 있어요. 신하라면 모름지기 자신의 위치에서 충성을 다해 주인을 섬기면 되는 것이오. 굳이 시시콜콜한 것까지 알아서 득이 될 것이 뭐가 있겠소? 내가 수십 년 동안 폐하를 섬겨온 경험에 의하면 폐하께서는 무슨 일이 있어도 충신들은 괴롭히지 않으시는 분이라는 것이오!"

동국유는 한바탕 원론적인 말을 늘어놓은 다음 관리들을 돌려보냈다. 사실 그럴싸한 논리로 관리들을 한바탕 훈계해 돌려보냈으나 며칠 동안 그 역시 앞으로 어떻게 처신해야 할지 몰라 막막했던 것은 마찬가지였다.

물론 윤당은 거의 매일이다시피 열하에서 일어난 사건과 관련한 자초지종을 편지로 보내왔다. 그는 자신의 발밑 역시 흔들리기 시작한다는 사실을 본능적으로 느꼈다. 뭔가 결단을 내려야 할 시점에 와 있다는 것 역시 고통스럽게 느끼지 않을 수 없었다.

동국유는 강희의 생모인 동가佟佳씨의 동생으로, 명실상부한 황실의 훈척勳戚이었다. 항렬로 따지면 강희의 외삼촌이었다. 그러나 그는 강희 3년 동가씨가 죽자 그리 대접을 받지 못하는 처지로 전락했다. 설상가상으로 명주와 죽이 맞아 돌아가다 조정에서 목소리가 커진 색액도에게 밀리고부터는 완전히 찬밥 신세가 되고 말았다. 그래서 자그마치 강산이 두 번이나 바뀌는 동안 동씨 가문은 상서방의 주변에도 얼씬거리지 못하게 됐다.

또 강희가 갈이단 친정에 나서서 오란포통烏蘭布通 전쟁을 치렀을 때는 색액도의 함정에 빠지기도 했다. 집안의 형인 동국강佟國綱이 색액도의 이른바 차도살인借刀殺人(남의 칼을 빌어 사람을 죽임. 자신이 직접 나서지 않고 함정에 빠뜨려 죽인다는 의미) 전략에 휘말려 싸늘한 주검이 되어 돌아온 것이다. 당시 그는 고슴도치처럼 온몸에 화살이 꽂힌 채 돌아온 형 동국강의 주검을 보면서 가슴속으로 복수를 결심했다. 두 가문의 원한은 이후 풀리지 않은 채 쌓여가기만 했다.

동국유는 너무나도 한 맺힌 사연이 있었던 탓에 상서방에 들어오자마자 유난히 태자를 경계했다. 사사건건 태자의 발목을 잡고 늘어지기도 했다. 때문에 태자 윤잉이 실각과 동시에 감금당했다는 소식은 그에게는 완전히 꿀처럼 달콤한 복음이었다.

하지만 자신이 태산처럼 믿고 따르는 장황자까지 변을 당했다는 사실에는 우울해지지 않을 수 없었다. 그뿐만이 아니었다. 윤잉이 비록 권력은 박탈당했으나 태자의 세력이 여전하고 강희의 총애 역시 아직은 유효하다고 슬그머니 전한 윤당의 말 역시 그를 긴장하게 만들고 있었다.

동국유가 그런 생각을 하면서 서재에서 부산스레 오가고 있을 때였다. 집사가 들어오더니 아뢰었다.

"중당 어른, 융과다 어른께서 오셨습니다."

융과다는 동국강의 둘째 아들로 동국유의 집을 제집 드나들 듯했다. 그가 삼촌뻘이었으므로 그리 이상할 것은 없었다. 그는 원래 순천부의 부윤府尹으로 일한 바 있었다. 그러나 장오가를 가짜 범인으로 만든 사건에 연루돼 집에서 '자숙'의 시간을 가지고 있었다.

동국유로서는 심기가 불편하던 차였으므로 별 도움이 되지 않는 조카의 방문이 반가울 턱이 없었다. 그예 통명스럽게 내뱉고 말았다.

"내가 조금 피곤해서 누워 있다고 전해. 만약 무슨 일이 있으면 내일 자네가 한번 다시 가봐. 정 궁상맞아 보이거든 돈 몇 푼 쥐어주고 보내면 될 거야."

팔다리가 짧고 땅딸막한 체격을 가진 마흔 남짓한 중년인 융과다는 그러나 동국유의 말이 시작되기 전부터 문밖에 서 있었다. 그는 외모로만 봐서는 무척이나 흉한 모습이었다. 시커먼 얼굴에 섬뜩한 칼자국이 번쩍이고 있었던 것이다.

하지만 그 상처는 보기에는 흉물스러웠어도 그에게 있어서는 영광의 상처이자 신분을 과시할 수 있는 상장 같은 것이었다. 서역 정벌에 나섰을 때 강희를 보호하느라 칼을 맞은 자국이었으니까 말이다.

융과다는 일찍이 도통都統의 자리에 있다가 파직을 당했다. 이어 다시 기용되었다가 파직되기를 수도 없이 되풀이했다. 그리고 어찌어찌 겨우 동지同知 자리에 올랐으나 또다시 파직을 당하는 불운을 겪어야만 했다. 어떻게 보면 지독하게도 관운官運이 따라주지 않았다고 해도 좋았다. 그러나 그에게는 조정에서 가장 중요한 상서방 대신인 삼촌이 있었다. 그가 희망의 끈을 놓지 않은 이유였다.

하지만 동씨 가문의 다른 사람들은 모두들 하나씩 뜻한 바를 이루고 잘 풀려나가는 반면 그만은 예외였다. 관운이 손을 뻗으면 금방 닿을 것 같다가도 멀어지고, 가까워지다 멀어지곤 했던 것이다. 그러던 차에 복도로 들어오다가 동국유의 말을 여과 없이 다 들어버렸으니 화가 폭발하다 못해 온몸에 차가운 바람이 관통하는 듯한 오싹함을 느꼈다.

그는 눈물이 나올 것 같았으나 애써 눌러 삼키면서 아무것도 못 들은 척하고 서재로 성큼 들어섰다. 이어 소탈하게 웃으면서 인사를 했다.

"삼촌, 건강하시지요?"

"둘째구나, 어서 와!"

동국유는 융과다가 조금 전 자신의 말을 다 들었을 것이라는 생각이 들자 저절로 얼굴이 붉어지는 모양이었다. 자신도 모르게 얼굴에 민망한 웃음을 흘리면서 손으로 자리를 가리켰다. 이어 다시 입을 열었다.

"요즘 무리했더니 아주 죽겠어. 그래서 막 눈이라도 좀 붙이려던 중이야! 필요한 것 있으면 아무한테나 얘기해서 가져가면 되잖아. 굳이 찾아와 인사를 하느라고 애를 쓸 게 뭐 있어?"

융과다는 동국유가 자신을 거지 취급하면서 자존심을 짓이기자 참을 수가 없었다. 결국 인내의 한계를 느끼면서 자리에 털썩 주저앉았다. 애써 지어보이던 웃음기 역시 흔적도 없이 사라지고 말았다. 그가 차가운 어조로 말했다.

"재작년에 빌려간 삼백 냥도 그렇고 마냥 퍼가기만 하는 저에게 신물이 나신 것 같으시군요. 오늘은 모처럼 빚을 갚으러 왔습니다. 원금과 이자까지 합쳐서 이 정도면 되지 않겠습니까?"

융과다가 갑자기 장화 속에서 500 냥짜리 은표를 꺼내 동국유에게 건넸다. 동국유는 융과다의 난데없는 행동에 놀란 듯 황급히 변명의 말을 입에 올렸다.

"조카, 왜 이러는가! 내가 그까짓 돈 때문에 이러는 줄 아는가? 그렇지 않아도 심란해서 죽겠는데, 자네마저 이런 식으로 나를 불편하게 만들어야 속이 시원하겠는가?"

사실 융과다가 불쑥 내민 돈은 조금 전 호부에서 빌린 돈이었다. 홧김에 꺼내기는 했으나 내심 동국유가 진짜로 받으면 어떡하나 걱정이 되기도 했다. 그가 어쩔 수 없는 척하면서 돈을 도로 장화 속에 집어넣고는 정색을 하며 말했다.

"정 그러시다면 다음 날 기분 좋으실 때 갚든가 하죠. 그건 그렇고 태자가 저 꼴이 됐으니 상서방 일인자는 이제 삼촌 아닌가요? 두 말 하면 잔소리죠! 저도 이제는 드디어 수면 위로 떠오를 때가 된 것 같네요. 저에게 쓸 만한 자리 하나만 마련해주시면 안 될까요? 삼촌께서도 아시다시피 예전에 같이 서정 길에 올랐던 사람들치고 저처럼 안 풀리는 사람이 어디 있어요? 마대포馬大炮라는 자는 벌써 장군이 돼 있잖아요."

동국유는 일이 되기도 전에 융과다가 재수 없이 방정을 떤다고 생각했다. 동국유는 괘씸함을 지나쳐 이가 갈리기까지 했다. 그러나 애써 참았다. 그리고는 천천히 입을 열었다.

"자격으로 따지자면 병부상서를 해도 과분하지 않지. 서정에서 돌아오자마자 부장副將의 직함을 줘서 오리아소대烏里雅蘇臺(일반적으로 외몽고를 의미함)로 보내줬을 때 그냥 거기서 버텼으면 말이야."

"진짜 그렇게 생각하세요? 제가 주제파악을 제대로 못하고 큰 것만 노리다가 이 지경에 이르렀다는 말씀으로 들리는군요. 하지만 귀신도 머물기 싫어하는 풀 한 포기 안 나는 그런 사막에서 어떻게 살아요? 어쩔 수 없이 변방의 수비군으로 가는 경우나 그도 아니면 귀양살이

하러 쫓겨 가는 횡액에 직면하지 않은 이상 그런 곳에서 썩기를 원하는 사람이 세상에 어디 있겠어요! 제가 기어코 그곳에서 토사土砂에 파묻혀 죽은 전임자의 전철을 밟아야 했겠어요?"

융과다가 얼굴에 냉소를 흘리면서 섭섭함을 토로했다. 동국유가 자신을 일부러 사지로 몰아넣으려고 했다고 억지를 부리는 것이었다. 동국유는 융과다의 말을 무심코 듣고 있더니 잠시 생각을 하고는 말했다.

"둘째, 너무 흥분하지 말고 내 말 좀 들어봐. 지금 형세가 흙탕물 같다는 것은 자네도 잘 알잖아. 태자, 장황자, 열셋째에 대한 요언이 난무하고 있어. 우리는 어디로 가야 할지 통 알 수가 없는 처지고. 그런데도 어떤 인간들은 일찌감치 나를 일컬어 '동반조'佟半朝(동씨 집안이 반은 조정이라는 의미)라고 떠들고 있어. 나를 내 몸에 깔려 죽게 만들려고 하는 것이지. 또 과거에 오삼계吳三桂가 관리를 선발하던 것이 '서선'西選이었다면 내가 하는 것은 '동선'佟選이라고도 하지 않겠어? 이런 비상시기에 여론의 밥상에 자주 오르내리면 하나도 좋을 것이 없어. 게다가 너는 아직 '자숙'의 시간을 보내고 있는 중이잖아!"

"태자가 쪽박을 차고 나 앉았는데 겁날 것이 뭐 있어요? 복잡하게 생각할 것 하나도 없어요. 넷째만 닭 쫓던 개 지붕 쳐다보는 격이 됐을 뿐이에요!"

융과다가 한결 부드러워진 얼굴을 한 채 답답하다는 듯 말했다.

"장황자도 봉변을 당했는걸! 보아하니 태자보다 처지가 더 좋지 않은 것 같아. 이렇게 말하면 어떨지 모르나 사실 우리로서는 기둥이 뿌리째 흔들리고 있는 것이나 다름없어."

동국유가 미간을 찌푸렸다. 그러나 융과다는 여전히 태평스러운 표정으로 느긋하게 입을 열었다.

"지금까지 그것 때문에 고민하고 계셨어요? 최선이 아니면 차선을 택하는 수도 있잖아요. 더구나 새로운 태자는 셋째와 여덟째 마마 중에서 나올 것이 틀림없는 걸요? 모르기는 해도 그 둘 중에 누가 되더라도 반드시 삼촌을 영입하려 들 게 틀림없어요!"

동국유의 눈이 융과다의 한마디에서 큰 계시를 받은 듯 갑자기 빛을 발했다. 그는 사실 셋째와 여덟째와는 장황자처럼 친하지 않았다. 그러나 나름 왕래는 잦은 편이었다. 그는 그런 생각이 들자 자신도 모르게 중얼거렸다.

'저 녀석의 말대로라면 새로운 태자 자리를 놓고 셋째와 여덟째가 치열한 접전을 벌일 것이 분명해. 그러면 그때 그 사람들이 나의 진가를 외면할 이유가 없어. 등잔불 밑이 어둡다더니, 해법은 바로 내 자신의 손에 있었구먼.'

동국유는 융과다의 말에 앞으로의 전망이 어둡지만은 않겠다는 생각이 순간적으로 들었다. 그러자 저절로 얼굴에 흐뭇한 미소도 떠올랐다. 입을 열어 자신의 생각을 말하려고 했다. 그때 문지기가 들어와 아뢰었다.

"대학사 왕섬 어른이 뵙기를 청했습니다!"

문지기의 말에 동국유가 바로 자리에서 일어서면서 말했다.

"그러면 자네는 먼저 가보게. 나도 이제는 하루가 다르게 느껴지는 나이야. 앞으로 자네 같은 후생後生들의 도움을 필요로 하는 일이 많을 테니 열심히 하게. 왕섬 어른을 안으로 모셔라!"

융다과는 밖으로 나오다 왕섬과 부딪혔다. 그러나 당황하지 않은 채 허리를 굽혀 인사하고는 바로 대문을 나섰다.

"호옹皓翁(왕섬의 호)!"

동국유가 왕섬이 자리에 앉기를 기다린 다음 하인이 가져온 찻잔을 직접 들어 왕섬에게 건네줬다. 이어 얼굴에 웃음꽃을 피운 채 입을 열었다.

"그렇지 않아도 폐하께서 열하에 계시는 동안 여러 번 대인의 안부를 물으셨습니다. 내가 가인家人들에게 들려 보낸 어비御批는 잘 받아보셨겠죠? 그동안 자주 찾아뵀었어야 하는데, 일정이 워낙 빡빡하게 돌아가서 그렇게 하지 못했습니다. 그 점 이해해 주면 고맙겠습니다."

왕섬은 동국유의 다분히 가식적인 말을 듣자 마른기침을 했다. 그리고는 피곤기가 그득한 얼굴을 한 채 말했다.

"염라대왕이 부르실 날도 가까운데 성은聖恩이 이토록 높고 두터우니 실로 부끄럽기 그지없습니다. 폐하께서는 아무런 지의도 보내지 않으셨어요. 그런데 온갖 소문은 갈수록 무성하더군요. 그런 것들을 한쪽 귀로 듣고 한쪽 귀로 내보내면서 가만히 있으려고 하니 그야말로 엉덩이에 불이 나더군요. 도저히 그대로 앉아 있을 수가 없더라고요. 그러니 우리 서로 빙빙 돌려가면서 어려운 얘기할 것 없이 툭 까놓고 말해봅시다. 도대체 폐하께서 태자를 폐위시키셨다는 소문은 얼마나 신빙성이 있는 겁니까?"

동국유가 짐짓 놀란 얼굴을 한 채 의자를 앞으로 당겨 앉으면서 도리어 물었다.

"태자의 인새를 사용금지시킨다는 조서는 받아봤습니까?"

왕섬이 동국유의 질문에 고개를 저으면서 대답했다.

"그건 별개의 일일 수 있습니다. 이 사건과는 무관할 수도 있어요. 오래 전부터 폐하께서는 '육경궁주'毓慶宮主라는 글씨가 마음에 들지 않는다고 하셨으니까요!"

왕섬은 의외로 생각이 단순한 것 같았다. 동국유가 덩달아 마음이 가벼워지는지 가볍게 웃음을 지었다.

"호옹, 대인도 나를 어느 정도 믿으니까 이렇게 찾아왔을 것 아닙니까. 나 역시 대인의 도덕성과 문장의 실력에는 감탄을 하는 바입니다. 솔직히 지금 태자마마, 장황자마마, 열셋째 황자마마 등은 무슨 영문인지 모르지만 전부 연금을 당해 있는 상태입니다."

왕섬이 소문을 들어 상황을 다소 알고 있었는지 그다지 크게 놀라는 기색은 보이지 않았다. 그저 가만히 머리를 끄덕이기만 했다. 그러다 갑자기 안주머니에서 종잇장을 꺼내더니 동국유에게 건네줬다.

"이걸 한번 보십시오."

"이게 뭡니까?"

동국유가 고개를 갸웃거리면서 종잇장을 받았다. 우선 글의 제목이 없었다. 또 낙관도 없었다. 그저 깨알처럼 사람들의 이름이 빼곡하게 적혀 있을 뿐이었다. 순간 동국유는 왕섬의 의중을 알 것 같았다.

'이 영감탱이가 자신의 문하생과 조정의 관리들을 총동원해 윤잉의 구명운동을 벌이려는 것이 틀림없군.'

동국유는 대충 그런 식으로 생각하면서 속으로 냉소를 흘렸다. 그러나 겉으로는 완전히 다른 표정을 지었다.

"호옹께서는 태자를 보호하려는 것 같군요. 나도 공감합니다. 지금은 우리 신하들이 의기투합해 태자마마를 위기에서 구해드려야 할 때입니다. 나 동국유가 이런 중요한 일에 빠져서야 되겠습니까?"

동국유가 말을 마치기 무섭게 서슴없이 붓을 들었다. 그리고는 왕섬의 이름 밑에 자신의 이름 석 자를 서슴없이 적어 넣었다. 이어 붓을 내려놓고 손을 비비면서 덧붙였다.

"나 뿐만 아니라 장정옥, 마제 등도 분명히 합류할 겁니다."

왕섬은 사실 동국유가 자신이 추진하는 태자 구명운동에 참여할 것이라고 별로 기대하지 않았다. 그저 자신들의 움직임에 걸림돌이 되지 않기만을 바랐다. 불쑥 찾아온 것도 그에 대한 약속을 받아내기 위한 것이었다. 그런데 뜻밖의 횡재를 한 것이었다.

그는 자신을 마음속에서부터 알아주는 사람을 만난 감동을 주체하지 못한 듯 종잇장을 받아든 채 하염없이 눈물을 흘렸다.

"동 대인, 대인이 이토록…… 충의로운 사람인 줄은 몰랐습니다. 동씨 일가와 색액도 일가의 알력 때문에 남의 불행에 춤추지는 않는다 하더라도 원조의 손길을 보내기는 쉽지 않을 것이라고 생각을 했었습니다. 그런데 이렇게 해주시다니요. 태자는 국본國本입니다. 국본이 흔들리면 민심은 수습불능의 사태를 초래할 것입니다……. 정말 대인의 깊고 넓은 아량이 그저 존경스러울 따름입니다. 대인에 비하면 나는 정말 쓸모없는 사람인가 봅니다. 폐하를 어떻게 해서든지 설득해서…… 승덕에 따라갔어야 하는 것인데……."

왕섬은 두서없이 말을 하면서 자책과 괴로움에 몸서리를 쳤다. 태자를 끝까지 지켜주지 못한 것에 대한 스승으로서의 회한이 불쑥불쑥 고개를 쳐드는 모양이었다.

동국유는 왕섬의 눈물 어린 하소연을 듣자 문득 자괴감 같은 것이 치솟아 오르는 것을 느꼈다. 급기야 한 가닥 눈물을 끌어내는 데도 성공했다. 이어 손수건을 꺼내 눈가를 닦으면서 왕섬에게 다가가 위로의 말을 전했다.

"너무 상심하지는 마십시오. 태자를 보호하는 것은 국본을 공고히 하는 거국적인 일입니다. 또 신하된 책임이기도 합니다. 내가 비록 명석한 두뇌는 부족하지만 대세의 흐름은 어느 정도 읽어낼 수 있습니다. 걱정하지 마십시오. 태자의 일은 아직 뭐라고 단정 짓기에는 이르다고 봅니다. 내가 알기로 폐하께서는 꼬박 육 일 밤, 육 일 낮을 뜬눈으로 지새우시면서 고민 중이신 것 같네요. 장황자가 염매魘魅(

요술로 사람을 죽임)를 부려 태자가 그런 지경에 이르렀다는 사실을 아시고부터는 성심이 많이 흔들리고 계신 줄로 알고 있습니다……."

"아이고……."

왕섬이 더 이상 못 견디겠다는 듯 길고 처량한 한숨을 토해냈다. 할 말도 더는 없는 것 같았다. 그는 기본적으로 정통 도학가였다. 술수니 요법이니 뭐니 하는 것은 애초부터 믿지도 않았다. 그는 또 태자가 나약하고 무능해 일을 그르쳤다면 어떤 식으로든 용서를 받도록 노력해볼 여지도 있다고 생각을 했다.

그러나 떠도는 소문 그대로 후궁을 범한 것이 사실이라면 그로서는 기가 막힐 노릇이 아닐 수 없었다. 평생의 가르침이 물거품이 되는 순간이었다. 왕섬은 생각할수록 가슴이 칼로 도려내는 것처럼 아파오는 것을 어쩌지 못했다.

동국유는 깊은 상심에 젖은 그런 왕섬이 안쓰러워 보였는지 갖은 말재주를 동원해 위로하면서 대문을 나설 때까지 바래다주며 위로를 했다.

그러나 왕섬의 백방에 걸친 노력에도 불구하고 조정의 국면은 예상한 대로 흘러가고 말았다. 강희가 북경에 도착한 다음 날 바로 조정의 백관들을 천단天壇에 집결시켜놓고는 천지제天地祭를 지낸 다음 태자 윤잉을 폐위시킨다는 내용의 명조明詔를 내려버린 것이다.

글의 내용은 강희의 마음을 대변하듯 그야말로 절절했다.

강과 산을 주재하는 신 애신각라 현엽이 호천상제昊天上帝께 올리는 글: 부덕한 신이 강산을 넘겨받은 지도 어언 47년의 세월이 흘렀습니다. 이 장구한 세월 동안 신은 국계민생을 위해 불철주야 주먹 불끈 쥐고 뛰어 다

넜습니다. 사사로움에 얽매이지 않고 대세에 순응했습니다. 조금의 흐트러 짐도 없이 오늘날까지 달려왔다는 사실은 천하의 신민들이 다 아는 일입 니다. 그러므로 상천께서도 굽어 살피시어 신의 마음을 잘 헤아리실 줄로 믿어마지 않습니다! 그러나 신이 대체 무슨 죄를 지었기에 윤잉처럼 무능 하고 나약하면서도 조상의 얼굴에 먹칠을 하는 아들을 두게 됐는지 모르 겠습니다. 윤잉은 신의 훈시에 따르지 않습니다. 언행을 제멋대로 합니다. 믿을 말이 전혀 없습니다. 또 덕을 행하는 행동은 찾아볼 수가 없습니다. 그러면서도 사사롭게 당파를 만들어 주위를 혼란케 합니다. 나아가 음란 한 짓도 서슴지 않고 입맛에 맞지 않는 신하들을 벌레 죽이듯 합니다. 어 찌 이런 자에게 조상께서 온갖 고초를 다 겪으면서 이룩한 강산을 넘겨 줄 수가 있겠습니까? 뼈를 깎는 고통을 감내하면서 종묘사직을 위해 윤 잉의 태자 자리를 박탈하려고 합니다. 상천께서 진정 저희 대청의 명운이 지속되기를 원하신다면 부디 신의 수명을 늘려주십시오. 신이 백배 노력 해 상천의 기대에 부응할 것을 약속드립니다. 하오나 정녕 저희 대청에 화 를 내리실 것이라면 신에게 죽음을 주십시오. ……신이 피를 토하는 심정 으로 간절히 기원합니다!

장정옥은 강희의 명조를 다 읽는 순간 가슴 뭉클함을 느꼈다. 명조 를 말로 전할 때 강희가 보여준 고통으로 일그러진 표정과 병색이 완 연한 가냘픈 뒷모습이 떠올랐던 것이다.

그는 잠시 안타까운 마음을 누르고 다시 맨 앞에 엎드려 있는 황 자들에게로 시선을 돌렸다. 황자들은 아버지 강희의 애통한 마음은 아랑곳하지 않는 한심하기 짝이 없는 모습들이었다. 손가락으로 바 닥 틈새에 끼인 것을 파내는가 하면, 전혀 무감동한 표정으로 먼 산 만 쳐다보는 이들도 있었다. 장정옥은 강희의 처지가 새삼 가여워져 눈물이 나려고 했다.

결국 그는 눈물을 머금고 다시 제단을 향해 절을 올리고는 백관들과 황자들을 해산시켰다. 이어 상황 보고를 하기 위해 건청궁으로 향했다. 황자들은 강희의 건강이 좋지 않다는 사실을 안 듯 서화문에서 패찰을 건네고는 만나 뵙기를 청했다.

그 시간 강희는 천마天馬 가죽으로 만든 장포長袍에 담비가죽 마고자를 껴입은 채 건청궁 서난각에 자리를 잡고 있었다. 손으로는 목에차는 조주朝珠를 습관적으로 돌리고 있었다. 아마도 장정옥을 기다리고 있는 듯했다. 마제와 동국유는 길게 무릎을 꿇은 채 조용히 강희에게 시선을 두고 있었다.

얼마 후 유철성과 장오가가 장정옥을 붉은 돌계단까지 안내했다. 이어 덕릉태가 들어가 아뢰었다.

"장정옥이 대령했사옵니다, 폐하."

강희가 덕릉태의 말에 자리에서 일어섰다.

"폐하!"

장정옥이 침통한 표정으로 천천히 강희 곁으로 다가갔다. 이어 두손으로 제천문고祭天文誥를 머리 위로 받쳐 올리면서 아뢰었다.

"신이 명을 받들어 이행하고 왔사옵니다."

강희가 몸을 일으켰다. 그리고는 제천문고를 향해 가볍게 허리를 굽혀 읍을 한 다음 손에 받아들고 길게 한숨을 내쉬었다. 이어 옆에 시립하고 있던 이덕전에게 건네주고는 자리에 앉은 다음 물었다.

"그래 무슨 말들은 없던가?"

장정옥은 동국유 아랫자리에 무릎을 꿇은 채 가만히 앉았다. 이어애써 웃음을 지으면서 대답했다.

"별다른 얘기는 없었사옵니다. 황자마마들께서는 폐하를 뵙기를 청하고 천가天街에서 대기하고 있는 중이옵니다. 소인이 건청문에 들어서다보니 왕섬이 울면서 무릎을 꿇고 있었사옵니다. 폐하를 꼭 한 번 배알하기를 청하는 것 같았사옵니다."

강희가 다소 놀랍다는 반응을 보였다.

"황자들은 궁에 청안請安을 하고 돌아가라고 하게. 왕섬은…… 안으로 들라고 하게."

장정옥이 대답을 하고는 바로 밖으로 나갔다. 그가 나가자 갑자기 커다란 궁전 안에는 정적이 감돌았다. 궁전 밖에서 태감들이 까치발을 하고 오가는 소리까지 들릴 정도였다.

마제와 동국유는 마치 약속이나 한 것처럼 척 보기에도 초조하고 불안한 모습이었다. 그럴 수밖에 없었다. 태자가 폐위당하면 새로운 태자를 세우는 것이 당연한 일일 뿐 아니라 그것을 제천문고에서 언급해야 마땅한데도 사람들이 못내 궁금해하는 그 부분에 대해서는 일언반구도 없었으니까 말이다.

'폐하께서는 도대체 무슨 생각을 하고 있는 것일까?'

두 사람이 고개를 숙인 채 똑같이 그런 생각에 잠겨 있을 때였다. 강희가 가벼운 기침과 함께 입을 열었다.

"동국유, 무슨 생각을 하고 있었지?"

"예, 폐하……."

동국유는 마치 불에라도 덴 듯 화들짝 놀랐다. 그러나 이내 침착하게 대답했다.

"신은 내내 태자마마에 대해 생각하고 있었사옵니다."

동국유의 말은 묘했다. 그러나 두 가지 의미를 내포한다고 볼 수 있었다. 우선 태자의 처지에 대해 가슴 아프게 생각한다는 뜻으로 해석이 가능했다. 또 새로운 태자에 대해 궁금하다는 뜻으로도 풀이할 수 있었다. 그야말로 강희의 답변이 기대되는 순간이었다.

강희가 그런 동국유의 궁금증을 풀어주려는 듯 바로 입을 열었다.

"요즘 최대의 화젯거리이자 중대한 사건이니 아마도 그렇겠지. 윤잉이 폐위당한 이유에는 악인의 요술에 넘어간 것도 있어. 그러나 그것이 전부가 아니야. 나머지 반은 책을 멀리하고 덕을 쌓지 않았기 때문이라고 해야 해. 완전히 자기 관리에 실패한 전형이라고 볼 수 있지. 물론 윤잉은 천성이 바보스러운 아이는 아니야. 머리는 다른 황자들 못지않게 똑똑해. 만약 셋째처럼 열심히 책을 읽고 여덟째처럼 덕을 쌓았다면 소인배의 작당에 놀아날 리가 있었겠나?"

두 사람은 강희의 말을 마치 콩 쪼개듯 잘게 쪼갠 채 입안에 넣고 그 맛을 곱씹듯 했다. 둘의 뇌리에는 순간 강희가 셋째와 여덟째에게 마음이 쏠리고 있는 것이 분명하다는 생각이 약속이나 한 듯 퍼져갔다. 또 단 한 명을 꼽으라면 여덟째인 것도 같았다.

그때 강희의 말이 이어졌다.

"셋째와 여덟째를 포함해 어느 누가 단점이 없겠어. 그 둘에게는 넷째의 강인함이 아쉽지. 하기야 하늘이 한 사람에게 모든 장점을 다 주지는 않을 테니……."

강희의 말이 계속 이어지려고 할 때였다. 장정옥이 왕섬을 데리고 들어섰다.

왕섬이 강희에게 대례를 마치더니 길게 엎드렸다. 이어 갑자기 크게 소리 내어 울었다. 그리고는 하소연 같기도 하고 넋두리 같기도 한 말을 직설적으로 토해내기 시작했다.

"폐하! 도대체 태자께서 무슨 죄를 지었기에 무작정 폐위시키신 것이옵니까?"

"무작정이라니? 조서를 통해 분명히 얘기했는데, 못 들었나?"

강희가 애써 자제하는 듯한 어조로 차갑게 되물었다. 그러자 왕섬이 연신 머리를 조아리면서 말했다.

"물론 분명히 들었사옵니다. 하오나 가당치 않은 말이라고 생각하옵니다. 태자께서는 삼십오 년 동안 태자로 있었사옵니다. 그런데 어찌 그렇게 쉽게 폐위를 결정하실 수 있다는 말이옵니까? 믿기 어려운 그런 말로 과연 천하 백성들의 공감을 얻어낼 수가 있다고 생각하시옵니까?"

강희는 죽기를 각오한 사람처럼 온몸을 떨어가면서 간언하는 왕섬을 한참 동안 노려봤다. 화가 치밀어 올랐다. 그러나 참아야 했다. 그가 다시 한 번 감정을 억제하면서 그를 타일렀다.

"왕섬, 짐이 앞으로 좀 한가해지면 시간을 내서 자네와 독대할 거야. 그러니 일단 진정하고 곰곰이 생각해보게. 음란하고 악랄한 짓을 저지르고 다닌 것뿐만이 아니야. 태자로서 지금껏 이 나라에 득이 되는 일을 해놓은 것이 하나도 없지 않은가? 태자가 관여해서 제대로 된 일이 뭐가 있어? 고질이 돼버린 고사장의 부정에는 완전히 속수무책이고 관리들의 사사로운 작당을 눈감아 줬어. 또 세금이 불공평하게 징수되고 억울한 소송도 속출했어. 토지가 일부 세력들에게 고도로 집중되는 부조리가 판을 쳐도 먼발치에서 강 건너 불 보듯 했을 뿐이잖아. 짐은 짐을 도와 나라를 다스릴 조수가 필요한 것이지 무능한 태자가 필요한 것이 아니지 않은가?"

왕섬이 강희의 힐난에 큰 소리가 나도록 머리를 조아리더니 곧바로 미리 준비라도 한 듯 반박을 했다.

"그 모든 것이 태자 한 사람의 잘못만은 아니지 않사옵니까?"

강희 역시 질 수 없다는 듯 냉소를 흘리면서 말했다.

"당연히 태자 혼자만의 잘못은 아니지. 그래서 짐이 죽을죄를 묻지는 않았잖아? 자네는 태자의 스승으로서 태자의 실덕失德과 관련한 책임을 결코 피해 갈 수 없을 거야. 짐이 직접 하나씩 추궁할 테니 느긋하게 기다리게."

왕섬이 다시 머리를 조아렸다.

"신의 죄는 폐하께서 지적하시지 않으셔도 잘 아옵니다. 솔직히 말씀드리면 조정에서 백 번 용서를 해주신다고 해도 신은 부끄러워 이 세상에서 더 이상 살아갈 용기가 없는 사람이옵니다. 하오나 폐하께서는 전혀 책임이 없사옵니까? 상서방 대신들은 지나친 명철보신明哲保身 끝에 태자에게 소홀했사옵니다. 또 다른 황자마마들도 도무지 태자마마에게 협조하지 않았사옵니다. 폐하께서는 이처럼 분열되는 형국을 그대로 방치하셨사옵니다. 또 신하들 역시 이 사건에서 자유로울 수 있사옵니까? 태자가 폐위를 당하자 목을 쳐야 마땅하다는 주장이 거센 줄로 알고 있사옵니다. 폐하께서는 부디 현명한 판단과 함께 두루 살피시옵소서. 소인배들의 작당을 분쇄시켜 주시기를 바라마지 않사옵니다. 폐하께서 단지 태자의 실덕만을 확대경으로 보고 계신 것도 공평한 처사는 아니지 않사옵니까?"

"끌어내!"

강희가 드디어 참지를 못하고 대로하면서 고함을 질렀다. 이어 왕섬을 준엄하게 꾸짖었다.

"자네가 더 이상 살기를 거부한다면 짐은 자네 손을 들어주겠네."

장정옥과 마제, 동국유 세 사람은 사색이 된 지 이미 오래였다. 하기야 자신들이 상서방에 들어온 이후로 감히 저토록 겁 없이 황제에게 큰 소리로 잘못을 따지고 들 듯 간언하는 신하는 본 적이 없었던 것이다.

놀라기는 태감들도 마찬가지였다. 그러나 그들에게는 놀라고 있을 여유가 없었다. 아니나 다를까, 그들 중 서너 명이 강희의 지시에 따라 왕섬에게 다가가서는 팔을 잡고 밖으로 끌어냈다. 왕섬은 끌려가면서도 대성통곡을 했다.

"태황태후마마, 선제 폐하……. 어서 굽어 살피시옵소서……. 저들이 태자마마를 죽음으로 몰아넣으려 하옵니다……."

"잠깐만!"

강희가 갑자기 끌려 나가는 왕섬을 불러 세웠다. 이어서 다시 안으로 들어오도록 지시했다. 강희는 그 사이 평상심을 회복했는지 왕섬을 뚫어지게 쳐다보면서 차분한 어조로 말했다.

"욕 한번 시원하게 잘해줬어! 짐이 머리털 생긴 이래 두 번째로 얻어먹은 욕이야. 첫 번째는 곽수郭琇가 짐을 폭군인 걸桀과 주紂에 빗대 욕을 한 것이었지. 그것에 비하면 자네는 그나마 짐의 체면을 살려줬다고 봐야 할 것 같은데? 조정에 자네 같은 신하들이 없어서도 안 돼! 짐이 화냈던 것은 없던 일로 하겠네."

"신은 용서받지 못해도 괜찮사옵니다. 신은 그저 폐하께서 태자마마를 용서하시어 천하의 안정을 도모하셨으면 하는 마음뿐이옵니다."

왕섬이 눈을 크게 부릅뜬 채 말했다. 그러나 강희는 냉정하게 고개를 가로저었다.

"그건 또 다른 얘기야. 자네는 짐이 윤잉을 잡아먹기라도 한 것처럼 말하는군. 그러나 짐은 이미 윤잉을 많이 용서했어. 감금당해 있다 뿐이지 형벌은 면제해줬다고. 대신 짐은 장황자의 죄를 추궁하기 위해 감금시켰네. 자네는 책을 많이 읽은 사람이니 짐을 이해할 것이라고 믿네. 천하의 주인은 군자 아닌 다른 사람은 절대로 될 수가 없어! 솔직히 짐은 태자가 잘 되기를 바라는 마음에서 이렇게 조치할 수밖에 없었던 거야. 마음고생을 하면서 더욱 원숙하게 거듭났으면 하는 바람에서였지. 짐은 이미 뜻을 굳혔네. 새로운 태자는 백관들의 뜻에 따라 선택하겠어! 백관들에게 천거하라고 할 거야."

그때 조금 전까지만 해도 가만히 입을 다물고 있던 동국유가 불쑥 끼어들었다.

"폐하! 태자의 인선에 신하들의 의지가 반영된다는 것은 전례가 없사옵니다. 위험천만하다고 생각하옵니다. 아무래도 폐하께서 결정을 내리시는 것이 좋을 듯하옵니다."

그러나 강희는 자신의 입장을 굽히지 않았다.

"만주족인 자네와 한군漢軍 기인旗人인 마제는 장정옥을 본받아 책을 좀 많이 읽어야겠어! 명나라의 멍청한 군주들도 태자를 세울 때는 신하들의 의견을 적극적으로 수렴했다고. 정말로 그걸 모른다는 말이야?"

왕섬이 그 사이 울음을 그쳤다. 감정이 많이 누그러진 듯했다. 그가 눈물 흔적이 역력한 얼굴을 들고는 강희를 똑바로 바라보면서 물었다.

"폐하, 만약 신이 그래도 태자마마만을 고집한다면 어떻게 하실 것이옵니까?"

"말도 안 되는 소리는 하지도 마! 짐이 말했지. 조정 백관들의 의사를 적극적으로 따르겠다고!"

강희가 표정 없는 얼굴을 들어 왕섬을 힐끗 바라보면서 말했다. 이어 바로 덧붙였다.

"그러나 여러 의견을 수렴하겠다는 뜻일 뿐이야. 그 과정에서 파벌이 만들어지는 것은 결코 용서하지 않을 거야. 듣자하니 자네가 윤잉의 구명운동을 벌이고 다닌다는데, 그래봤자 아무 소용없어!"

강희가 한참 후에 더 이상 할 말이 없다는 듯 주위를 물리쳤다. 이어 두 손으로 피곤한 얼굴을 쓸어내리면서 장오가를 불렀다. 그가 하주아에게 팔다리를 맡기고는 눈을 지그시 감은 채 장오가에게 물었다.

　"장오가, 초야에 있다가 조정에 온 자네가 말해보게. 자네가 보기에는 어떤 황자가 태자감으로 괜찮은가?"

　"열셋째마마가 어떨까 하옵니다……."

　강희가 장오가의 말이 다소 의외라는 듯 눈을 번쩍 떴다. 이어 나지막이 물었다.

　"어떻게 해서 그렇게 생각하는가?"

　장오가가 고개를 숙인 채 대답했다.

　"소인이 먹고 살 길이 막막해 소금을 등짐으로 조금씩 내다팔다가 관부에 잡혀간 적이 있었사옵니다. 그때 정말 운 좋게도 순시차 관부에 들르신 열셋째마마를 만났사옵니다. 그리고 천한 것들의 사정을 살펴주신 열셋째 황자마마의 도움으로 풀려날 수 있었사옵니다. 그때 열셋째마마께서는 관리들을 호되게 질책하시면서 앞으로 생계 유지를 위해 어쩔 수 없이 법을 어기는 자들은 붙잡지 말라고 하셨사옵니다……."

　강희는 눈을 지그시 감았다. 그리고는 열셋째가 아무리 괜찮다고 해도 태자 자리와는 인연이 없지 않나 하는 생각을 가만히 떠올렸다.

　장오가는 강희가 잠을 자려 한다고 생각한 듯 나지막이 아뢰었다.

　"폐하, 소신이 지키고 있겠사옵니다. 아무도 폐하의 단잠을 방해하지 못하도록 하겠사옵니다. 좀 주무셔야 할 것 같사옵니다……."

　강희가 장오가의 말에 나른한 어조로 대답했다.

"짐을 잘 수가 없어……. 눈을 감으면 꿈에 할마마마와 어마마마, 황후가 보여……. 진짜 눈만 감으면 다 그분들이야. 그런데 다들 기분이 좋지 않아 보여……. 자네, 열셋째가 괜찮다고 했지? 그 아이를 풀어주라는 지의를 짐이 내렸다고 전달하게."

〈3권에 계속〉